Ralf Gebhardt, 1968 geboren, studierte Ökonomie und arbeitet als Autor und Banker. Bereits als Kind liebte er das Lesen und Schreiben. Seine Eltern forderten ihn mehr als einmal auf, statt im Zimmer über den Büchern zu hocken, an die frische Luft zu gehen. Er, ganz pfiffig, schnappte sich Buch und Fußbänkchen, hockte sich direkt neben die Eingangstür und las unbekümmert weiter. Heute lebt er in Mitteldeutschland und schreibt Thriller, Krimis und Kurzgeschichten. Zudem ist er aktives Mitglied im BVjA (Bundesverband junger Autoren und Autorinnen e.V.), im VS Verband deutscher Schriftstellerinnen und Schriftsteller sowie im SYNDIKAT e.V. – Verein für deutschsprachige Kriminalliteratur. Bisher hat er fünf Thriller veröffentlicht.

RALF GEBHARDT

OPFER GRAB

Erstausgabe Juli 2022

Copyright © 2022 dp Verlag, ein Imprint der
dp DIGITAL PUBLISHERS GmbH
Made in Stuttgart with ♥
Alle Rechte vorbehalten

Opfergrab

ISBN 978-3-96087-384-9
E-Book-ISBN 978-3-96087-330-6
Hörbuch-ISBN: 978-3-98637-957-5

Covergestaltung: Jasmin Kreilmann
Umschlaggestaltung: ARTC.ore Design
Unter Verwendung von Abbildungen von
depositphotos.com: © Wstockstudio, © chisi666, © Ensuper,
© Nik_Merkulov, © jannystockphoto, © amber_85
Lektorat: Astrid Pfister
Satz: dp DIGITAL PUBLISHERS GmbH
Druck und Bindung: Books on Demand GmbH, Norderstedt

Eins

Die schwarz-grüne Fliege versuchte schon den ganzen Tag vergeblich, hinter den geschlossenen Lamellen gegen den Staub und die Hitze des Fensterglases anzufliegen. Niemand machte sich die Mühe, sie zu verscheuchen oder zu erschlagen. Dafür war sie nicht lästig genug. Je ruhiger sie wurde, je weniger Beachtung bekam sie. Bis zu dem Moment, als sie herunterfiel und einfach liegen blieb. Es war die plötzliche Stille, die alle hellhörig machte.

„Der Tod gehört zum Geschäft.“
„Tja, wem sagst du das.“
„Der Sensenmann richtet sich nach keinem Zeitplan.“
„So, genug der Philosophie, meine Herren, es ist Freitag, neunzehn Uhr. Wir haben ausreichend abgestandene Büroluft eingeatmet. Auch wenn es heute, wie leider so oft, keinen Grund zum Feiern gibt, sollten wir am Ritual festhalten.“
Sie nickten und würfelten nacheinander. Torsten verlor, er hatte mit der Zwei die niedrigste Zahl. Seufzend stand er auf.
„Öffnen müsst ihr selber.“
Er stellte die eisgekühlten Bierflaschen mit Schwung auf die Schreibtische seiner Kollegen.
„Na dann, zum Wohle!“
„Was trinkst du? Ein Alkoholfreies?“
Mario sah auf. „Einen erwischt es immer.“

„Lasst mich ja mit dem Zeug in Ruhe und macht euch um mich mal keine Sorgen. Ersatzstoff trinke ich nicht. Einer der Bullen muss ja nüchtern bleiben, um fahren zu können, und das Schicksal hat bekanntlich soeben beschlossen, dass ich an der Reihe bin."

Die anderen waren froh, dass sie mehr Glück gehabt hatten als Torsten. Sie schoben ihre Unterlagen in die Aktenmappen und schlossen sie weg.

„Montag ist auch noch ein Tag." Nun war es an Silvio, eine Lebensweisheit von sich zu geben.

Gläser brauchten sie nicht. Wie immer standen sie noch kurz mit den Flaschen in der Hand vor der Glaswand und betrachteten die Bilder, Zeichnungen und Notizen der ungelösten Fälle.

„Schon was vor?" Silvio mochte kurze Sätze.

„Am Wochenende? Eigentlich nicht. Das Wetter soll aber schön werden." Mario hob seine Flasche.

„Na dann, wir könnten ja morgen Abend bei mir grillen und die eine oder andere Hopfen-Kaltschale trinken."

Torsten übernahm nun wieder die Initiative.

„Als wenn wir nicht schon in der Woche genug aufeinanderhängen."

Sie lachten und stießen an.

„Also abgemacht."

Dieser kurze Satz klang wie ein Chor, den Mario mit den Worten beendete: „Aber nur mangels besserer Ideen und weil wir sonst keine Freunde haben."

Schweigend betrachteten sie die neuesten Fotos, einer jungen Frau. Sie war noch nicht lange tot gewesen, als man sie gefunden hatte.

„Ein hübsches Mädchen."

„Du sagst es, Torsten."

Sie prosteten sich zu.

„Blond, jung, perfekte weiße Zähne. Julia Keller war eine sehr schöne Verkäuferin." Silvio nickte, um seine Worte zu unterstreichen.

„Schluss jetzt, das macht sie auch nicht wieder lebendig. So, wie du von ihr sprichst, könnte man denken, du bist wie ein Schüler in seine Lehrerin verliebt."

Torsten nahm einen letzten Schluck Cola. „Trinkt aus, ich will nach Hause. Sonst muss ich mit euch Pappnasen noch in der Polizeiinspektion übernachten und mir den Ort hier als Nebenwohnung eintragen lassen."

Wenig später saßen sie in seinem alten Passat und fuhren in Richtung Hochstraße zur Neustadt.

„Was für eine Woche."

Silvio saß hinten rechts und gähnte. Er hatte die Augen halb geschlossen, um nicht von der tief stehenden Sonne geblendet zu werden.

„Wir ermitteln jetzt schon eine Woche und haben immer noch nichts Konkretes in Erfahrung gebracht. Wir wissen, wie sie heißt, woher sie kommt und kennen ihre Familiengeschichte. Aber vom Täter oder der Täterin wissen wir noch gar nichts. Darüber hinaus ist das ja auch nicht unser einziger Fall. Es gibt immer mehr zu tun, als wir eigentlich schaffen können. Ich weiß nicht, ob irgendwann der Tag kommt, an dem wir mal nichts haben und an dem es keine ungeklärten Fälle mehr gibt. Wäre ich gläubig, würde ich dafür beten. Ein Tag ohne Ermittlungen, Tod, Gewalt und Sumpf. Keine Sonderkommission, nichts, nur alte Berichte abtippen und den Schreibtisch aufräumen."

Er kurbelte die Fensterscheibe herunter und spuckte. „Knicken, lochen, abheften. Bürosport."

„Mach zu, es zieht. Es waren übrigens erst fünf Tage", entgegnete Torsten.

„Häh?" Silvio schloss das Fenster.

„Es waren fünf Tage, mein Lieber. Du sagtest gerade, dass wir schon eine Woche ermitteln. Montag wurde die Leiche gefunden und heute ist Freitag. Das ist noch keine ganze Woche, wenn ich mir die Bemerkung erlauben darf. Selbst, wenn man den Sonntag hinzurechnet, an dem sie ermordet wurde, ergibt das keine volle Woche."

„Klugscheißer! Konzentrier dich lieber aufs Fahren!", sagte Silvio entnervt.

Sie hatten in der Zwischenzeit den Halleschen Riebeckplatz überquert. Es gab um diese Zeit kaum Verkehr, nur einige Ausflügler.

„Warum lag sie in einer Dorfkirche? Warum sah es so aus, als hätte man sie gekreuzigt? Warum überhaupt sie?" Torsten war gedanklich noch immer bei dem Fall.

„Hört auf, Jungs, ich hasse es, Arbeit mit nach Hause zu nehmen. Wir schrubben schon in der Woche mehr Stunden, als unserem Dienstherrn eigentlich zustehen."

Mario, der auf dem Beifahrersitz saß, sprach sonst eher wenig.

„Kripo hin oder her, ich will jetzt Feierabend haben, okay? Also lasst mich in Ruhe."

Er schloss die Augen und fügte ein leises „Bitte" hinzu.

Doch es dauerte nicht lange, da fing Torsten schon wieder an. „Noch mal ganz kurz, entschuldigt, aber mir geht da etwas nicht aus dem Kopf. Ich muss die ganze Zeit an die Spielkarte denken, die man ihr auf die Stirn genagelt hatte."

Sofort waren sie in Gedanken wieder bei der Pik Sieben.

„Diese Karten kann man in jedem größeren Supermarkt kaufen. In der Spielwarenabteilung oder bei den Zeitschriften ist das Massenware. Oft sogar auch am Bahnhofskiosk und einfach online. Aber warum ausgerechnet ..."

Silvio fiel ihm ins Wort: „Ja, Massenware, das stimmt, darum dreht es sich doch. So können wir das nicht zurückverfolgen. Außerdem hat der Täter keinerlei Spuren hinterlassen. Die Pik-Sieben kann Zufall oder Absicht sein ... sie kann uns etwas sagen wollen ..."

Silvio unterbrach ihn. „Okay, es war eine schwarze Spielkarte und keine Herzdame, auch keine andere Karte, verdammt. Das hast du doch alles schon in deinen Bericht geschrieben, es lohnt sich also nicht, erneut darüber zu spekulieren, da beißt sich die Katze in den Schwanz. Kreuz hätte eine religiöse Bedeutung, Pik könnte das Gegenstück zur roten Sieben sein, und schwarz für das Böse stehen. Oder die Bedeutung liegt noch tiefer, wie beim Tarot. Vielleicht sind wir aber auch komplett auf dem Holzweg, und alles ist ganz anders. Wir wissen es nicht. Noch nicht zumindest."

„Jemand hat sie auf die Stirn des Opfers genagelt, und zwar jedes Mal. Das lässt mir einfach keine Ruhe. Wartet, ich habe ...", sagte Torsten.

„Du sollst dich aufs Fahren konzentrieren!", bekam er als Antwort.

„... also, ganz kurz noch, okay? Das war eine nigelnagelneue Spielkarte, da sind wir uns doch einig. Wir haben uns alle Gedanken darum gemacht, unsere Theorien besprochen und aufgeschrieben. Aber eins, meine Freunde, haben wir alle gesehen und dennoch nicht beachtet."

Jetzt hatte Torsten mit seiner kleinen Kunstpause die volle Aufmerksamkeit des Teams. Er klappte die Sonnenblende nach unten und drehte den Kopf seitlich, um seine Kollegen besser sehen zu können.

„Es ist nur ein Detail, doch es scheint nicht unwichtig zu sein. Es war eine nagelneue Spielkarte, frisch aus einem Blatt gezaubert ... warum hat sie dann im rechten oberen Drittel eine feine Kerbe? Es sieht aus wie ein kleiner, seitlicher Schnitt."

„Hm." Mario kratzte sich am Kinn. „Ja, stimmt. Jetzt, wo du es sagst. Ist mir auch aufgefallen, aber bis gerade fand ich es nicht weiter wichtig. Wir sollten das nächste Woche bei der Soko-Besprechung erwähnen, und vor allem in die Akten zu den Ermittlungen eintragen, damit die anderen Kollegen auch darauf achten. Kann ja nicht sein, dass das ein Zufall ist. Eine neue Spielkarte mit einer Kerbe, das muss einfach eine Bedeutung haben. Aber nun konzentrier dich lieber wieder auf den Verkehr und guck besser nach vorn ..."

Doch es war bereits zu spät. Dort, wo sich die Hochstraße in Doppelspuren teilte und in der Mitte die Abfahrt zur Innenstadt freigab, stand ein Tanklaster. Dessen Warnblinklicht war eingeschaltet. Torsten schrie auf, versuchte, das Lenkrad herumzureißen und zur rechten Seite auszuweichen. Er bremste mit voller Kraft, aber es reichte nicht aus. Sie prallten gegen einen in der Nebenspur fahrenden Lieferwagen, wurden zurückgeschleudert und krachten in den seitlichen Unterfahrschutz des Tankwagens. Die Dachholme des Passats hielten nicht stand und bogen sich nach innen. Metall kreischte und Funken flogen. Nur Bruchteile von Sekunden später erfolgte ein Schlag von rechts, von dem Lieferwagen, der sich mehrmals gedreht hatte und nun in sie hineingeknallt war. Dieser Aufprall drückte sie noch tiefer unter den Lkw, riss dessen Schutzplanken ab und zerdrückte das Dach des Volkswagens. Der Aufschlag war so heftig, dass der Fahrer des Lieferwagens durch die Frontscheibe geschleudert wurde und hart auf den Asphalt knallte. Autoteile und Glassplitter zerbarsten in einer Wolke. Zäher, gummihaltiger Chemiegeschmack legte sich auf ihre Zungen und feiner Rauch stieg auf.

Dass es außerdem intensiv nach auslaufendem Benzin roch, registrierten sie längst nicht mehr.

Zwei

Gierig sog sie die frische Luft ein und genoss den Geruch von geschnittenem Holz und feuchtem Laub. Es war Samstagmittag, eine Zeit, zu der meist relativ wenige Menschen im Park unterwegs waren. Wie jede Woche genoss sie ihre Joggingrunde um den kleinen See. Ihre Schirmmütze schützte sie vor den Strahlen der hochstehenden Sonne, die es fast geschafft hatte, die Folgen des Vorabendregens zu vertreiben.

Die geplanten zehn Kilometer waren erledigt. Doch vor der letzten Kurve wäre sie fast ausgerutscht.

Verdammt!

Sie nahm die Kopfhörer aus den Ohren und lief langsamer.

Das fehlte gerade noch.

Dann stoppte sie die Lauf-App auf dem Telefon.

Ist doch eigentlich eine ganz passable Zeit geworden. Zufrieden steckte sie das Handy wieder ein.

Die letzte Runde um den See, knapp 1,8 Kilometer, lief sie langsamer, um zur Ruhe zu kommen. Sie beobachtete die Enten und ließ das Rauschen der Bäume auf sich wirken.

Sitzt da jemand?

Sie kam näher und sah, wie sich ein Mann an einem Stamm abstützte. Seinen rechten Schuh und die Socke hatte er ausgezogen. Jetzt konnte sie erkennen, dass sein Knöchel feuerrot war.

„Oh, hallo, ist Ihnen etwas passiert? Das sieht ja böse aus.“

Der Mann blickte auf. „Nicht so schlimm, geht schon. Ich bin im Matsch ausgerutscht.“ Er zeigte auf eine Pfütze. „Ich bin oft hier, um zu joggen und mag diesen Wald. Aber so was habe ich noch nicht erlebt. Dabei hatte ich meinen Lauf gedanklich schon beendet, verflixt.“

„Ging mir eben auch so.“ Sie nickte. „Tut mir leid, dass Ihnen das passiert ist. Kann ich irgendwie helfen?“

„Das ist wirklich nett, dass Sie fragen. Wenn Sie mich bis da vorn ein wenig stützen könnten, wäre das super. Da hinten steht mein Auto, es sind nur ein paar Hundert Meter. Ich nehme mir immer Kühlakkus mit, für alle Fälle.“ Er lächelte und deutete auf das Logo seines weißen T-Shirts. UKH, die Abkürzung für das Universitätsklinikum Halle. „Sonst werde *ich* ja immer zu Sportverletzungen gerufen.“

„Ah, ein Profi also.“ Ihre Skepsis war vollkommen gewichen. „Na dann mal los, haken Sie sich einfach bei mir ein.“

Sie trat näher heran und ergriff seinen Arm, um ihm damit Halt zu geben.

„Das ist wirklich nett von Ihnen.“

Er setzte den rechten Fuß immer nur ganz kurz auf und verzog dabei sein Gesicht.

„Ist doch nicht der Rede wert“, entgegnete sie. Um ihn abzulenken, fuhr sie fort: „Sind Sie oft hier?“

„Wie man es nimmt. Fast jedes Wochenende. Ist ja nicht weit von Halle entfernt. Der See und der Park gefallen mir. Gut, dass hier alles unter Naturschutz steht. Ich brauche diese Laufeinheiten, um den Kopf freizubekommen. Die Runden sind relativ klein und damit gut kalkulierbar. Hier kann ich wunderbar abschalten."

Sie witzelten über andere Laufstrecken und schlammige Wege, und suchten in Gedanken die nächsten Herausforderungen.

„Vielleicht treffen wir uns ja mal wieder. Man sieht sich ja angeblich immer zwei Mal im Leben. Schauen Sie, da steht auch schon mein Auto."

Er zeigte auf den schwarzen Mercedes-Van mit dem weißen UKH-Schriftzug. Dann öffnete er die Reißverschlusstasche seiner Trainingsjacke, um ihr den Schlüssel zu geben.

„Bitte, setzen Sie mich einfach auf die Türschwelle an der Schiebetür. Wenn Sie noch so nett wären, mir einen Akku aus der Kühlbox zu geben? Die steht zwischen den Sitzreihen. Den Rest schaffe ich dann allein."

Sie öffnete die Schiebetür und half ihm dabei, sich vorsichtig auf die Treppenstufe zu setzen. Wieder verzog er das Gesicht.

„In der Box finden Sie auch Wasser, mit und ohne Kohlensäure. Bitte nehmen Sie sich eine Flasche und bringen Sie mir die mit, die bereits angefangen ist."

„Nein danke, ich brauche nichts."

„Oh doch, ich bitte Sie herzlich darum. Nach dem Laufen muss man trinken, denn der Körper verliert viel Flüssigkeit. Außerdem möchte ich mich gern bei Ihnen revanchieren. Nehmen Sie sich eine Flasche, suchen Sie sich die Sorte aus. Tun Sie mir doch bitte den Gefallen."

„Na gut, Sie haben gewonnen."

Wenig später war sie zurück und hielt ihm die angefangene Wasserflasche und einen Kühlakku hin. Sie öffnete ein stilles Wasser für sich.

„Na dann, zum Wohle."

Er zitterte ein wenig, als er den Akku an den Knöchel hielt.

„Oh, wie herrlich!", seufzte er. „Das wird bestimmt schnell helfen. Setzen Sie sich doch noch einen Moment. Es ist genug Platz." Er klopfte mit der flachen Hand neben sich.

„Wenigstens bis Sie ausgetrunken haben."

Sie nahm das Angebot an, nachdem er so weit wie möglich zur Seite gerutscht war. In großen Schlucken leerte sie die Flasche.

„Können Sie denn mit dem Fuß überhaupt fahren?"

Er nickte. „Ja, bestimmt. Es wird auch schon ein wenig besser. Ich bin nach dem Laufen immer komplett fertig, und werde regelrecht müde davon. Sie auch?" Er sah ihr direkt in die Augen.

„Nein, eigentlich nicht. Das Training erfrischt mich eher. Nur manchmal ..." Sie schluckte. „Also, echt jetzt, wo gibt es denn sowas. Heute merke ich es auch, dass ich ..." Die Wasserflasche rutschte aus ihren Händen. „Mir ist jetzt ... wie soll ich sagen ... also ganz plötzlich ... mir ist irgendwie total komisch."

Sie verdrehte ihre Augen. „Ich fühle mich plötzlich so müde ..."

„Das ist gar nicht schlimm, kein Grund zur Sorge. Ruhen Sie sich einfach mal einen Moment aus."

Er prüfte kurz die Umgebung, dann rutschte er näher an sie heran.

Sie wollte sich bücken, um die Flasche wieder aufzuheben, doch weder ihr Arm noch ihre Hand gehorchten ihr. Ihr Blick schien sich zu vernebeln, dann schloss sie auch schon ihre Augen. Ganz langsam sank sie an seine Schulter.

„Ist schon gut, meine kleine Retterin, ruh dich aus."

Er strich ihr tröstend übers Haar und gab ihr einen Kuss auf die Stirn. Mit der anderen Hand fuhr er unter ihre Knie und hob sie in den Wagen. Dann stand er auf, streckte sich und griff in die Kühlbox, um einen Waschlappen hervorzuholen, den er mit etwas Speiseöl getränkt hatte.

Brennt ganz schön, die Scheiße.

Er rubbelte die Salbe, so gut es ging, von seinem Fußgelenk. *Ist ja auch ordentlich rot geworden.*

Grinsend zog er Strumpf und Schuh wieder an.

Hat auf jeden Fall ihren Zweck erfüllt, und die Show hat sie ja überzeugt, das ist die Hauptsache.

Er warf den Lappen zusammen mit der heruntergefallenen Flasche ins Auto, ohne darauf zu achten, wo die Sachen hinfielen. Dann schloss er die Schiebetür.

Die Klinik-Aufkleber mache ich später ab. Immer wieder schön, wenn die Leute sofort glauben, was sie sehen.

Er lief vorn um das Auto herum und stieg ein.

Was für ein herrlicher Tag! Wie nett und hilfsbereit die Menschen doch sind.

Er warf einen Blick in den Rückspiegel, schaltete das Radio ein und hörte entgegen seiner sonstigen Gewohnheit nur leise Rockmusik.

Du darfst nicht auffallen, mein Freund. Sei vorsichtig. Nur nicht auffallen.

Drei

„Wirklich großartig." Kralik öffnete so wütend die Bürotür, dass sie an die Wand knallte. „Mitten in der Nacht. Als wenn das nicht bis morgen früh hätte warten können."

Er gab der Tür einen Tritt, und sie krachte zurück ins Schloss. Den Autoschlüssel warf er auf seinen Schreibtisch. Er erschrak, als er einen Mann vor der Glaswand mit den Ermittlungsfotos sah. Es dauerte einen Moment, bis er wusste, mit wem er es zu tun hatte.

„Schlecht geschlafen?"

Schlecht geschlafen? Was für ein Witzbold! Es ist schließlich kurz nach ein Uhr morgens!

Den Fluch, den er auf den Lippen hatte, schluckte er herunter. Er beschloss, sich seinen Ärger nicht anmerken zu lassen.

„Nein, sehr gut sogar, aber leider zu kurz. Ich wurde ja unsanft geweckt, wenn ich mir die Bemerkung erlauben darf."

Er zog betont langsam seine Lederjacke aus und nutzte die Zeit, um sich zu beruhigen.

„Guten Morgen, Herr Staatsanwalt."

„Guten Morgen, Kralik."

Staatsanwalt Arnold Bergmann drehte sich um und kam auf ihn zu. Auch um diese Zeit sah er äußerst gepflegt aus, fast so, als habe man ihm gerade den braunen Vollbart frisiert. Sein dunkelbraunes Schurwoll-

Sakko über dem marineblauen Rollkragenpullover schien farblich abgestimmt zu sein.

Wie macht er das nur, immer so perfekt auszusehen, verflixt?

Bergmann lehnte sich an die Stirnseite von Kraliks Schreibtisch, kreuzte die Beine übereinander und achtete dabei auf den Sitz der Bügelfalten.

„Würden Sie mir einen Kaffee mitbringen?"

Kralik entgegnete nichts, holte jedoch zwei Becher Kaffee vom Automaten.

„Ich habe mir übrigens gestattet, Ihnen etwas zum Lesen auf Ihren Schreibtisch zu legen."

Dabei zeigte der Staatsanwalt auf einen Aktenstapel und nahm nickend den Kaffee entgegen.

Kralik trank in kleinen Schlucken, verbrannte sich aber trotzdem die Zunge, während er durch die Aktenmappen blätterte.

„Neues zum Fall Julia?"

„Ja, auch das."

„Das meiste kenne ich bereits. Ich übergebe morgen alles dem Leiter der Soko. In der Frühbesprechung bringt er uns dann auf den gleichen Stand."

„Das, mein lieber Kralik, glaube ich eher nicht."

Er pustete in seinen Kaffee, trank aber nicht.

„Wie meinen Sie das?"

Der Staatsanwalt stand auf und umrundete den Schreibtisch, bevor er antwortete. „Nun, wir haben ein kleines Problem. Freitagabend sind die Kollegen Kümmel, Exner und Meerbusch verunglückt. Das gesamte Team. Ein Autounfall. Exner kann Sie also nicht auf den aktuellen Stand bringen."

Er setzte sich wieder und nippte an seinem Becher.

Kralik brauchte ein paar Atemzüge, bevor er die Tragweite des Ganzen begriff.

„Das ganze Team der Soko hat es erwischt? Warum weiß ich davon nichts?"

„Ich erzähle es Ihnen doch gerade. Am Wochenende wollte ich Sie damit nicht belästigen. Sie haben ja auch ein Recht auf ungestörte Freizeit, nicht wahr?"

Recht auf ungestörte Freizeit? Okay, dann gehört die Nacht von Sonntag auf Montag anscheinend nicht mehr dazu.

„Ich verstehe." Er kratzte sich mehrmals an der Stirn und wusste nicht, wie er danach fragen sollte. „Was … wie geht es den Kollegen denn?"

„Das wissen wir nicht. Zumindest nicht so genau. Es ist offenbar ziemlich schlimm. Sie befinden sich alle auf der Intensivstation."

„In der Uniklinik?"

„Hm." Bergmann schlürfte weiter sein Getränk. „Ja."

„Dann fahre ich da nachher mal hin."

„Schön langsam, ja? Zuerst müssen wir etwas klären."

„Was denn?"

Kralik merkte, wie ihm das Blut ins Gesicht schoss und er um Fassung ringen musste. „Was kann denn verdammt noch mal wichtiger sein als das Leben der Kollegen? Was ist hier überhaupt passiert? Und warum?"

„Nun beruhigen Sie sich erst mal wieder. Sie können im Moment sowieso nichts ausrichten. Wir müssen uns wohl in Geduld üben."

In Geduld üben? Das sagst ausgerechnet du?

„Bitte, was ist denn los?"

„Später. Zuerst müssen wir über die Soko reden. Schließlich braucht diese einen neuen Leiter."

Kralik trank demonstrativ einen großen Schluck von seinem Kaffee, denn er wusste ganz genau, was jetzt kam.

„Sie übernehmen die Leitung!" Bergmann stand auf und reichte ihm die Hand. „Gratuliere."

Er zeigte auf die Akten. „Sie sollten sich einlesen, bevor Sie losfahren. Aber keine Sorge, die Kriminaltechnik ist bereits vor Ort."

„Einlesen? Losfahren? Ich verstehe nicht ganz, was Sie meinen."

Bergmann antwortete nicht, sondern winkte ihn zur Fotowand. Neben dem Bild von Julia Keller war nun ein weiteres Foto einer Frau angebracht.

„Ich schlage vor, dass Sie erst mal ihre Identität klären. Wenn Sie diese ermittelt haben, kommen Sie bitte gleich zu mir, ja? Ich höre mich in der Zwischenzeit genauer um und erzähle Ihnen später auch mehr Details über den Autounfall."

Der Staatsanwalt drehte sich um und ging zur Tür.

„Moment noch, Herr Bergmann. Warum zur Soko Julia? Gibt es hier Gemeinsamkeiten?"

„Und ob. Gut kombiniert. Ich sagte doch schon ... lesen Sie sich ein."

Mit einem Ruck öffnete er die Tür.

„Ach ja, Kralik, das hätte ich fast vergessen: Ihren neuen Job üben Sie nur kommissarisch aus, versteht sich, oder?"

Das Wort *kommissarisch* hatte er theatralisch betont.

Der Staatsanwalt schloss jetzt die Tür, um sie gleich darauf erneut kurz zu öffnen.

„Zurzeit haben wir leider niemand anderen zur Verfügung, mit dem Sie schon einmal zusammengearbeitet haben. Die anderen laufenden Fälle erlauben es nicht, jemanden abzuziehen. Ich weiß, dass Sie Verstärkung brauchen, und habe Ihnen deshalb auch jemanden zugeordnet, den Sie zumindest vom Namen her kennen müssten. Christian Thaler." Er lächelte. „Ich muss schauen, ob ich Ihnen bei Gelegenheit noch weitere Unterstützung zuteilen kann. Hoffnung habe ich da allerdings nicht."

Jetzt schloss er die Tür endgültig.

Kralik stand schwer atmend auf, stellte sich vor die Glaswand und schüttelte den Kopf.

Christian Thaler? Dass der Staatsanwalt nichts von mir hält, weiß ich ja, aber die Not muss schon extrem groß sein, dass er mir diese Aufgabe überträgt. Eine kürzere Amtseinführung habe ich noch nie erlebt. Kommissarisch natürlich, wie er betont hat! Er putzte umständlich seine Nase.

Aber dann teilt er mir ausgerechnet Thaler, diese Null, zu? Offensive ist für den doch ein Fremdwort.

Er griff nach einem weißen Stift und starrte einen Moment lang auf das neue Foto neben dem von Julia. Dort, wo sonst die Namen der Opfer standen, schrieb er:

Unbekannt.

Es war überflüssig, und das wusste er auch.

Dass der Tag nicht gut wird, war klar, als ich mitten in der Nacht geweckt wurde. Aber dass er so schlecht wird, habe ich nicht geahnt.

Kralik lief zurück zu seinem Schreibtisch, ließ sich schnaufend in den Sessel fallen und griff nach der obersten Mappe.

***

Die Uhr an seinem Handgelenk vibrierte. Thaler versuchte, sie zu ignorieren, doch vergeblich.

Er öffnete widerwillig die Augen und schob die Füße langsam über den Bettrand. Sein Handy lag auf dem Wohnzimmertisch. An normalen Wochentagen half ihm das, auch tatsächlich aufzustehen. Denn so musste er jedes Mal zuerst ins Wohnzimmer gehen, um den Wecker abschalten zu können. An ein Weiterschlafen war nach dem kurzen Tastendruck nämlich nicht mehr zu denken. Aber für diese Uhrzeit jetzt hatte er sich definitiv keinen Wecker gestellt.

Es war ein Anruf. Er schaltete das Licht an. Es dauerte eine Weile, bis er das Handy endlich entsperrt hatte. Auch ohne Brille konnte er sehen, wer da anrief.

„Ja?"

„Guten Morgen, Kollege Thaler, Sie müssen bitte so schnell wie möglich herkommen."

„Hm, okay, mache ich."

Er beendete das Gespräch, bedauerte allerdings schon wenig später, dass er dem Diensthabenden nicht ebenfalls einen guten Morgen gewünscht hatte.

Aber ein Anruf um halb zwei, also mitten in der Nacht, verheißt ganz bestimmt nichts Gutes.

Er duschte hastig, um munter zu werden, und band sich die nassen Haare zu einem Zopf zusammen. Er nahm sich außerdem die Zeit, um seine Zähne zu putzen. Auf eine Rasur verzichtete er allerdings.

Die Sachen für den neuen Arbeitstag hatte er wie immer schon am Vorabend zurechtgelegt. Jeans, ein schwarzes Hemd und eine beige Jacke. Er entschied sich außerdem für leichte Stoffturnschuhe, was er allerdings sofort bereute, als er die Haustür öffnete und ihm eine Windböe Regen ins Gesicht peitschte. Erkennen konnte er nichts in der Schwärze der Nacht. Die Straßenlampen waren leider immer noch defekt.

Mit dem Auto in die Nacht. Schattenlicht. Keine weißen Randstreifen, Gegenverkehr mit Blendung, Regentropfen, die auch blendeten, manchmal sogar mehrfach, Nebelschleier, keine Straßenmarkierung, ungesehene Bordsteinkanten, dunkel gekleidete Personen. Lichtblitze, Leuchtreklame. Mehr ahnen, wo es langgeht, als dass man es wirklich sehen kann. Zu oft zu wenig gesehen. Gut gegangen, Glück gehabt. Regennacht, sie ruft mit der Angst.

Lieber nicht.

Er ließ die Tür ins Schloss fallen und lief zurück in seine Wohnung, um ein Taxi zu rufen. Die Zeit würde ausreichen, um sich noch schnell eine Schnitte zu schmieren.

Scheiße, Mann.

Thaler hatte keine Lust, unter diesen Bedingungen mit dem eigenen Auto zur Polizeiinspektion zu fahren.

Ich hasse das. Kann man mich nicht bei Tag rufen, wenn es hell ist? Dann sage ich eben, dass es nicht anders ging. Auf die paar Minuten kommt es nun auch nicht mehr an. Es weiß ja niemand, dass ich nichts getrunken habe und eigentlich doch selbst fahren könnte.

Er schloss die Wohnungstür und ging wieder nach unten, zurück zur Haustür. Dort lehnte er die Stirn gegen die verzierte Glasscheibe und wartete.

Das Taxi wird gleich da sein.

Die Kühle war das Einzige, was sich im Moment angenehm anfühlte.

***

Kralik warf die Mappen zurück auf die Tischplatte und stürzte den letzten Schluck seines Kaffees hinunter. Er sah sich um.

Keine Ahnung, wo Thaler sitzen soll. Hier in der Soko hat doch jeder seinen festen Tisch, er aber natürlich nicht. Daher ist schon alles besetzt.

Bei dem Gedanken an die Kollegen beschlich ihn ein ungutes Gefühl.

Egal, er wird schon irgendwo einen Platz finden.

Er riss jetzt eine Seite aus seinem Notizbuch und schrieb im Stehen:

Bin losgefahren. Wir treffen uns später.

Dieses Blatt heftete er an die Glaswand.

Wenn nicht, ist es auch gut. Bis jetzt hast du mir ja auch nicht gefehlt.

Er nahm seine Jacke vom Stuhl und suchte nach dem Autoschlüssel. Die Adresse der kleinen Dorfkirche hatte er sich bereits eingeprägt.

Auf geht's, dann wollen wir mal die Dame auf dem Foto kennenlernen.

***

24

Kralik musste kaum mehr als fünfzehn Kilometer fahren. Schon von Weitem sah er die rotierenden Blaulichter und die rot-weißen Absperrbänder. Er fuhr langsamer und ließ die Szene auf sich wirken. Kurz darauf stellte er sich abseits auf den Parkplatz vor der Kirche. Er hatte nämlich keine Lust, Kratzer im Lack zu riskieren. Das britische Metallicgrün seines BMW gefiel ihm ausgesprochen gut, und das sollte möglichst lange so bleiben.

Er griff nach einem Kaugummi sowie nach seinem Handy und stieg aus.

„Guten Morgen, Kollege."

„Guten Morgen."

Der junge Beamte von der Kriminaltechnik hielt ihm das Absperrband hoch, damit er sich nicht bücken musste.

„Wird ja bald hell hier."

„Stimmt."

Stephan Kralik hatte den Namen des Beamten vergessen, auch wenn er ihn bereits mehrmals an verschiedenen Tatorten gesehen hatte. Aber das war ihm egal, schließlich spielte der Bursche nicht in seiner Liga.

„Gleich da vorn, Herr Kriminalhauptkommissar, direkt hinter dem ersten Mauervorsprung."

Er nickte dankbar und marschierte los. Den Fundort hätte er wegen des Scheinwerferlichtes auch so erkannt.

Der schmale Weg vom Parkplatz aus führte zwischen zwei Torsäulen direkt zur Kirche. Ein historischer Bau mit zwei Türmen, von denen einer allerdings nicht mehr existierte. Kralik mochte Sandsteinbauten sehr.

Auch diese Kirche hier gefiel ihm, denn sie strahlte Gemütlichkeit und die Ruhe der Jahrhunderte aus.

Aber warum ist es gerade hier passiert, in Osmünde bei Halle? Und noch dazu in einer Kirche?

Ein Mauervorsprung verdeckte die direkte Sicht auf die Eingangstür. Unmittelbar dahinter hatte man die weibliche Leiche gefunden.

Kralik blieb stehen und sog die kühle Nachtluft tief in sich hinein. Er wusste nicht genau, was es war, irgendwie eine Mischung aus Pferd und Schwein, ein Geruch, der ihn erdete und ihm sagte, dass er sich auf dem Dorf befand.

Eine Beamtin, die er auch schon bei verschiedenen Gelegenheiten gesehen hatte, kam jetzt auf ihn zu und hielt ihm den üblichen weißen Überziehanzug hin.

„Guten Morgen, Herr Hauptkommissar. Seien Sie bitte vorsichtig, die Spurensicherung ist noch nicht ganz fertig.“

„Guten Morgen, danke, geht klar.“

Er bemühte sich nicht, ihren Namen aus seinem Gedächtnis zu kramen, denn die Kollegin war zwar jung, aber definitiv nicht hübsch. Außerdem hatte sie ein paar Pfund zu viel auf den Rippen.

„Sagen Sie mal, wer hat eigentlich die Leiche gefunden?“

„Der Pfarrer. Er wollte die Kirche aufschließen und irgendwelche Papiere holen. Die Kollegen von der Streife haben seine Aussage bereits aufgenommen und ihn danach wieder nach Hause geschickt. Hat ihn ganz schön mitgenommen das Ganze.“

„Ich verstehe, danke.“

Manchmal frage ich mich wirklich, wie die Leute mit solch einem Aussehen und Gewicht den Einstellungstest bei der Polizei bestehen. Absolut furchtbar.

Kralik deutete ein Lächeln an. Er zog Handschuhe über und ging dann weiter zur Gerichtsmedizinerin.

„Guten Morgen, Gudrun.“

Sie war ebenfalls nicht hübsch und noch nicht einmal jung. Dafür aber wichtig, deshalb kannte er auch ihren Namen.

„Guten Morgen Stephan, du kennst das ja schon, wir müssen abwarten, ob es überhaupt ein guter Morgen wird.“

Kralik nickte. „Hast du denn schon was für uns?“

Die Ärztin sah ihn einige Sekunden lang an, bevor sie antwortete: „Das Opfer ist zwischen zwanzig und fünfundzwanzig Jahre alt. Der Tod ist wahrscheinlich zwischen Sonntagmittag und Mitternacht eingetreten. Näheres dann …“

„… wenn sie auf deinem Tisch liegt, ich weiß. Hast du noch etwas, was ich wissen sollte?“

„Tja, das musst du entscheiden.“

Sie zog vorsichtig das Tuch von dem Gesicht der Toten.

Kralik war einiges gewöhnt, dennoch erfasste ihn jetzt ein kurzer, heftiger Schauer. Er sah eine junge Frau vor sich. Sie war nicht sein Typ, aber auf ihre Art trotzdem sehr schön. Rotbraune Haare umschlossen ein gepflegtes, molliges Gesicht. Kralik registrierte die Abdrücke seitlich an den Nasenflügeln. *Wahrscheinlich ist sie Brillenträgerin.*

Aber das war es nicht, was ihn erschaudern ließ. Denn auf ihre Stirn war eine Spielkarte genagelt, eine

Pik Sieben und zwar mit einem großen Kupfernagel. Neben ihr brannte ein weißes Grablicht.

Genau das habe ich schon einmal gesehen, bei dem Opfer Julia.

Er schluckte schwer. „Würdest du mir auch den Rest zeigen?"

Die Ärztin nickte und zog das Tuch komplett herunter. Ein Insektenschwarm stob auseinander. Kralik schnaufte. Er sah, dass man die junge Frau an ein Holzkreuz gebunden hatte. Ein Draht ging mittig durch ihre Handflächen. Damit hatte man sie fixiert. Die Wundränder schillerten in einem blauroten Farbton.

Er deutete auf die restliche Haut der Hände.

„Hm, kein Blut zu sehen. Wahrscheinlich weggewischt. Was denkst du?"

Sie nickte. „Sehe ich im Moment genauso."

„Das ist wohl nicht der eigentliche Tatort."

„Nein, eher nicht. Dagegen spricht, dass wir sowohl rund um die Wunden als auch in unmittelbarer Nähe kein Blut gefunden haben, und sie muss definitiv einiges verloren haben, an den Händen, den Knöcheln und besonders an der Stirn. Außerdem gibt es Schleifspuren auf dem Weg, die vermuten lassen, dass jemand sie hier abgelegt hat."

Kralik zog sein Handy hervor und machte einige Fotos.

Die Frau war nackt, bis auf ihre Unterwäsche.

„Verletzungen?"

Die Ärztin stand aus der Hocke auf und stemmte die Fäuste in die Hüften. Noch ehe sie antworten konnte, fuhr Kralik fort: „Entschuldige, Gudrun, ich weiß. Tut mir leid. Du musst dich nicht festlegen, aber erste Vermutungen würden mir dennoch weiterhelfen."

„Nur, weil du es bist. Dem ersten Anschein nach nicht. Bis auf kleine Abdrücke und Verfärbungen, vermutlich dort, wo man sie angefasst hat, um sie zu transportieren. Die dunklen Ringe um Hand- und Fußgelenke stammen vermutlich von Fesseln. Den Rest kriegst du dann, wie immer, so schnell wie möglich. Ich würde nämlich gern in Ruhe meinen Job machen."

„Schon gut, schon gut. Nur noch eine letzte Frage: Hast du irgendetwas gefunden, das uns ihre Identität verraten könnte?"

Die Ärztin schüttelte den Kopf. „Bedaure."

Dann winkte sie zwei weiteren Kollegen zu, die die Leiche vorsichtig vom Kreuz lösten und in einen Sarg legten. Sie beachtete Kralik nicht mehr weiter, denn sie war längst wieder vollkommen in ihrer Arbeit versunken.

Stephan Kralik drehte sich um, steckte sich ohne Rücksicht auf die Spurensicherung eine Zigarette an und lief dann um die Kirche herum.

Das Gelände war weitläufig und sehr gepflegt. Alte und neue Grabsteine wechselten sich ab. Überall waren Blumen zu sehen. Dazwischen standen Bäume mit Namenstafeln. Er zog seine Taschenlampe hervor, las einige der Tafeln und vergaß die Namen sofort wieder. Als er zu Ende geraucht hatte, zog er sein Notizbuch hervor und schrieb:

Von der Straße aus unmöglich einsehbar. Zurückgesetzt und dennoch öffentlich, schnell über die an-

Er klappte das Buch zu und steckte sich entgegen seinen sonstigen Gewohnheiten direkt noch eine weitere Zigarette an.

Mit dem Pfarrer reden kann Thaler, dann hat er morgen wenigstens gleich eine Aufgabe.

***

Kralik hängte zuerst seine Jacke zurück auf den Stuhl, bevor er den Kollegen mit einem Nicken begrüßte.

„Ausgeschlafen?"

„Nein."

Thaler stand auf und streckte sich.

„Nichts dagegen, wenn ich den hier nehme?"

Er hatte sich den am weitesten in der Ecke stehenden Schreibtisch freigeräumt.

„Mir doch egal. Ich mache das Ganze nur kommissarisch. Sollen die doch entscheiden, die was zu sagen haben."

Er schickte einige Handyfotos an den Drucker und befestigte sie anschließend an der Glaswand.

„Muss das sein, dass das ganze Licht angeschaltet ist? Das nervt! Ist ja hell wie auf einem Flugfeld der NATO. Wirklich jede einzelne Lampe ist an!"

„Tja, ich finde es besser als das Halbdunkel, da bekommt man ja Depressionen." Thaler zuckte mit den Schultern und ergänzte noch: „Dann kann man besser gucken, und es gibt ja auch Vorschriften, wie hell Büros ausgeleuchtet sein müssen."

„Vorschriften? So so.“

Sie sahen sich abschätzend an.

„Wechseln wir vielleicht lieber das Thema. Wollen wir du zueinander sagen, so wie es hier üblich ist?“

Thaler zögerte einen Moment, bevor er die hingehaltene Hand ergriff.

„Ich weiß ja auch, dass man uns nicht wirklich was zutraut“, sagte Kralik und setzte sich.

„Aber sie haben keine anderen, und müssen deshalb das nehmen, was da ist. Es gibt schließlich genug ungeklärte Fälle. Außerdem wären dann noch die Fußballspiele, die vielen Demos und der ganze Quatsch. So viele Beamte, wie wir bräuchten, gibt es gar nicht.“ Er winkte ab.

„Ich habe keine Ahnung, wann die anderen Kollegen der Soko wieder fit genug für den Dienst sind. Machen wir unter den Umständen einfach das Beste daraus.“

„Was ist denn passiert?“

„Ein blöder Autounfall, es hat sie alle erwischt. Genau weiß ich es nicht, das erfahre ich, wenn ich das nächste Mal bei Staatsanwalt Bergmann bin.“

„Hm, also erst mal weiter ermitteln. Den bisherigen Stand kenne ich grob. Gibt es was Neues dazu?“

Kralik berichtete von seinem Ausflug in die Kirche.

„Ich besuche gleich nach dem Staatsanwalt noch mal den Pfarrer, ich möchte mit ihm reden.“

„Mit dem Pfarrer? Er wird kaum dabei gewesen sein …“

„Hör zu, ich wiederhole mich nicht gern. Wir arbeiten erst wenige Minuten zusammen, und das auch nur aus der Not heraus, weil wir es müssen. Da kommst du schon mit dummen Mutmaßungen um die Ecke? Ich will, dass das unterbleibt, ist das klar? Von uns zwei Verlierern haben sie mich zum Vorgesetzten gemacht, merk dir das. Daraus schlussfolgere ich, dass sie dir noch weniger zutrauen. Überflüssige Meinungsäußerungen und Unterbrechungen vertrage ich nicht! Zumindest nicht von dir. Sieh dich doch mal an, jahrelang in der EDV gewesen und Profile erstellt. Du bist ein Nerd, kein Ermittler. Aus der Deckung heraus zu argumentieren ist einfach, schön schwätzen und so, klar. Aber die Welt ist kein Computerspiel, das wahre Leben ist anders. Oder hat der feine Herr etwas Konkretes zu bieten?"

Christian Thaler versteifte sich. Mit solch einer Reaktion hatte er nicht gerechnet. Langsam ging er zur Fotowand und wischte das *Unbekannt* sowie die Fragezeichen unter dem Bild weg. Dann nahm er eine dünne Mappe hoch. Er legte sie auf den Schreibtisch seines neuen Vorgesetzten, gab sie ihm nicht in die Hand.

Kralik schlug mit der Faust auf den Tisch, bevor er die Mappe zu sich heranzog. Er pfiff, als er das Foto sah.

„Vanessa Baumann, zweiunddreißig, Ärztin. Soso, und woher hast du das?"

„Der Computerfritze konnte eins und eins zusammenzählen und hat die Kollegen gebeten, ihn in Sachen Vermisstenliste auf den aktuellen Stand zu bringen. Die Fotos hat er dann mit dem hier an der Wand abgeglichen. Einfache Basisarbeit, lernt man schon auf der Polizeischule."

Kralik biss die Zähne zusammen, nahm sich einen Stift und schrieb den Namen des Opfers unter das Foto.

„Wir reden später, ich muss jetzt erst mal zu Bergmann."

„Frauengeschichten", murmelte Thaler vor sich hin.

„Wie bitte?"

Kralik war sofort aufgesprungen.

„Na ja, die Opfer sind doch alle weiblich, oder?" Thaler verzog keine Miene. Sie wussten beide, dass er damit eigentlich auf den Ruf des Frauenhelden Kralik angespielt hatte.

Doch dieser antwortete nicht auf die Provokation. Er eilte hinaus und knallte die Tür hinter sich zu.

Ich muss unbedingt ruhiger werden. Viel ruhiger.

***

„Kommen Sie doch rein." Der Staatsanwalt bot ihm einen Platz an, jedoch nichts zu trinken. Er setzte sich ihm gegenüber auf ein Ledersofa und hörte sich Kraliks Bericht an, ohne ein Wort zu sagen.

„Okay, noch was?", fragte er, als Kralik geendet hatte.

„Nur eines noch, wenn ich mir eine persönliche Bemerkung erlauben darf."

„Nur zu."

„Ich halte den Kollegen Thaler für eine Fehlbesetzung."

„Halt, mehr will ich nicht hören. Er hat immerhin in kurzer Zeit den Namen des zweiten Opfers herausgefunden."

Woher weißt du das denn? Erzählt habe ich es dir nämlich nicht.

„Es ist nur ..."

„Ich habe Halt gesagt!" Bergmann war langsam aufgestanden und hatte sich über den Tisch gebeugt.

„Was nehmen Sie sich heraus? Glauben Sie, dass ich das nicht weiß? Ja, er ist ein unsportlicher Computer-

Nerd, unfähig, Verantwortung zu übernehmen und hat noch dazu noch nie an einem Tatort ermittelt. Er war auch noch nie im aktiven Dienst einer Soko tätig, lebt zurückgezogen und ist nur bedingt teamfähig. Ein Eigenbrötler, wie er im Buche steht. Außerdem, ich formuliere es mal vorsichtig, vermeidet er Tätigkeiten, wenn es dunkel ist. Er glaubt, dass er dann eine Gefahr für sich und andere ist, denn Thaler ist nachtblind, doch er denkt, dass wir das nicht wissen. Er versucht, es so gut wie möglich zu vertuschen. Der Flurfunk sagt außerdem, dass man ihn im Kollegenkreis auf keinen Fall bei einem Einsatz dabeihaben will. Sie sollten das alles wissen, falls es mal hart auf hart kommt."

„Ach herrje, auch das noch ..."

Bergmann hob die Hand und flüsterte jetzt fast: „Ich war noch nicht fertig!"

Er brauchte einige Atemzüge, um sich zu sammeln.

„Würde ich Thaler jetzt vor mir haben und ihn um seine Meinung bitten, würde er mir bestimmt in einer etwas freundlicheren Art und Weise sagen, dass Sie ebenfalls eine Fehlbesetzung sind. Ihre Abenteuerlust, Ihre Unbeherrschtheit, die Vorliebe für schnelle Autos und nicht zuletzt Ihr Ruf in Sachen Umgang mit Frauen ist wohl kaum dazu geeignet, Sie zum Leiter einer Soko zu machen. Deshalb sind Sie auch nur kommissarisch eingesetzt, verstanden? Wenn Sie mir erlauben, eine persönliche Meinung hinzuzufügen, dann sollten Sie wissen, dass ich hoffe, dass die Dauer der Ihnen übertragenen Führungsaufgabe nur sehr kurz ist ... so kurz wie möglich."

Er wollte sich nicht in Rage zu reden, deshalb trank er einen Schluck Wasser, um sich wieder zu beruhigen.

„Damit sind die Fronten für mich geklärt. Folgendes merken Sie sich bitte als Spielregeln. Erstens: Wir reden nie wieder über die Eignung einer anderen Person in dieser Soko und treten immer als ein funktionierendes Team auf, sowohl nach innen als auch nach außen. Zweitens: Wenn ich mit Ihrer Arbeit nicht zufrieden bin, und ich kann mir sehr gut vorstellen, dass das bald der Fall sein wird, dann werde ich Thaler zum kommissarischen Leiter ernennen.“ Er hob den rechten Zeigefinger. „Bäumchen wechsle dich ... so einfach ist das. Es ist mir scheißegal, was die Leute denken und was später in Ihrer Personalakte steht. Ich hoffe und bete außerdem, dass die Presse von unserer wirklich hervorragenden Expertenbesetzung der Soko nichts erfährt.“

Dann winkte er ab und ließ sich wieder auf das Ledersofa fallen.

„Ich denke, wir haben uns verstanden. Ich werde ab sofort wieder zu freundlicheren Formulierungen übergehen, denn ich wollte nur sicherstellen, dass Sie sich bewusst sind, wie ernst die Lage ist. Noch Fragen?“

Kralik erhob sich und trat ans Fenster. Es dauerte fast eine Minute, ehe er sich wieder umdrehte und etwas sagte. Dabei versuchte er, die zur Faust geballte Hand in seiner Hosentasche zu verstecken.

Er wechselte nun abrupt das Thema. „Sie wollten mir von unseren drei verunglückten Kollegen erzählen.“

„Ach ja, stimmt, sorry. Torsten Kümmel wollte die Kollegen Exner und Meerbusch direkt am Freitagabend nach Dienstschluss mit seinem Privatwagen zu Hause absetzen. Die Truppe hat sich ein Feierabendbier gegönnt. Ich nehme mal an, dass er als Fahrer nüchtern geblieben ist, kann es aber natürlich nur vermuten.

Hinter dem Riebeckplatz in Richtung B 80 hat es dann den Unfall gegeben. Der Wagen ist nahezu ungebremst in einen Tanklaster gerast. Keine Ahnung, warum. Die Drei hatten verdammtes Glück, dass der Tankwagen leer war. Unvorstellbar, was passiert wäre, wenn das Ding in die Luft geflogen wäre! Dabei sind sie außerdem auch noch seitlich mit einem Kleintransporter kollidiert. Dessen Fahrer hatte allerdings weniger Glück, er wurde durch den Aufprall aus dem Fahrzeug geschleudert. Genickbruch, muss sofort tot gewesen sein." Bergmann zog ein Taschentuch hervor und wischte sich die Schweißperlen von der Stirn.

„Tja, und unsere Leute sind noch immer auf der Intensivstation. Schwere Verletzungen, Näheres weiß ich leider nicht. Ich befürchte nur, dass sie uns auf absehbare Zeit keine Hilfe bei den Ermittlungen sein werden."

Er seufzte schwer.

„Die ganze Soko im Krankenhaus, herrje."

Kralik klemmte sich die mitgebrachten Unterlagen unter den Arm.

„Gut, wir halten Sie auf dem Laufenden. Heute Nachmittag werde ich mal in der Uniklinik vorbeifahren."

„Tun Sie das, und vergessen Sie mir die guten Sitten nicht, wenn Sie später wieder auf Ihren Kollegen treffen. Sie sind jetzt das Team, auf das ich zähle."

Vier

Kralik fuhr direkt zum Universitätsklinikum am Rande der Stadt. Er wollte nicht bis zum Nachmittag warten. Weil er die Preise des Besucherparkhauses kannte und keine Lust hatte, diesen Wucher zu bezahlen, parkte er kurzerhand in einer Seitenstraße in der Nähe des ehemaligen Finanzamtes.

Ich bin ja selbst nicht krank, also kann ich auch ein Stück zu Fuß gehen. Wenn ich laufen muss, dauert es außerdem länger, bis ich den Kasper im Büro wiedertreffen muss. Schön, wenn man so nette Kollegen hat!

Er stieg aus, atmete mehrmals tief durch und lief dann los.

Die beiden Toten stammen also aus Halle. Was haben sie gemeinsam? Warum wurden sie in unterschiedlichen Kirchen aufgefunden? Wieso überhaupt in Kirchen? Kannten sie sich? Was bedeuten die Kreuzigungen, und vor allem, was soll die auf die Stirn genagelte Spielkarte aussagen? Zweimal eine Pik Sieben. Damit ist die Karte wohl nicht zufällig ausgewählt worden.

Kralik griff zu seinem Handy. Es dauerte eine Weile, bis er sich zum zuständigen Labor des Landeskriminalamtes durchgefragt hatte.

„Wir untersuchen bereits das Blut, und jetzt fragen Sie auch noch nach DNA-Spuren auf den Spielkarten? Meinen Sie, wir denken da nicht selbst dran? Nun hören Sie mal, Herr Kollege, Sie glauben wohl, dass wir nichts anderes ...“

„Entschuldigung. Ich wollte nur höflich nachfragen."
Nein, eigentlich will ich Druck machen.
„Übermorgen. Frühestens."
Damit war das Gespräch beendet.

Er spuckte wütend aus und traf dabei fast den Schuh eines Joggers. Zur Entschuldigung hob er die Schultern. Der Läufer antwortete mit einer Wischbewegung vor der Stirn.

Kralik versuchte, aus dem immer gleichen Kreislauf der Gedanken herauszukommen. Es gelang ihm aber nur mit Mühe, die Gesichter der beiden ermordeten Frauen zu verdrängen.

Er ignorierte die Fußgänger-Ampel an der Kreuzung und lief mitten durch den fließenden Verkehr. Jedem Hupen-Ton winkte er zurück. Als er den Aufgang zur Klinik erreicht hatte, fühlte er sich erfrischt. Er lächelte. Doch an der Drehtür stockte er kurz.

Hätte ich für die Kollegen vielleicht etwas mitbringen sollen? Quatsch, die Jungs sind ja auf der Intensiv.

Mit einem Lächeln trat er an den Infoschalter, zeigte seinen Dienstausweis und bat darum, mit einem der diensthabenden Ärzte sprechen zu dürfen.

Wenig später stand er vor einer Scheibe und sah in einen der Räume der Intensivstation.

„Der Professor ist gleich für Sie da. Ich hole ihn. Momentchen." Die Schwester verschwand, bevor er sich bei ihr bedanken konnte.

Zwischen Trennwänden aus Stoff konnte er die schlafenden Kollegen mehr erahnen als sehen. Sie waren in hellgrüne Laken gehüllt, verdeckt von unzähligen Schläuchen und Leitungen. Das Weiß der Wände und Zimmerdecke stach unangenehm in seinen Augen. Diese reine, hoch technisierte Welt war ihm vollkommen fremd. Das Gefühl nahm er dankbar auf, obwohl er fröstelte, denn es lenkte ihn von den eigenen Problemen ab. Hier ging es nämlich nur um eines: den Kampf um Leben und Tod.

Ein sehr leises Piepen und Klacken der Geräte war zu hören, wenn jemand die Tür öffnete. Der Lichtschein der Kontrollmonitore wirkte gespenstisch und machte ihn beinahe ehrfürchtig. Als eine Hand vorsichtig seine Schulter ergriff, fuhr er erschrocken herum.

„Kommen Sie, Herr Kommissar, lassen Sie uns ein paar Schritte gehen. Ich muss dringend mal raus."

Sie gaben sich die Hand.

„Professor Hogrebe."

„Angenehm, Kralik."

Der Professor hielt die Tür auf und blinzelte in das helle Sonnenlicht.

„Die wenigen Minuten muss ich einfach nutzen. Wann hat man sonst schon mal die Chance auf frische Luft. Rauchen Sie?"

Dankbar nahm Kralik die angebotene Zigarette. Sein Blick folgte den bunten Kacheln des gepflasterten Innenhofes.

„Wie steht es um meine Kollegen, Herr Professor? Hat es sie sehr schlimm erwischt?"

„Sie sind momentan außer Lebensgefahr, soweit wir das zum jetzigen Zeitpunkt sagen können. Noch befinden sich alle drei jedoch im künstlichen Koma. Aber ich denke, wir können sie vielleicht bald zurückholen."

„Das hört sich ja nicht schlecht an."

„Sagen Sie mal, kennen Sie Ihre Kollegen gut? Also, ich meine ..."

„Ich weiß genau, was Sie meinen, Professor ... leider nein. Ich habe sie ab und zu gesehen, gegrüßt und das eine oder andere höfliche Wort mit Ihnen gewechselt, aber die Sonderkommission, die uns alle verbindet, gibt es erst seit wenigen Tagen. Wir hatten also nie so richtig die Gelegenheit, zusammen zu arbeiten.“

„Das höre ich hier leider viel zu oft. Wissen Sie, manche Menschen interessieren sich erst dann für andere Leute, wenn es ihnen schlecht geht, wenn sie scheinbar an der Schwelle des Todes stehen, und wenn ihnen bewusst wird, dass der andere vielleicht für immer geht und eine Lücke hinterlässt. Aber dann ist es leider viel zu spät, weil jeder immer nur an sich und seine kleine Welt denkt.“

Kralik schluckte heftig. Er blieb stehen und drehte sich zum Professor um.

„Ich wollte nicht ...“

„Schon gut, Sie sind damit ja in bester Gesellschaft, denn fast alle machen das so. Wenn ich Zeit und Gelegenheit habe, versuche ich, mit meinen Worten die Welt ein wenig besser zu machen. So wie jetzt bei Ihnen. Allerdings weiß ich nicht, ob meine Worte die Zuhörer überhaupt erreichen.“

Professor Hogrebe wischte seine langen grauweißen Haare aus seiner Stirn.

„Reden können Sie mit den Patienten nicht, auf keinen Fall, das wird noch dauern. Aber wenn Sie gläubig sind, dann beten Sie für sie. Wir hoffen darauf, dass sie in einigen Tagen wieder ansprechbar sind. Oder was wollten Sie von ihnen?“

Der Professor sah ihn aus seinen kleinen, dunkelblauen Augen an.

„Ähm, also, ich wollte ihnen eigentlich nur alles Gute …“

„Und dann? Wollten Sie sie befragen, um Ihre eigenen Probleme zu klären, stimmt's?“

„Na ja, die Kollegen waren bisher mit wichtigen Mordermittlungen betraut. Ich wollte mit ihnen über ihre Ermittlungsergebnisse, über ihre Eindrücke und auch über das, was man nicht zwischen den Zeilen eines Berichtes lesen kann, reden.“

„Weil?“

„Weil es in der Zwischenzeit eine weitere Leiche gegeben hat, mit dem gleichen Muster.“

Der Professor warf den Stummel seiner Zigarette auf den Boden und trat ihn aus.

„Das ist natürlich etwas anderes.“

Er drehte sich um, lief in die Gegenrichtung und gab ihm damit unmissverständlich zu verstehen, dass das Gespräch für ihn beendet war.

„Kümmern Sie sich um die Toten, vergessen Sie dabei aber nicht die Lebenden.“

„Keine Sorge, ich komme zurück und besuche die Lebenden.“

„Aus Fremden können auch schnell Freunde werden, wenn man nur ein wenig offen ist, und man muss natürlich auch ein Stück von sich selbst einbringen.“

„Ich werde es mir merken, versprochen, Professor. Dürfte ich Sie …“

„Nun geben Sie schon her.“

„Wie bitte?“

„Na Ihre Visitenkarte, danach wollten Sie mich doch gerade fragen. Das machen die Polizisten in den Fernseh-Krimiserien doch auch immer. Ich rufe Sie an, wenn es so weit ist und die Kollegen aufwachen.“

Er streckte seine Hand aus.

Kralik zog eine Karte hervor, bedankte sich und ging dann zurück zu seinem Auto.

***

Es war spät geworden, viel später als geplant.

Er stellte die leere Flasche zur Seite und öffnete sofort ein neues Bier. Das war seine Methode, einen Erfolg zu feiern.

Nach einem großen Schluck zündete er sich eine Zigarette an. Er vergaß auch nicht, Holz in der Feuerschale nachzulegen. Der Rauch war gegen die Schwärze der Nacht kaum auszumachen.

Schade, um diese Zeit lohnt es sich nicht mehr, den Grill anzuwerfen.

Er löste seinen verträumten Blick von den rötlichen Flammen, musterte den zugegebenermaßen verwilderten Garten und prostete sich dann selbst zu. Der Abend war eigentlich warm genug, sodass es das Feuer nicht gebraucht hätte.

Aber gemütlicher ist es allemal.

Er warf ein weiteres Stück Holz in die Flammen. Das Wohngebiet hatte längst seine Ruhe gefunden, nur vereinzelt hörte er noch ein vorbeifahrendes Auto oder ein Rollo, das heruntergelassen wurde.

Gut, dass sie schon alle schlafen.

Hinter ihm knackte es plötzlich, dann rasselte das Gartentor.

„Hallo, jemand zu Hause?“

Verdammt!

Sein Schreck verflog, als er die Stimme des Nachbarn erkannte.

So ein Idiot!

„Ja, komm ruhig rum. Ich bin hier, hinten im Garten."

Kurz darauf hörte er, wie sein Besuch um die Hausecke kam. *Scheiße, so viel Aufregung ist echt nicht gut für mein Herz.*

„Na, sag mal, ist doch schon spät, man macht sich ja Sorgen, wenn da ein Feuerchen … Ich wollte nur mal nachschauen, du verstehst das bestimmt, oder?"

„Nein, nein, du musst dich nicht entschuldigen. Ich wollte nur den Abend in Ruhe ausklingen lassen. Bleib gern hier, wenn du magst."

Ich weiß ja, dass du jede Gelegenheit nutzt, um mich anzuschnorren. Heute hätte es aber wirklich nicht sein müssen. Aber egal.

„Auch ein Bier?"

„Gern."

Der Nachbar setzte sich und nickte dankbar.

„Verbrennst du hier deine alten Gummistiefel oder wirst du sentimental?"

„Wegen des speziellen Geruchs? Nein, keine Gummistiefel. Prost!" Er grinste. *Aber nahe dran.* „Verrate es keinem, aber ich habe meine alte Gartenkluft drauf geworfen. Die hat ihren Dienst nämlich getan. Sieht ja auch keiner um diese Zeit."

„Schon in Ordnung. Über meine Lippen kommt nichts."

Mehr als ein paar Sätze zur anstehenden Gartenarbeit bekamen sie nicht zusammen. Der Besucher nahm auch die angebotene Zigarette, rauchte aber schneller als sonst.

„So, ich muss dann auch wieder und sage Tschüss. Ist ja schon spät. Danke schön.“

„Nicht dafür. Wir können ja bald mal wieder grillen.“

„Das wäre toll.“

Sein Blick schweifte zur Feuerschale hinüber. Wie es aussah, war alles verbrannt.

Ich muss weiterhin wachsam sein. Es wäre ja nicht auszudenken ... Gummistiefel ... wenn du wüsstest.

Er wartete, bis der zuletzt hineingeworfene Klotz glühte, griff unter die Gartenbank und warf zwei Papiertüten ins Feuer. In der größeren befand sich ein schwarzer Jogginganzug und in der anderen ein weißes T-Shirt mit selbstgestalteter UKH-Aufschrift. Die zwei kleinen Aufkleber vom Auto mit dem gleichen Firmenlogo hatte er achtlos zusammengeknüllt und in die Hosentaschen des Jogginganzuges gestopft.

Ich nehme mal an, dass das Feuer keinen Wert auf Ordnung legt. Er lächelte. *Das war's dann.*

Beschwingt sah er dabei zu, wie die Flammen ihr Werk verrichteten.

Verdammt, ich darf auf keinen Fall vergessen, meine alten Gartensachen wirklich wegzuwerfen. Sonst quatscht mich der Idiot von Nachbar noch darauf an. Morgen erledige ich das sofort in der Frühe. Gut, dass mir diese Ausrede so schnell eingefallen ist.

Er leckte sich zufrieden über die Lippen.

Jetzt ist es aber an der Zeit, mich um meinen Damen-Besuch zu kümmern.

Er stand auf und seine Finger knackten.

Sie ist so herrlich leicht!

In diesem Moment war niemand bei ihm, der seine Vorfreude sehen konnte.

***

Thaler öffnete vorsichtig die schwere Kirchentür und trat ein. Er war versucht, zu klopfen, und war sich nun nicht sicher, ob man ihn überhaupt gehört hatte. Er versuchte, Weihrauch mit seiner Nase einzufangen. Erwartet hatte er einen feucht-kalten Geruch, aber er wurde von einem Duft empfangen, der ihn an frische Sommerwiesen erinnerte.

Das muss wohl an den beiden gegenüberliegenden Türen liegen, die eine hervorragende Belüftung ermöglichen.

Seitlich vom Altar sah er die Silhouette eines Geistlichen, der gerade einige Kerzen anzündete. Der Kriminalhauptkommissar ging auf ihn zu und hüstelte, als er in der Nähe des Pfarrers stehen blieb.

„Vielen Dank, dass Sie Zeit für mich haben."

Der Angesprochene zündete noch zwei Kerzen an, ehe er sich zu ihm umdrehte. Er lächelte und streckte ihm die Hand entgegen. „Gunnar Lehmann. Sie müssen Kommissar Thaler sein, nicht wahr?"

„So ist es."

Er gab ihm die Hand. „Angenehm, Herr Pfarrer."

„Ich nehme an, die jüngsten Ereignisse führen Sie zu mir?"

„Ja, ich habe da ein paar Fragen ..."

„Ich habe für die arme Seele gerade ein Gebet gesprochen. Wollen Sie sich mir vielleicht anschließen?"

Dabei zeigte er auf die bereitliegenden Kerzen.

Thaler schluckte und nickte. Er selbst war nicht gläubig, wusste aber, was der Pfarrer meinte. Er fingerte einige Eurostücke aus dem Geldbeutel, nahm zwei Kerzen und zündete diese an.

„Danke schön." Der Pfarrer bekreuzigte sich. „Nun denn, lassen Sie uns doch ein paar Schritte laufen. Ich habe sonst wenig Gelegenheit dazu. Bitte folgen Sie mir in den Garten hinaus."

Er ging voran und winkte Thaler durch den Seiteneingang der Kirche.

„Herrlich hier, oder was sagen Sie?"

„Ja, ein wirklich schönes Stück Natur."

Das Grün des Rasens und der gepflegten Bäume tat seinen Augen gut. Der Kirchengarten war symmetrisch gestaltet. Kräuterbeete und Rabatten wechselten sich ab.

Der Pfarrer seufzte. „In Ordnung, stellen Sie Ihre Fragen."

„Ist Ihnen gestern etwas Besonderes aufgefallen? Etwas, das uns weiterhelfen könnte?"

„Hm, das ist eine interessante Frage, eine, die in den Fernsehkrimis auch immer gestellt wird. Hätte nicht gedacht, dass die auch im wirklichen Leben so formuliert wird." Er hob die Hand, als er sah, dass Thaler etwas entgegnen wollte. „Sie hätten bestimmt nicht gedacht, dass ich Krimis schaue, oder?"

Er blieb stehen, sodass Thaler sich umdrehen und einen Schritt zurückgehen musste.

„Nein, das stimmt. Tut mir leid, ich wollte Sie nicht verletzen."

Gunnar Lehmann winkte ab. „Ich habe das Gefühl, dass die Leute in der heutigen Zeit sehr oberflächlich geworden sind, deshalb dachte ich, Sie sollten Ihre Fragen vielleicht etwas konkreter stellen. Wollen Sie es noch einmal versuchen?"

„Gewiss doch. Also, meine erste Frage lautet: Kannten Sie die Tote?“

„Nein, ich kannte sie nicht, wir sind uns bisher noch nicht begegnet und sie ist auch kein Mitglied unserer Gemeinde. Oder besser gesagt: war kein Mitglied. Ich habe sie zuvor noch nie gesehen.“

Wieder bekreuzigte er sich.

„Ich weiß nicht, ob Sie an Gott, unseren Herrn, geglaubt hat. Ihrer Seele wegen hoffe ich es natürlich sehr. Was ich aber weiß, ist, dass niemand es verdient hat, so von uns zu gehen.“

„Da stimme ich Ihnen zu, Herr Pfarrer. Damit sind wir uns in einem Punkt ja schon mal einig. Ich möchte daher unbedingt aufklären, wer das getan hat, und den Schuldigen finden.“

„Ich verstehe, selbstverständlich. Ich war gestern bis acht Uhr abends hier, weil ich nach dem späten Gottesdienst noch ein wenig Papierkram zu erledigen hatte. Ich habe abgeschlossen wie immer, meine Kontrollrunde gemacht und bin dann nach Hause gelaufen. Und nein, ehe Sie fragen, es war gestern kein Fremder im Gottesdienst und es ist auch nichts Ungewöhnliches passiert. Eigentlich war alles wie immer.“

Er kniete sich hin und rupfte etwas Unkraut aus den Fugen einer alten Grabsteinplatte.

„Dadurch, dass Sie mir den Namen der armen Seele genannt haben, ist sie mir ein wenig näher.“

Er stand auf und atmete mehrmals tief ein und aus.

„Ich kann Ihnen nicht sagen, warum sie hier ermordet wurde.“

Kopfschüttelnd lief er weiter.

Dass hier der Tatort war, ist eher unwahrscheinlich.

Aber das behielt Thaler lieber für sich.

„Haben Sie sie gesehen? Also, ich meine ihren Zustand?"

Thaler hatte bewusst leise gesprochen.

„Ja, leider."

Er deutete auf seine Stirn und Handgelenke als Zeichen dafür, dass er genau wusste, in welchem Zustand die Leiche gefunden worden war.

Sie gingen schweigend einige Schritte, bis Thaler passende Worte fand.

„Darf ich kurz nach der Spielkarte fragen, nach dem Kreuz, an dem man sie festgebunden hatte, und nach dem weißen Grablicht, das direkt neben ihr stand?"

Der Pfarrer blieb erneut stehen. Sein Gesicht lief rot an und er stemmte die Hände in die Seiten.

„Spielkarten haben wir hier nicht. Kreuzigen war vor sehr vielen Jahren während der Inquisition üblich und Grablichter sind in den Farben rot und weiß weit verbreitet. Sie müssen Ihren Mörder leider selbst finden, Herr Kommissar. Tun Sie das aber bitte unauffällig, und respektieren Sie dabei den Glauben und die Ruhe der Kirche."

Er schnaubte leise. „Mich hier zu befragen ist ebenfalls oberflächlich, und Sie tun es nur deshalb, weil es Vorschrift ist. Alles, was ich dazu sagen könnte, habe ich bereits gestern Ihren Kollegen gesagt. Ich nehme an, dass Sie sich für etwas Besseres halten als für einen gewöhnlichen Streifenpolizisten und mich deshalb noch einmal selbst befragt haben."

Er trat an Thaler vorbei und lief zurück in Richtung Kirche. Über die Schulter rief er ihm zu: „Hören Sie, mein Freund, Sie haben sehr schwache Augen, deshalb sollten Sie umso mehr auf Ihre anderen Sinne vertrauen. Gott hat Sie gesegnet, glauben Sie mir. Aber Sie müssen es auch zulassen! Nun beten Sie zunächst einmal für die arme Seele der jungen Frau. Denn alles, was Sie tun können, bringt sie nicht wieder zurück. Respektieren Sie bitte den Frieden dieses Hauses." Er nahm eine Holzlatte, die als Stütze gedient hatte, zur Seite und schloss dann die Tür hinter sich.

Thaler lief ebenfalls zurück und umrundete die Kirche.

Interessantes Ende einer Unterhaltung.

Er schluckte und machte einige Fotos mit dem Handy. In Gedanken glich er dabei die Umgebung mit der kurzen Beschreibung seines Kollegen Kralik ab, die er in den Akten gelesen hatte.

Hm. Er betrachtete die bunten Scheiben der Kirchenfenster.

Grablichter sind in den Farben rot und weiß weit verbreitet.

Er zog sein Notizbuch hervor und schrieb hinein:

Statistische Wahrscheinlichkeit der Farben von Grablichtern klären.

Er klappte das Büchlein nachdenklich zu.

Weit verbreitet also. Ich kenne eigentlich sonst nur die roten. Aber bei der zweiten Leiche war es ganz sicher auch ein weißes Grablicht, das daneben gebrannt hatte.

***

Kurze Zeit später schob sich Thaler durch den Ausgang einer Drehtür und hob geblendet die Hand.

Na, das kann ja heiter werden.

Er seufzte.

Aber Einkäufe müssen nun mal sein.

Der Supermarkt hatte sich für einen kurzen Zwischenhalt geradezu angeboten, denn er lag auf dem Rückweg von der Kirche. In Gedanken war er noch immer bei dem Gespräch mit dem Pfarrer.

Aber gegen das direkte Sonnenlicht anzufahren, muss wirklich nicht sein. Ich könnte mir Besseres vorstellen.

Seine Augen waren äußerst empfindlich und mochten grelles Licht ebenso wenig wie die Dunkelheit der Nacht.

Wie immer hatte er den Wagen auf dem hinteren Drittel des Supermarktparkplatzes abgestellt. Hier war genügend Platz, er wurde nicht gedrängelt, und es gab keine hektischen Leute, die in aller Eile die Türen gegen die des Nachbarautos knallten. Die Gehetzten blieben nämlich immer direkt vorne und nutzten die engsten Parklücken, nur, um nichts zu verschenken.

Thaler waren die möglichen Dellen und Kratzer eigentlich fast egal, aber er wusste, dass man sich darum kümmern musste, und darauf hatte er keine Lust. Wenn es sich vermeiden ließ, war es umso besser. Er seufzte erneut, schob den Einkaufswagen in die Reihe zu den anderen und nahm dann seine einfache Pappkiste, in die die notwendigsten Dinge für den Abend locker hineinpassten. Nudeln, eine italienische Tomatensoße und eine Flasche Rotwein. Außerdem Toastbrot, haltbarer Schnittkäse und Butter, für die Tage, an denen er nicht den Luxus hatte, einkaufen zu können.

Wie immer hatte er den Einkauf so schnell wie möglich erledigt. Er stellte den Karton in den Kofferraum neben seine Aktentasche.

Hätte ich mir heute lieber ein Bier mitnehmen sollen?

Er schlug den Deckel zu, setzte sich in sein Auto und drückte noch vor dem Motorstart den Senderknopf des mitteldeutschen Inforadios. Die Nachrichten hatte er aber leider verpasst, es lief bereits der Wetterbericht.

Thaler legte den Rückwärtsgang ein. Wie immer war er vorwärts in die Lücke gefahren.

Schon süß, wie die meisten Gangmitglieder immer rückwärts einparkten, um bei einer möglichen Flucht schneller zu sein. Dabei musste er unwillkürlich lächeln.

Das ist nicht nur im Film so.

Er blickte sich um und setzte dann entschlossen zurück. Aus den Augenwinkeln sah er, dass es vorn in der ersten Reihe gerade einen Unfall gegeben hatte. Gehört hatte er aber nichts, dafür war das Radio zu laut.

Mein Reden, vorne gibt es immer nur Hektik und Stress. Aber auf mich hört ja keiner.

Thaler war müde und wollte nur noch nach Hause. Aus Neugier fuhr er dennoch in der nächsten Park-Doppelreihe zurück, um sich den Unfall etwas genauer ansehen zu können.

Oha, da hat der Kleine aber Glück gehabt, fünf km/h mehr, dann würde das Auto ganz anders aussehen.

Mit *der Kleine* meinte er einen Polo, der an der Stoßstange eines gigantischen SUVs zu kleben schien. Thaler bemerkte die Audi-Ringe, kannte den Typ des Wagens jedoch nicht. Autos interessierten ihn kaum mehr, als dass man sich einigermaßen sicher und bequem damit von A nach B bewegen konnte.

Er fuhr langsamer und ließ das Fenster herunter, um zumindest fragen zu können, ob jemand Hilfe brauchte. Als er unmittelbar auf der Höhe des Unfalls war, stieg ein Mann aus dem SUV. Seine Ausmaße hätten allerdings auch für zwei Männer gereicht. Thaler ahnte, dass dessen Anzug in nichts dem Luxus des Audi nachstand. Der Mann sprintete auf den kleinen Volkswagen zu.

Respekt, das hätte ich dir gar nicht zugetraut.

Er lächelte, allerdings nur für einen kurzen Moment, denn der Mann sprang zum Polo, schlug auf das Autodach ein und riss dann die Wagentür auf.

„Dir hat man wohl ins Gehirn geschissen, oder was?"

Seine rechte Hand verschwand im Inneren des Kleinwagens. „Nun mach schon, komm raus aus deiner Hühnerkiste, dann zeige ich dir, was ein richtiges Auto ist. Los jetzt! Du hast wohl den Führerschein im Lotto gewonnen, verehrte Schnepfe, oder? Mit Abschnallen geht es leichter!"

Der dicke Mann war in der Zwischenzeit hochrot geworden und schlug nun wiederholt auf das Autodach ein.

„Komm jetzt raus, und zwar sofort!"

Schnepfe?

Jetzt sah auch Thaler, dass eine Frau hinter dem Steuer saß.

Na, das kann ja noch heiter werden.

Er schaltete in den ersten Gang und fuhr langsamer.

„Kann ich vielleicht irgendwie helfen?"

Der Kopf des Dicken schnellte herum, und er sah ihn überrascht an. „Nee, Meister, alles gut, fahr einfach weiter. Die Lady und ich werden uns schon einig."

Er bedeutete ihm, weiterzufahren.

Thaler nickte instinktiv. Es dauerte ein wenig, bis er die Worte verarbeitet hatte. Das unaufgeforderte *Du* des anderen war es allerdings, das ihn kurz darauf anhalten ließ. Er parkte, schloss ab und lief die wenigen Meter zurück.

Die Fahrerin des Polos war jetzt ausgestiegen.

Hm, die ist wohl kaum älter als fünfundzwanzig Jahre.

Thaler sah, dass sie etwas zitterte und ihr Gesicht jegliche Farbe verloren hatte.

„Nun mach hier mal nicht auf arme Mutti, klar? Wer einen Unfall bauen kann, muss auch zu den Folgen stehen. Los, her mit den Papieren, aber schnell!" Und nach einem Moment rief er etwas lauter: „Wird's bald? Und hör gefälligst auf zu flennen!"

Er hatte jetzt seine Hand gehoben, und die junge Frau zitterte nun deutlich, als sie nickte, und sich in den Wagen hineinbeugte, um das Handschuhfach zu öffnen.

„Bitte beruhigen Sie sich doch", hauchte sie.

„Ich will mich aber nicht beruhigen, verdammt noch mal!" Jetzt schrie er. „Das, was ich in einer Stunde verdiene, schaffst du nicht mal in einem halben Jahr, verdammt! Hältst mich hier auf, klaust mir Zeit und, was noch viel schlimmer ist, zerkratzt meinen Wagen! So eine Scheiße, das wird teuer, du blödes Flittchen!"

Er riss ihr den Ausweis und die Zulassung aus der Hand, um alles mit seinem Handy zu fotografieren. Die

Papiere warf er anschließend achtlos ins Innere des Wagens zurück.

„So, mein liebes Fräulein, jetzt brauche ich noch eine Unterschrift."

Er griff in die Tasche seines dunkelblauen Sakkos und zog einen Notizblock und einen Kugelschreiber hervor.

„Warte kurz", herrschte er sie an. Dann schrieb er einige Worte, um ihr anschließend mit dem Block vor der Nase herumzufuchteln.

„Keine Ahnung, ob du lesen kannst, deshalb übernehme ich das mal für dich. Hier steht: *Ich trage die volle und alleinige Schuld und die Verantwortung für den heutigen Unfall.*"

Sein Gesicht war mittlerweile tiefrot und die Nasenflügel bebten.

„Unterschreib jetzt gefälligst!"

Er streckte ihr den Kugelschreiber entgegen.

„Eine kleine Nachschulung gibt's gratis von mir. Rechts vor links, das hilft immer. Kratz es dir am besten in den Lack deiner Möhre hier!"

Damit spielte er auf den roten Lack des Polos an. Er lachte und grunzte abwechselnd.

„Ich glaube, es war Henry Ford, der damals gesagt hat: *Ein Auto kann jede Farbe haben, Hauptsache, es ist schwarz.*"

Dabei strich er liebevoll über den Lack seines eigenen Wagens.

„Wenn du dir das merkst, hast du bereits zwei gute Ratschläge von mir bekommen. Damit bist du heute also nicht umsonst aufgestanden."

Die junge Frau wich so weit wie möglich zurück, wischte sich die Tränen ab und starrte auf den Stift.

Du hast Feierabend, Thaler, misch dich also jetzt ausnahmsweise mal nicht ein!

Aber das war leider leichter gesagt als getan.

„Moment mal!"

Der Dicke drehte sich verwirrt herum.

„Wie meinen?"

„Moment mal, sagte ich zu der Dame."

„Moment mal, *was?*"

Die Augen des Mannes wurden zu schmalen Schlitzen.

„Oder anders gesagt, sie sollte nicht so schnell unterschreiben."

Der Dicke riss die Augen auf, drehte sich wieder zurück und drückte der Unfallgegnerin Stift und Notizbuch in die Hand. „Festhalten!"

Dann wandte er sich wieder Thaler zu.

„Hör mal, Opi, ich habe jetzt die Schnauze gestrichen voll. Du sollst nach Hause fahren. Das ist nicht deine Musik, die hier spielt. Hau ab!"

„Na na, wer wird denn da gleich unfreundlich werden?" Thaler blieb vor dem erregten Mann stehen.

„Unfreundlich? Pass auf, sonst nimmst du die nächsten Wochen nur noch Flüssignahrung zu dir."

Bei diesen Sätzen war sein Gesicht fast dunkelrot geworden. „Noch mal langsam für dich und deine Hörgeräte: Rechts vor Links heißt, dass sie am Unfall schuld ist. Sie ist mir mit ihrem Sack Schrauben in den Wagen gefahren, und das unterschreibt sie mir jetzt, aber zackig!"

„Und wenn nicht?"

„Dann, dann ..." Er hechelte mittlerweile vor lauter Aufregung.

„Verdammter alter Mann, das, was jetzt passiert, geht auf deine Kappe, klar?"

Er holte aus und schlug zu. Direkt in Richtung von Thalers Kopf. Doch dieser war schneller und drehte sich zur Seite, sodass der Schlag ins Leere ging und der Angreifer stolperte.

„Na warte!"

Als er sich wieder gefangen hatte, stürmte er auf Thaler zu. Er hatte beide Fäuste erhoben. Im letzten Moment stoppte er seinen Vorwärtsdrang und schlug erneut zu. Wieder war Thaler schneller und duckte und drehte sich, sodass der Angreifer mit voller Wucht gegen seinen eigenen Wagen lief. Es krachte und Blut tropfte aus dem Nasenloch des Angreifers.

Es schien fast so, als würde sich Schaum vor dem Mund des Audi-Fahrers bilden. Er schrie auf und stürmte erneut los. Thaler machte einen Ausfallschritt, stützte sich am Audi ab und trat dann mit voller Wucht gegen die Kniescheibe des Dicken. Dieser fiel um, als sei er von einer Axt getroffen worden. Winselnd rollte er sich über den Boden. Jetzt war er es, der weinte.

Thaler nickte der jungen Frau aufmunternd zu, zog ein Päckchen Taschentücher hervor und reichte es ihr.

„Ich habe mich noch gar nicht vorgestellt. Christian Thaler ist mein Name."

Sie nahm die entgegengestreckte Packung, nickte nur stumm und begann, noch heftiger zu weinen.

Thaler fing sie elegant auf, als er bemerkte, dass sie in sich zusammensackte. Vorsichtig setzte er sie auf den Fahrersitz des Polos.

„Beruhigen Sie sich erst einmal und seien Sie unbesorgt. Gleich kommt Hilfe, ich werde meinen Kollegen Bescheid geben."

Er reichte ihr lächelnd eine Visitenkarte.

„Vielen Dank." Sie putzte sich ihre Nase und betrachtete dann erstaunt die Karte. „Wissen Sie, für mich bedeutet das Auto sehr viel, denn ich bin neu in meinem Beruf und habe es auf Kredit gekauft. Ein Größeres kann ich mir einfach nicht leisten."

„Schon gut, ist ja nicht der Rede wert."

Thaler winkte ab und ging in Richtung des dicken Mannes. Er hockte sich hin und wartete einen Moment, bis er die volle Aufmerksamkeit des Verletzten hatte.

„Mein Name ist Thaler ... Kriminalhauptkommissar Thaler, und ich werde gern mit SIE angesprochen. Ich möchte Ihnen auch einen kostenfreien Ratschlag geben: Rechts vor Links stimmt oft, aber nicht immer. Ist es auf privatem Grund nicht ausdrücklich ausgeschrieben, gilt gegenseitige Rücksichtnahme, und wir befinden uns hier auf privatem Grund."

Er erhob sich wieder, nachdem er seine Visitenkarte in die Brusttasche des am Boden Liegenden gesteckt hatte.

„Das, was Sie hier gemacht haben, nennt man übrigens Nötigung, zumindest versuchte Nötigung."

Er warf den Notizblock und den Stift neben ihm auf den Boden. „Ich denke, wir hören noch mal voneinander."

Der Frau nickte er zum Abschied zu, zog sein Handy hervor und berichtete der Dienststelle kurz, was geschehen war.

Als er den Parkplatz schon längst verlassen hatte, fiel ihm ein, dass er nicht einmal ihren Namen kannte.

Jetzt ist aber wirklich Feierabend. Das kann ich auch morgen noch alles im Bericht der Kollegen nachlesen.

Es störte ihn nicht, dass er erneut die Nachrichten im Radio verpasst hatte. Er grinste.

Fühlt sich fantastisch an, so eine gute Tat!

***

Schon wieder besetzt?

Kralik drückte die Wahlwiederholungstaste. Na endlich! Er legte die Nagelfeile zur Seite und wartete, dass jemand ans Telefon ging.

„Ihr BMW-Autohaus, der Counter, was kann ich für Sie tun?"

„Hier ist Kralik."

„Oh, schön Sie zu hören. Was haben Sie denn auf dem Herzen?"

Dann hast du mich also nicht vergessen.

Kralik grinste. Er setzte sich gerade hin, um seiner Stimme mehr Volumen zu verleihen.

„Nicole, ich wollte von Ihnen wissen, ob am Samstag das Frühlingsfest stattfindet."

„Ja, das findet statt. Wir sind gerade mitten in den Vorbereitungen. Um zehn Uhr geht's los."

„Ist das neue Cabrio schon da?"

„Nein, nein, Sie wissen doch, das darf ich Ihnen nicht verraten. Soll doch eine Überraschung werden."

„Oh, wie schade, ich dachte ..." Er machte absichtlich eine lange Pause.

„Was dachten Sie?"

„Dass wir eine Ausfahrt unternehmen könnten, vielleicht mit dem neuen Wagen, nur wir zwei …“

„Hm, na ja, aber am Vormittag … da geht es nicht, denn die Leute kommen doch nur wegen des Autos, deshalb können wir beide …“

„Und am Nachmittag?“

„Da gibt es dann leider nichts mehr zu essen, denn wir haben dieses Mal ein bayerisches Frühstück geplant. Passende Musik gibt es auch. Ich fände es aber toll, wenn Sie uns besuchen würden, Herr Kommissar. Doch ich fürchte, dass ich wenig Zeit haben werde.“

Kriminalhauptkommissar, so viel Zeit muss sein. Doch er verkniff sich die Bemerkung.

„In Ordnung, dann mal anders gefragt: Was wäre, wenn ich erst am Nachmittag komme, wenn das Fest schon zu Ende ist, Sie den Wagen für mich reservieren und ich Sie dafür zum Essen einlade?“

„Na ja, da muss ich erst den Chef fragen.“

„Also abgemacht? Ich darf Sie ausführen? Zur größten Not auch in meinem Auto?“

„Zur Not ja.“ Sie lachte laut.

„Dann werde ich etwas bescheiden sein. Bis Samstag!“ Doch sie hatte bereits aufgelegt.

Kralik sprang auf und rannte zwei Runden um seinen Schreibtisch herum.

Wahnsinn! Na, dann schauen wir mal, was sich so ergibt.

In diesem Moment ging seine Tür auf.

„Mahlzeit, der Herr!“

Kralik wollte eigentlich strenger klingen, doch dazu hatte er wegen seiner Verabredung einfach zu gute

Laune. Er versuchte, im Rahmen der Möglichkeiten, mürrisch zu gucken.

„Grüß dich, ich habe Besuch mitgebracht.“

Direkt hinter Thaler trat Staatsanwalt Arnold Bergmann ein. Er machte sich gar nicht erst die Mühe, die Tür hinter sich zu schließen, sodass Thaler zurückging.

Bergmann baute sich vor der Fotowand auf. „Hm, viel hat sich ja hier nicht verändert seit meinem letzten Besuch.“

„Dort vielleicht nicht, das stimmt.“

Kralik war jetzt aufgestanden. „Kann ich Ihnen etwas anbieten? Wasser oder Kaffee?“

„Ein Kaffee wäre schön.“

Er setzte sich demonstrativ auf Kraliks Stuhl und legte die Füße auf den Schreibtisch.

„Und?“

„Was und?“, fragte Kralik zurück. Er nahm drei Tassen aus dem Schrank und sah Thaler fragend an.

„Danke, für mich bitte auch.“

Bis er mit dem Kaffee zurückkam, herrschte angespanntes Schweigen.

„Also, mein Lieblingsteam, anders ausgedrückt: Was gibt es Neues?“

„Leider nur wenig, Herr Staatsanwalt.“

Thaler legte ein Kartenspiel auf seinen Schreibtisch.

„Wollen Sie mich veralbern? Haben Sie zu viel Zeit, dass Sie sich Spielkarten mitbringen? Ich fasse es ja nicht!“

„Kein Grund zur Aufregung, so besonders sind sie ja nun auch wieder nicht, also, ich meine die Karten. Man bekommt sie in jedem Laden.“

„Schon klar, aber ...“

„Ich war unterwegs, in drei verschiedenen Supermärkten und an einem Kiosk …"

„Ich dachte schon, du hast heute Mittagsschicht", fuhr Kralik dazwischen.

„Was ich eigentlich damit sagen will", er nahm einen Schluck Kaffee, „ist, dass es in jedem Laden exakt die gleichen Karten gibt. Es sind keine besonderen Karten. Immer das gleiche Motiv auf der Rückseite und die gleiche Verpackung. Alles brav nach den Altenburger Spielregeln. Genau das Zeug gibt es auch im Internet, sprich, unser Täter verwendet nicht zurück verfolgbare Spielkarten." Er machte eine Kunstpause und hob den Zeigefinger. „Denn auch im Inneren bieten sie eine gemeinsame Besonderheit."

Er öffnete ein Päckchen und ließ den Inhalt herausgleiten.

„Die Karten sind allesamt eingeschweißt."

„Richtig bemerkt, Herr Staatsanwalt, damit könnte ich das Spiel, also die äußere Verpackung, ohne Probleme anfassen, wenn ich es einkaufe. Später verwende ich dann Handschuhe, wenn ich die Pik Sieben aus dem Spiel ziehe. Keinerlei Abdrücke, keine DNA."

„Nicht schlecht."

„Hm." Der Staatsanwalt verzog das Gesicht. „Das bringt uns aber nicht weiter."

„Doch, denn so wissen wir, wo wir schon mal nicht mehr suchen müssen, und können uns dafür auf andere Dinge konzentrieren."

Bergmann nahm die Füße vom Tisch, blieb aber sitzen.

„Aber warum gerade eine Sieben? Warum wurde eine Pik Sieben auf die Stirn der Opfer genagelt?"

„Tja", fuhr Thaler fort, „das fragen wir uns auch. Unsere aktuelle Theorie ist, dass er, also der Täter, nicht in die Damen verliebt war, sonst wäre es vielleicht eine Herzkarte."

„Wenn man unterstellt, dass es ein ER war. Vorerst schließen wir nämlich eine Täterin aus. Die Transporte und die Kreuzigungen verlangen nun mal eine gewisse Kraft."

„Wir schließen aber nicht generell aus, dass es eine Frau war oder vielleicht auch eine Tätergruppe."

Der Staatsanwalt schlug mit der Faust auf den Tisch.

„Wir brauchen Fakten, und zwar schnell."

Er sah auf die Uhr. „In vierunddreißig Minuten habe ich einen Termin mit dem Chefredakteur vom Mitteldeutschen Tagesblatt. Was soll ich dem denn nur erzählen?"

„Dass wir in alle Richtungen ermitteln."

Thaler nahm ein dünnes Aktenmäppchen aus seiner Tasche. „Ich habe hier mal recherchiert, was welche Karten für eine Bedeutung haben, angefangen von den Farben, die Augenzahl und die geschichtliche Entwicklung. Interessant, was es da alles zu berichten gibt."

„Verdammter Mist, wir brauchen keine Mutmaßungen." Der Staatsanwalt wurde rot im Gesicht. „Das bringt uns doch nicht weiter, verstehen Sie das denn nicht?"

„Doch, das verstehen wir." Kralik zog einen Stuhl heran. „Nur dürfen Sie das der Presse nicht sagen."

„Hä? Ich verstehe wohl nicht richtig? Das Wenige, was wir wissen, darf ich nicht ..."

„Ganz genau, denn von der Verwendung von Spielkarten weiß bisher niemand etwas. Das ist ein Detail, das wir bewusst für uns behalten haben.“

„So eine Scheiße, also habe ich nichts.“ Der Staatsanwalt ließ die Schultern hängen.

„Na ja“, griff Thaler den Faden wieder auf, „erzählen Sie doch etwas davon, dass wir ein weißes Grablicht an jedem Fundort hatten. Weiß ist ja eher unüblich, meist ist es rot.“

„Haben Sie dafür etwa auch eine Recherche-Mappe?“, fauchte Bergmann.

„Nein, das ist nicht nötig, darüber gibt es nicht viel zu sagen, die Bedeutung von weiß und rot ist ja gleich, es geht dabei nur darum, dem oder der Toten zu gedenken und in Gedanken bei ihm oder ihr zu sein. Rot ist verbreiteter, vielleicht, weil es wärmer aussieht. Viel dazu gefunden habe ich leider nicht, aber es sollte ausreichen, damit die Presse etwas hat, worüber sie erst mal spekulieren kann, und wir haben außerdem Zeit gewonnen.“

Jetzt war es an Kralik, mit einem Nicken seine Zustimmung zu signalisieren.

„Schnickschnack.“ Der Staatsanwalt stand auf. „Ich halte sie hin, in Ordnung, aber das wird mir nicht lange gelingen, irgendwann wollen die auch Fakten sehen.“

Er sah den beiden Polizisten nacheinander in die Augen. „Ich gebe Ihnen zwei Tage.“ Dann trank er in einem Zug seinen Kaffee aus. „Haben wir uns verstanden?“

Kralik und Thaler nickten synchron.

„Mahlzeit.“ Bergmann ging und schloss erneut die Tür hinter sich nicht. Die beiden Kommissare hörten nicht, wie er telefonisch beim LKA um eine Zusammenstellung aller regionalen mystischen und religiös gefärbten Delikte bat.

Vielleicht bringt es ja was, vielleicht aber auch nicht. Einen Versuch ist es zumindest wert.

„Was ist denn in zwei Tagen?"

Thaler setzte sich an seinen Tisch und ließ dieses Mal seinen Kollegen die Tür schließen.

„Ehrlich gesagt, habe ich keinen blassen Schimmer. Aber jetzt habe ich wenigstens erst mal meinen Platz zurück. Ich nehme an, er will Ergebnisse sehen. Bis dahin kann er ja die Presse mit mysteriösen weißen Grablampen bei Laune halten. Vorhin musste ich mich übrigens beherrschen, als du gesagt hast, SIE SIND NICHTS BESONDERES und hinterhergeschoben hast, dass damit die Karten und nicht der Staatsanwalt gemeint ist." Sie kicherten gemeinsam.

„Also, Kollege, was machen wir jetzt?" Kralik sah ihn abwartend an.

„Ich erkundige mich nach den Kollegen im Krankenhaus und ob es Neuigkeiten wegen des Unfalls gibt."

„Gut, aber wir müssen auch bezüglich des Hintergrunds der Opfer, der Familie, Hobbys und Feinden ermitteln, das ganze Programm. Aber", er seufzte, „noch sind wir kein Team, das wirklich gut zusammenarbeitet."

„Sehe ich genauso, auch wenn du es schöner formuliert hast, als es ist. Wir hassen uns zwar nicht, arbeiten aber dennoch nur unfreiwillig zusammen, weil wir nicht viel vom anderen halten. Ich sage das jetzt mal so direkt und offen und werde mich dafür auch nicht entschuldigen. Aber ich habe einen Vorschlag."

„Ich bin ganz Ohr.“

„Getrennt marschieren, vereint zuschlagen. Wir nehmen uns das Umfeld getrennt voneinander vor, und solange es geht, meiden wir den Kontakt miteinander. Du nimmst alles, was mit Opfer 1 zu tun hat und ich alles zu Nummer 2. Fertig. Anschließend besprechen wir uns.“

„Gar keine schlechte Idee, so kann jeder sein Ding machen und dabei trotzdem etwas zum Erfolg beitragen. Es wäre aber gut, wenn wir letzten Endes zusammenarbeiten und uns ergänzen, denn vier Augen und Ohren sehen und hören nun mal mehr als zwei.“

„Das stimmt. Aber wir müssen es ja nicht gleich übertreiben und brüderlich zusammenarbeiten. Fangen wir damit an, unsere Einsätze zu koordinieren, so, wie eben vorgeschlagen.“

Beide blätterten jeweils in ihrem Notizbuch und überlegten, ob sie etwas vergessen hatten.

„Ist aber besser so, wenn wir allein arbeiten. Dann können wir uns später gegenseitig vorwerfen, was der andere jeweils falsch gemacht hat. Sollen wir uns um neunzehn Uhr wieder hier treffen?“

„Einverstanden.“

Thaler nickte.

„Wenn es sehr wichtige Dinge gibt, die bis dahin nicht warten können, verständigen wir uns einfach per Telefon.“

„So machen wir das.“

Als Thaler das Büro verlassen wollte, legte ihm Kralik auf einmal seine Hand auf den Unterarm.

„Beten wir zu Gott, dass wir es mit keinem Serientäter zu tun haben." Er sagte das, obwohl er nicht gläubig war.

„Oder einer Serientäter-Gruppe."

„Pappnase!"

„Nein, im Ernst, ein Serienkiller ist so ziemlich das Letzte, was wir jetzt brauchen."

„Wird schon nicht passieren. Dann also bis heute Abend."

Thaler lief über den Parkplatz. Im Stillen wunderte er sich darüber, wie viel unerwartete Übereinstimmung es zwischen ihnen gegeben hatte.

Die Vorzeichen, dass es wohl doch anders kommen wird, sind deutlich. Wenn es einen Serienkiller gibt, werden hier alle durchdrehen.

Er stieg in sein Auto.

Zwei sind schon eine Serie oder zumindest der Beginn davon. Aber jetzt erst mal ganz ruhig, und eins nach dem anderen. Aktuell ist die Zeugenbefragung an der Reihe. Danach sehen wir weiter.

Fünf

Er schluckte das letzte Wurststück herunter und strich sich gedankenverloren über die dünnen Haare. Die Folientüte faltete er sorgfältig zusammen. Wiederverwenden würde er sie nicht, Spuren hinterlassen wollte er aber auch nicht. Er wartete.

Das Wochenende ist doch dafür da, um auszuspannen.

Eine gefleckte Katze strich ihm um die Füße. Sie schien noch sehr jung zu sein und vor nichts Angst zu haben. Das Mondlicht spiegelte sich in ihren grünen Augen und verlieh ihr damit eine erhabene Schönheit. Als er ihr über den Kopf streicheln wollte, lief sie davon.

Ist vielleicht auch besser so.

Es half ihm, zur Ruhe zu kommen, wenn er sich fest an die Sandsteinmauer presste und tief durchatmete. Dennoch fiel es ihm schwer, sich auf das Hier und Jetzt zu konzentrieren.

Immer wieder musste er an Vanessa denken. Ihr hilfsbereites Wesen, die mollige Figur und die Haut, die so unheimlich gut gerochen hatte, standen im extremen Widerspruch zu dem, was er danach erlebt hatte. Sie war die erste Frau gewesen, die nicht um ihr Leben gebettelt hatte, nachdem sie aufgewacht war. Die ganze Zeit über hatte sie ihn demonstrativ streng angesehen, und das, ohne ein Wort zu sagen. Sie hatte selbst dann tapfer durchgehalten und das Zittern unterdrückt, als er seine Maske abgenommen hatte.

Er erinnerte sich noch ganz genau an alles.

„Bis jetzt dachte ich, dass ich noch eine Chance hätte. Aber ich weiß, was es heißt, wenn ein Entführer seine Maske abnimmt. Damit steigt die Wahrscheinlichkeit, dass man ihn wiedererkennen könnte. Das wird bei Ihnen nicht anders sein," hatte sie gesagt und den Blick gesenkt.

Ihr Gesicht wurde weiß. Die Wangenknochen schienen ein wenig mehr hervorzustechen als vorhin.

Er lächelte. „Nun, da wir uns schon so nahegekommen sind, schlage ich vor, dass wir zum Du übergehen. Das macht es vertrauter. Was meinst du?"

Sie antwortete nicht.

„Schade, ich hätte mich gern mit dir unterhalten."

Er schlug mit der Faust auf den Tisch, erhob sich und kniete sich direkt neben sie. Die kurze Überprüfung ihrer Fesseln stellte ihn zufrieden. Er beugte sich ganz nah zu ihr.

„Wie heißt du?"

Sie schüttelte nur den Kopf.

„Es war eh nur eine rhetorische Frage, aber das weißt du bestimmt."

Er versuchte, sich seine Enttäuschung nicht anmerken zu lassen.

„Das Wort *Schade* habe ich ja eben schon mal gebraucht. Also nennen wir es jetzt eben bedauerlich, dass du mich so sehr unterschätzt."

Er küsste sie auf die Stirn, dann griff er in ihre linke Hosentasche und zog ein dünnes Portemonnaie hervor. Der Inhalt war schnell überprüft.

„Aha, Vanessa Baumann ist also dein Name." Nach einer kurzen Pause fügte er hinzu: „Hallo Vanessa!"

Er schob den Ausweis nicht wieder zurück, sondern warf ihn in eine schwarze Mülltüte, ebenso ihre Bankkarte.

Neues Futter für meine Grillschale im Garten.

„So, das hätten wir geklärt. Obwohl es ja schon vorher bekannt war."

Mit nur zwei Schritten war er beim Lichtschalter angelangt.

„Hab keine Angst, ich will dir nur etwas zeigen."

Ein hohes Summen ertönte, dann wurde es kurz dunkel, bevor der fokussierte Strahl eines Beamers aufleuchtete.

„Sieh hin, Vanessa."

Was man im Dunkeln nicht sehen konnte, waren ihre Augen, die sich vor Erstaunen weiteten. Sie sah nun Fotos von ihrer Wohnung, Bilder aus Kindheitstagen und Kopien ihrer Personalunterlagen. Der Entführer hatte offenbar mehr als gründlich recherchiert.

Das Bild verharrte, als die Kamera die Schublade mit ihrer Unterwäsche einfing.

„Was ist deine Lieblingsfarbe? Ich habe vorsichtshalber alle Teile mitgenommen."

Er deutete auf eine Plastiktüte, die neben dem Tisch stand.

Wieder schwieg sie.

„Nun sag schon. Kein Arztkittel und keine anderen Sachen werden dieses Mal verdecken, was du gern trägst. Lieber Weiß, Rosa oder strahlendes Rot?" Er zog die entsprechende Wäsche aus der Tüte.

„Oder hier, verruchtes Schwarz?"

Sie deutete ein Kopfschütteln an. Er knüllte den Wäschehaufen zusammen und warf ihn ebenfalls in den Müllsack.

„Schade, ich wollte, dass du gut aussiehst, und dass du selbst entscheiden darfst. Nun muss ich das wohl für dich übernehmen."

Er griff nach einem Lila-Set und legte es neben sie.

„Dann bleibt nur diese Farbe hier übrig. Ist das in Ordnung?"

Statt einer Antwort biss sie ihm plötzlich in den Arm. Damit hatte er nicht gerechnet. Er schrie auf und konnte nur in letzter Sekunde den Schlag bremsen, den er instinktiv in Richtung ihres Kopfes ausführte. Nach einigen Atemzügen hatte er sich wieder im Griff.

„Wirklich schade, Vanessa, echt schade. Nun gut, du wirst trotzdem gut aussehen. Trink das jetzt bitte, okay? Denn wir haben nicht ewig Zeit."

Sie erkannte die Wasserflaschen, die er schon in seinem Van benutzt hatte, und wandte daher den Kopf ab und presste ihre Lippen zusammen, denn sie wusste, dass sie danach einschlafen würde.

„Trink!"

Er drückte ihren Unterkiefer herunter und schob die Flasche mit Gewalt hinein.

„Los jetzt!"

Dann sah er, dass sie weinte. Schließlich gab sie ihren Widerstand auf. Er genoss den Blick auf ihren Körper, strich die Plane, auf der sie lag, gerade und kniete sich neben ihre Handgelenke. Er verteilte die saugstarken Mullkompressen und zog dann das kleine Skalpell aus dem Futteral.

Hätte ich es nicht im Ausweis gelesen, würde ich nicht glauben, dass du schon zweiunddreißig bist. Das Lila passt wirklich gut zu dir.

Sie war längst eingeschlafen, als er die Klinge ansetzte.

„Tja, meine liebe Ärztin, ich schätze mal, dass du keine Diagnose mehr stellen wirst."

Der Ruf einer Eule riss ihn zurück ins Jetzt.

Konzentrier dich!

Er sah auf die Uhr und strich mit den Fingern über das feuchte Moos. Noch gut zwei Stunden, dann würde Vanessa bereits seit einer Woche tot sein. Er dachte oft an sie, und sah sie vor sich, wie in einen Film.

Sein Blick versuchte, die Kirchenuhr zu entziffern, aber dafür war es zu dunkel.

Okay, lange wird es schon nicht mehr dauern. Wenn ich Glück habe, ist sie allein. So wie bei den letzten Malen, als ich sie beobachtet habe.

Der Schmerz der Bisswunde meldete sich plötzlich mit einem dumpfen Pochen zurück.

Scheiße, geht das denn nie vorbei? Ganz schön hartnäckig.

Kurz darauf hörte er auch schon den Motor vom Rufbus, einem Van. Von seiner erhöhten Position aus konnte er alles gut beobachten. Außer dem Fahrer sah er nur eine Person im Inneren.

Sehr schön, sie hat also wieder ihr Opern-Abo genutzt. Für mich wäre das ja nichts.

Er drehte sich um und suchte sorgfältig die Umgebung ab.

Wenn ich mich beeile, bin ich vor ihr in ihrer Wohnung.

Er ging mit großen Schritten los, immer darum bemüht, im Schatten zu bleiben. Das Gewicht des Rucksackes spürte er kaum, was wohl auch daran lag, dass er lediglich zusätzlich zu den Müllbeuteln, den Handschuhen, der Folienrolle und dem Hammer, eine Rolle Draht, ein nagelneues Kartenspiel und nur ein Grablicht und einige Kupfernägel eingepackt hatte. Außerdem natürlich noch eine Tafel feinste dunkle Herrenschokolade. Die gab es nach getaner Arbeit stets als Belohnung.

Ich hoffe, dass du dich freust, wenn ich gleich zu Hause auf dich warte.

Er lächelte.

Wenig später war er in ihrer kleinen Wohnung angekommen, die heute einen würzigen Geruch verströmte. Schnell fand er die Ursache: Ein Dekanter, der halb gefüllt mit einem sehr dunklen Rotwein war.

Oh, meine Liebe, du willst wohl den Opernabend gemütlich ausklingen lassen, was?

Er strich mit der Rückseite seines rechten Lederhandschuhs über das bereitstehende Glas und seufzte.

Ich fürchte, daraus wird wohl leider nichts.

Dann kniete er sich hinter ihren Lesesessel. In der Bücherecke hatte er schon einige Male gestanden und überlegt, welche er davon mitnehmen sollte. Entschieden hatte er sich allerdings noch nicht, wahrscheinlich aber ein paar von den Biografien und vielleicht sogar einen Reiseführer.

Wenn ich mich doch nur trauen würde, mit den verdammten Schmerzen zu fliegen! Manchmal habe ich das Gefühl, dass sie schlimmer werden und mich irgendwann zerreißen.

In diesem Moment hörte er, wie ein Schlüssel klappernd den Weg ins Türschloss fand. Er kauerte sich zusammen.

Klick. Doch kein Licht ging an.

Wie auch, wenn ich die Sicherung herausgedreht habe.

Die Tür wurde geschlossen. Vorsichtige Schritte kamen näher.

Im Gegensatz zu den ihren hatten sich seine Augen bereits an die Dunkelheit gewöhnt, sodass er ihre Bewegungen gut beobachten konnte. Er wartete, bis sie die Streichhölzer im Regal gefunden hatte. Als die Kerze schließlich brannte, richtete er sich auf und legte den rechten Zeigefinger auf seine Lippen.

„Erschrecken Sie sich jetzt bitte nicht, Nadine. Ich …"

Doch irgendwie hatte er schon geahnt, dass sie nicht auf ihn hören würde. Sie wich zurück und schrie ihn prompt an: „Wer sind Sie? Was wollen Sie in meiner Wohnung?"

Er antwortete nicht, trat aber stattdessen näher an sie heran. Mit der rechten Hand umfasste er ihren Hinterkopf, die linke legte er ihr auf den Mund.

„Psst!"

Doch sie wurde nicht ruhiger, im Gegenteil, sie versuchte, sich loszureißen. Ihm blieb also keine andere Wahl. Er gab sie für einen Moment frei, um ihr dann mit beiden Handkanten brutal seitlich gegen den Hals zu schlagen.

„Tut mir leid, das gibt bestimmt blaue Flecke."

Sie riss ihre Augen weit auf und sackte kurz darauf in sich zusammen. Dann herrschte Stille.

Warum nicht gleich so.

Er griff in die Innentasche seiner Jacke und zog eine Injektionsspritze auf. Nachdem er sie ihr verabreicht hatte, lief er in die Küche. Er wusste genau, in welcher Schublade sie Messer und Scheren aufbewahrte.

Die große Geflügelschere mit dem schwarzen Griff sollte genügen.

Er nahm sich die Zeit, sie genauer zu betrachten.

„Nadine Franke. Ich hatte leider nie eine so hübsche Lehrerin", murmelte er.

Ihre Frisur hatte unter dem Sturz nicht gelitten. Die langen Haare umrahmten ein Gesicht, von dem er wusste, dass es so sonnengebräunt aussah, als käme sie direkt aus dem Urlaub.

Irgendwie siehst du deutlich jünger aus als fünfundvierzig.

Er bückte sich und setzte den ersten Schnitt.

Gleich geht's in die Wanne, schließlich sollst du deinem Schöpfer möglichst rein gegenübertreten.

Er klappte die Hälften ihrer Bluse auseinander.

Herrlich, ich habe gar keine Kopfschmerzen! Möge der Moment lange anhalten!

***

Christian Thaler hasste die Dunkelheit grundsätzlich, und auch die Schwäche seiner Augen, denn er wusste, dass er sowohl für sich als auch für andere eine Gefahr darstellte, wenn er dann Auto fuhr. Dieses Mal hatte er zumindest nicht schon in der Nacht zur Polizeiinspektion fahren müssen. Aber auch dieser kleine Lichtblick machte den Tag nicht besser. Zischend öffnete er die zuckerfreie Cola, die er von zu Hause mitgebracht hatte.

„Willst wohl schlank werden wie eine Gazelle, was?"

Stephan Kralik kam herein, warf die Tür hinter sich ins Schloss und anschließend seine Lederjacke auf die Schreibtischplatte.

Thaler antwortete ihm nicht.

Nötig hätte ich es ja, bei meinem Gewicht.

„Verdammte Scheiße, wieder ein Montag und wieder eine Leiche."

„Du sagst es."

Sie schalteten beide ihre Computer an und überflogen den vorläufigen Bericht. Thaler druckte das Foto von Nadine Franke aus und heftete es an die Glaswand.

„Die Spurensicherung ist noch vor Ort. Wenn sie fertig sind, würde ich mir die Wohnung von Frau Franke gern selbst anschauen."

„Hm, mach ruhig."

Kralik kratzte sich am Bart. „Ich werde dann mal zum Fundort fahren. Ist besser, wenn das ein Profi macht."

Thaler sah ihn schief an. „Dass du Erfahrung im Außendienst hast, bestreite ich ja nicht, aber dass dich das automatisch zu einem größeren Profi macht, als mich, glaubst du das wirklich? Was ist mit der Theorie und dem Wissen?"

„Das kann man so oder so sehen. Keine Ahnung, ob dir dein Spezialstudium etwas genützt hat, oder die vielen Kurse. Ich habe es jedenfalls immer vorgezogen, im Einsatz zu sein ... auf der Straße, ganz direkt. Das nennt man Praxis, falls dich mal jemand fragt."

„Hm, dass du damit indirekt gesagt hast, ich hätte mir nur den Hintern im Hörsaal platt gesessen und die direkte Polizeiarbeit vor Ort gemieden, habe ich jetzt einfach mal nicht gehört, denn dann müsste ich darauf antworten und etwas Unschönes sagen. Ich schlage deshalb vor, wir beruhigen uns erst mal, bevor wir uns beleidigen."

„Von mir aus." Kralik biss sich auf die Lippe.

Sie schwiegen.

Das Telefon klingelte etwas eher, als sie es erwartet hatten.

„Kralik, verdammt, Sie wissen doch gar nicht, was hier los ist! Die Presse belagert mich, bis jetzt kann ich sie noch mit den dünnen Fakten hinhalten ... schon wieder eine Kirche, schon wieder eine Frau. Sie müssen das aufklären, und zwar zügig, hören Sie?"

„Guten Morgen, Herr Bergmann."

Der Staatsanwalt schnaufte, ehe er fortfuhr: „Waren Sie schon vor Ort?"

„Wir wollten gerade aufbrechen, Herr Staatsanwalt ..."

„Sie wollten gerade aufbrechen ... wenn ich das schon höre!" Sein Schnaufen wurde heftiger.

„Können Sie mir wenigstens sagen, was die Leiche von heute mit den letzten beiden Opfern gemeinsam hat?"

„Wie Sie schon sagten, sie wurde an einer Kirche gefunden, und das Ganze geschieht immer montags. Alle wurden an ein Holzkreuz genagelt, mit einer Pik Sieben auf der Stirn und daneben steht ein Grablicht. Ein weißes."

„Das haben Sie ermittelt?" Die Stimme des Staatsanwaltes klang kalt. „Ermittelt?"

Kralik ließ die Frage unbeantwortet und drückte stattdessen den Knopf für die Höhenverstellung seines Schreibtisches. Die Knöchel seiner beiden Hände schienen weiß zu leuchten.

„Das erste Opfer war blond, einundzwanzig, das zweite hatte rotbraun gefärbte Haare, war mollig, trug eine Brille und war mit zweiunddreißig eine ganz andere Altersklasse. Unser drittes Opfer trägt dunkelbraunes langes Haar und hatte den fünfundvierzigsten Geburtstag bereits hinter sich. Wir hoffen, dass wir Gemeinsamkeiten finden, denn wir müssen unbedingt wissen, was sie verbindet. Dass wir die Utensilien, die man gefunden hat, im Labor untersuchen lassen, versteht sich von selbst. Vielleicht gibt es ja etwas tief in ihrer Vergangenheit." Er streckte den Rücken durch. „Wir legen jetzt los und halten Sie auf dem Laufenden. Bis dann, Herr Staatsanwalt."

Ohne eine Antwort abzuwarten, legte er auf.

Thaler sah verwundert zu seinem Kollegen hinüber und trank sein Glas aus.

„Siehst du, das unterscheidet uns. Ich hätte mich das nicht getraut, ich wäre diplomatischer gewesen. Wenn der dir diesen plötzlichen Abschied mal nicht übelnimmt."

„Was solls." Kralik winkte ab. „Aber mal abgesehen davon, dass ich dich nicht um deine Meinung gebeten habe: Mir kam da gerade so ein Gedanke. Bergmann hat recht. Wir müssen da ansetzen, wo die Opfer Gemeinsamkeiten haben."

„Aber die Hintergründe zu Nadine Franke müssen wir doch erst ..."

„Das, was wir schon wissen, sagt uns doch, dass sie alle total verschieden sind. Ganz andere Typen, auch vom Alter her. Das schließt aus meiner Sicht schon mal aus, dass sie zusammen im Sandkasten gespielt haben.“

„Der Täter ist ihre Gemeinsamkeit. Das können wir schon mal mit Sicherheit sagen.“

„Schlaumeier, klar. Die Kirchen vielleicht?“

„Tja, kann sein, die sind bestimmt nicht rein zufällig ausgewählt worden, haben irgendeine Bedeutung und liegen allesamt im Speckgürtel der Stadt.“

Kralik streckte seinen rechten Zeigefinger in die Höhe. „Da ist noch was, nämlich der Mensch, der etwas mit der Kirche zu tun hat.“

„Du meinst den Pfarrer?“

„Ganz genau. An den beiden anderen Kirchen haben wir ihn auch angetroffen. Ich wette mein Frühstücksbrot, dass wir es auch dieses Mal wieder mit dem Gleichen zu tun haben.“

„Das wäre ja ein Ding! Woher nimmst du diese Gewissheit?“, fragte Thaler zurück.

„Die Kirche hat doch Personalmangel, habe ich mal gehört. Keine Pfarrer und Priester. Daher werden die jeweiligen Verantwortungsgebiete immer größer. Braucht einer die letzte Ölung, muss sich der Geistliche schon aufgrund der Größe seines Bereiches beeilen, den Schutzbefohlenen noch lebend zu erreichen. Das gilt selbst für die Gottesdienste am Wochenende.“

„Willst du damit sagen, dass unser Pfarrer, der werte Herr ... Moment.“

Thaler blätterte durch die Unterlagen, um den Namen zu suchen.

„Ah, hier, ob Herr Lehmann auch für diese Kirche zuständig ist?"

„Ganz genau, das will ich damit sagen, muss es aber erst noch herausfinden!" Kralik zog die Lederjacke wieder an. „Wenn ich jetzt zum Fundort fahre, treffe ich ihn dort bestimmt an. Einen anderen Pfaffen werden die sich auf die Schnelle bestimmt nicht aus den Fingern saugen können."

„Oh, oh, Polizeiermittlungen bei einem Pfarrer. Das ist nicht gerade einfach, da müssen wir ganz besonders sensibel vorgehen. Soll ich ihn vielleicht ...?"

„Nein, auf keinen Fall!" Kralik schlug mit der Faust auf die Tischplatte.

„Wir wissen, dass er allein lebt und dass es keine Verwandten hier in der Nähe gibt. Das ist schon mehr, als wir wissen sollten." Seine Augen funkelten.

„War das vielleicht meine Idee?"

„Ist ja schon gut. Ich fahre wie geplant zur Wohnung. Treffen wir uns dann nachher wieder hier?"

Thaler erhielt keine Antwort, denn sein Kollege eilte bereits aus dem Büro.

„Na dann. Auf zur Wohnung von Frau Franke. Mal sehen, ob die Spurensicherung schon etwas Brauchbares gefunden hat."

Er wusste nicht genau, ob er zu sich selbst oder den Grünpflanzen gesprochen hatte.

Irgendwas müssen sie doch gemeinsam haben, verflixt noch mal. Die Morde sind alle geplant und vorbereitet worden, das heißt, die Opfer sind gewiss nicht zufällig ausgewählt worden.

Er sah absichtlich nicht auf die Uhr.

Das sollten wir möglichst schnell herausfinden.

Sechs

Die Stille im Büro wirkte drückend, wie ein abziehendes Gewitter. So war es auch gewesen, nachdem Staatsanwalt Bergmann versucht hatte, ihnen den Kopf zu waschen. Kralik und Thaler waren sich sicher, dass die Ursache des Wutausbruches nicht im Kollegenkreis lag, denn keiner von ihnen hatte die Information an die Presse gegeben. Dennoch hatte es das Bild einer Pik Sieben in das Mitteldeutsche Tagesblatt geschafft. Ein kleines und feines Detail, das alle Mordfälle miteinander verband. Eines, das sie gern für sich behalten hätten.

Kralik fuhr sich mit der rechten Hand durch den Bart und versuchte, sich zu beruhigen.

„Wenn der Bericht vom LKA da ist, bringe ich diesen eigenhändig zum Staatsanwalt. Eine grüne Sieben als Spielkarte … ich könnte mir sehr gut vorstellen, dass man dazu eine Menge recherchieren kann. Herstellung, Bedeutung und Verbreitung. Das wird sowas wie ein Schulaufsatz, aber sicher viel dicker. Soll der sich dann doch den ganzen Quatsch durchlesen. Unseren Täter wird die ganze Theorie kein bisschen interessieren. Ich könnte echt kotzen.“

Dann winkte er ab, griff nach der Zeitung, rollte sie zusammen und warf sie in den Papierkorb.

Thaler stand wortlos auf, zog die Zeitung wieder hervor, glättete sie und riss dann die Seite mit dem Bild heraus, um sie mit zwei Magneten an der Fotowand zu befestigen.

„Immerhin ist es nur auf der Regionalseite", brummte er.

„Mir reicht das schon, denn die ganze Stadt liest diesen Mist jetzt. Auf Berühmtheit kann ich nämlich gern verzichten."

„Ich auch."

Die nächsten Minuten verbrachten sie schweigend. Ab und zu hörte man ein Schlürfen aus einer Kaffeetasse.

Thaler nahm den Faden schließlich wieder auf. „Ich habe übrigens den Bericht der Spurensicherung abgeheftet. Die haben fremde DNA und Fingerabdrücke gefunden. Doch die Ausbeute ist überschaubar und zuordnen konnten wir davon allerdings nichts."

„Klar, denn unser Täter wird garantiert Handschuhe getragen haben, der ist doch auch nicht blöd."

„Da stimme ich dir zu."

Thaler öffnete die Akte und heftete eine Seite aus, die er seinem Kollegen kurz darauf zuschob.

„Etwas anderes haben sie aber gefunden. Hier, schau mal, das Türschloss."

Er gab ihm einen Moment zum Lesen.

„Definitiv mit einem Nachschlüssel geöffnet."

Kralik nickte. „Können wir damit etwas anfangen?"

„Vielleicht. Also ja, wenn wir den konkreten Nachschlüssel finden, denn dann können wir die Kerben hier und auch den Metallabrieb zuordnen."

„Dazu müssten wir das Ding aber erst mal finden."

Kralik winkte erneut ab und schob dann die Seite zurück. „Wenn wir so weit sind, haben wir den Fall sowieso bald gelöst." Er kicherte.

Betont langsam heftete Thaler die Seite wieder ab.

„Die Kollegen meinten, dass das Türschloss noch aus DDR-Zeiten stammt. Verflixt, die Leute sind aber auch sorglos. Die Sicherheitstechnik hat in der Zwischenzeit ja auch immense Fortschritte gemacht, da hätte man schon mal einen Austausch vornehmen können.“

„Wäre besser gewesen, ja, also so grundsätzlich. Aber ob das unserem Opfer geholfen hätte?“

„Nein, wahrscheinlich nicht, denn der Täter hätte sich sonst bestimmt auf andere Weise Zutritt verschafft. Aber trotzdem, so sorglos sollte man einfach nicht sein.“

Mehr gab es dazu nicht zu sagen. Die Ermittlungen waren an einem Tiefpunkt angelangt, das wussten sie beide. Es gab zwar ständig neue Teilchen, aber keines, das ihnen half, das Puzzle zusammenzusetzen.

Später standen sie beide schweigend vor der Fotowand.

„Es muss doch irgendeine Gemeinsamkeit geben.“

„Da hast du meine volle Zustimmung.“

Die Überheblichkeit schien aus Kraliks Stimme verschwunden zu sein.

„Blöd, dass irgendein Schmierfink von der Presse das mit der Pik Sieben mitbekommen und veröffentlicht hat. Bestimmt gibt es irgendwelche Idioten, die das fasziniert und die nun an allen möglichen Orten Spielkarten rumliegen lassen.“

„Sofern es jeweils eine andere Straftat außer Mord ist, wo anschließend eine Karte aufgefunden wird, stört mich das nicht.“

Thaler verschränkte seine Arme vor der Brust. Etwas schien ihm kurz darauf plötzlich neue Energie zu verleihen. Er wandte sich seinem Kollegen zu. „Wir haben doch die ganze Zeit über versucht, Gemeinsamkeiten zwischen den Opfern zu finden, nicht wahr?"

„Ganz genau. Versucht haben wir es. Gefunden aber ..."

„Nein, da haben wir abgesehen von einer gewissen räumlichen Nähe nichts. Aber bei einer Serie ist es oft so, dass es versteckte Verbindungen gibt. So ist der Mensch nun mal gestrickt, er macht nichts ohne Grund und ohne Antrieb."

„Wird das jetzt ein Vortrag über Täterpsychologie? Eine Vorlesung?"

„Nein, entschuldige bitte, aber mir ist gerade eine Gemeinsamkeit bei allen Fällen aufgefallen, die wir bisher noch gar nicht untersucht haben."

„Doch nicht die Grablichter, oder?" Kralik schüttelte den Kopf. „Ob rot oder weiß, Plastik oder Metall, so viel Wissen, wie wir uns in den letzten Tagen zu diesem Thema angeeignet haben, braucht wirklich kein Mensch. Wir wollen ja schließlich nicht in die Produktion einsteigen."

„Nein, ich meine eher etwas menschliches."

Thaler blickte auf den unteren Rand der Fotowand ... dorthin, wo die Namen von Zeugen und anderen Personen, denen sie im Rahmen ihrer Ermittlungen begegnet waren, in alphabetischer Reihenfolge auf Klebestreifen notiert waren.

„Schau doch mal genauer hin."

„Hm?"

Kralik trat einen Schritt näher heran und betrachtete die Namen. Man sah, dass er sich bemühte, der Andeutung einen Sinn zu geben. „Du meinst doch nicht etwa ...?"

„Doch, genau das meine ich."

Dann zog er einen Streifen ab und klebte ihn über die Fotos der Opfer.

Kralik sog hörbar die Luft ein. „Das glaube ich jetzt nicht." Sein Gesicht bekam noch mehr Farbe. „Das wäre ja ein Ding."

„Ganz genau."

Thaler strich nochmals über den Klebestreifen, als wolle er seinen Vermutungen dadurch mehr Gewicht verleihen.

„Dieser Name hier taucht an jedem Tatort auf, an jedem einzelnen."

„Aber ..." Kralik stockte kurz. „Die Idee ist nicht neu. Ich habe ihn doch erst neulich befragt. Für die Tatzeiten hat er ein festes Alibi. Er kann es also nicht gewesen sein, und außerdem ist Gunnar Lehmann ein Pfarrer."

„Ich weiß, und ich weiß auch, dass es nicht gern gesehen wird, wenn staatliche Institutionen sich in kirchliche Dinge einmischen. Das riecht förmlich nach Ärger."

„Korrekt. Wir müssen also äußerst vorsichtig sein. Wir ermitteln ja nicht gegen die Kirche an sich, wir schauen uns nur den feinen Herrn Lehmann an, als Menschen. Mehr nicht, aber auch nicht weniger. Sollen wir deswegen besser Bergmann verständigen?"

„Seit wann bist du denn so zimperlich? Ich denke, es ist besser, wenn wir unser eigenes Ding machen. Wer viel fragt, bekommt auch viele Antworten. Ich habe außerdem keine Lust, mit dem Staatsanwalt zu reden. Seine Visage heute früh gesehen zu haben, reicht mir völlig aus."

„Solche Worte verwendest du sonst aber auch nicht. Also, dann wollen wir kurz zusammenfassen, was wir bis jetzt über ihn haben."

Sie gingen zurück zu ihren Schreibtischen und lasen aus der Akte die Berichte des jeweils anderen. Schließlich hatten sie ihn schon beide befragt. Kurz darauf waren sie auf dem gleichen Wissensstand.

„So direkt fällt mir da nichts Besonderes auf."

Kralik heftete die Seiten wieder ein.

„Mir auch nicht. Aber", er zeigte auf die Fotowand, „sein Name ist immer präsent. An jedem einzelnen Ort."

Thaler hatte sich schon die Jacke angezogen.

„Abgesehen von einer Haushälterin, die bis vor ein paar Jahren laut Melderegister bei ihm gewohnt hat, gibt es niemanden im Umfeld, den wir befragen oder gar verdächtigen könnten. Es gibt da allerdings etwas im Hintergrund ... etwas das wir noch nicht greifen können. Es kann kein Zufall sein, dass es immer er ist, den wir antreffen. Da ist definitiv mehr dran. Auch wenn ich noch nicht weiß, was genau. Vielleicht irgendeine Dreiecksverbindung, Opfer, Täter und seine Figur. Wir müssen es herausfinden. Kommst du mit?"

„Das ist doch verrückt. Wir machen tatsächlich mal was gemeinsam? Wer hätte das gedacht."

Ausgerechnet bei einem Pfarrer.

Er sprach den Satz nicht aus, sondern griff zum Telefon und drückte eine der Tasten mit einer gespeicherten Rufnummer. „Momentchen noch, bin gleich bei dir."

Am anderen Ende wurde abgenommen.

„Moin, Kollegen, ich hätte da mal eine kurze Personenabfrage.“

***

Die Stereoanlage aus dem Wohnzimmer schickte eine leise Melodie zu ihnen herüber. Mozart oder Beethoven, er konnte es nicht unterscheiden. Aber es war ihm auch vollkommen egal.

Er blickte kurz auf den Radiowecker, den er aus dem Schlafzimmer geholt und auf das Waschbecken gestellt hatte. Ihre Sachen zog er komplett aus, um sie anschließend in eine Mülltüte zu stopfen, und dann ließ er warmes Wasser in die Wanne laufen.

Ihr Mund blieb verklebt und die Kabelbinder an Fuß- und Handgelenken hatte er sorgfältig überprüft. Er drehte den Hahn zu, als das Wasser ihren Hals erreichte.

Dann kam der Moment, in dem sie wieder wach wurde, blinzelte und die Augen öffnete.

„Hallo Nadine Franke, willkommen zurück,“ begrüßte er sie. Er lächelte. „Habe ich dir schon gesagt, dass du eine äußerst hübsche Lehrerin bist?“

Er leckte sich unbewusst über seine Lippen, während er sie betrachtete. Sie musste erst richtig wach werden, denn sie war noch nicht in der Lage, seinen Worten zu folgen.

„Weißt du, meine Liebe, ich dachte mir, dass ich dir jetzt mal einen kurzen Vortrag halte. Lehrer mögen es doch, wenn sich ihre Schüler auf ein Kurzreferat vorbereiten.“

Er konnte sein Kichern nicht unterdrücken.

„Deine Rente oder Pension wirst du nicht mehr erreichen, das kann ich dir bereits versprechen. Das liegt an meinem Mehrfach-Punkte-Plan. Es ist wirklich nur ein kurzer Vortrag. Also, zukünftig mache ich das wahrscheinlich anders, bei dir bleibt zunächst nur die Theorie. Ich könnte dich mit in Leim aufgelöster Kreide erledigen, dich mit einem Rohrstock verführen, oder dich vielleicht auch an den aufgeweichten Seiten eines Klassenbuches ersticken lassen. Anschließend würde ich dir mit einem Brandeisen die Zahlen von Eins bis Fünf auf die Stirn brennen. Oh, warte, in der heutigen Zeit gibt es ja sogar sechs Schulnoten, ich vergaß. Entschuldige bitte. Ich könnte dich tadeln und nachsitzen lassen. Es gäbe wirklich viele Methoden, dir ein süßes Ende zu bereiten."

Er machte eine kurze Pause. An ihren weit aufgerissenen Augen erkannte er, dass sie seinen Ausführungen aufmerksam folgte.

„Aber weißt du, Nadine, das alles ist mir nicht aufregend genug. Du hast mir die Inspiration verliehen, mich dir in der finalen Methode so zu nähern, wie du gelebt hast. Die Idee ist wirklich gut, und man wächst ja bekanntlich mit seinen Aufgaben. Aber habe keine Angst, man wird deinen Körper nicht so auffinden, dass man dir die Lehrerin sofort ansieht. Dafür bist du mir zu langweilig wie eine Beamtin. Die Grundidee, es spezifisch zu machen, nehme ich mit. Bei dir belassen wir es klassisch, so wie die Musik, die du so magst. Aber schön, dass wir darüber geredet haben."

Er trat an den oberen Wannenrand und drehte den Hahn wieder auf. Dann beugte er sich nach vorn, sodass er den Moment grenzenloser Angst in ihren Augen erkennen konnte. Entschlossen drückte er sie herunter. Es dauerte eine Weile, bis sie vollständig mit Wasser bedeckt war. Er warf einen Blick auf den Wecker.

Fünf Minuten reichen aus, aber es ist sicherer, wenn ich doppelt so lange warte.

Seine Gedanken kreisten jetzt um eine Idee, die ihn faszinierte.

Zinseszinseffekt. Ich denke, das wird mir gefallen.

Seine Augen leuchteten.

Als der Zeiger weit genug vorgerückt war, nahm er seine Hände aus dem Wasser und zog den Stöpsel aus der Wanne. Die nassen Lederhandschuhe warf er zu den anderen Sachen in die Mülltüte.

Schade drum.

Er zog sich neue über und brachte den Wecker zurück ins Schlafzimmer. Im Badezimmer rollte er schließlich eine dicke Folie aus. Er hob Nadine Franke aus der Wanne und föhnte sie komplett trocken.

Wir wollen doch nicht, dass du mir vor Nässe aus der Verpackung flutschst.

Dann kippte er das Fenster.

Wenn hier jemand reinkommt, ist alles wieder schön trocken.

Er drehte eine letzte Kontrollrunde durch die Wohnung, brachte dann zuerst den Müllsack und dann die schwarze Folienrolle in sein Auto. Da sie nicht allzu schwer war, gelang es ihm, leise und umsichtig zu sein. Wie erwartet schlief das Dorf noch.

Ihn erfasste nun erneut eine Vorfreude.

Zinseszinseffekt, du kannst kommen. Herrlich!

***

„Nein, es gibt keine vergleichbaren Fälle."

Kralik schlug mehrmals mit der flachen Hand auf den Tisch.

„Damit wirst du die bösen Geister aber bestimmt nicht verscheuchen."

„Klugscheißer."

„Selber."

Es war Montagmorgen. Sie hatten bereits mehrere Tassen Kaffee getrunken. Jetzt starrten sie auf die Glaswand.

„Das ist vollkommen ungewohnt, sonst um diese Zeit …"

„… sind wir bereits bei einer neuen Leiche, ja, das stimmt."

Thalers Gesicht schien heute etwas grauer zu sein als üblich.

„Das macht mich echt fertig. Es ist ja schön, wenn wir nicht noch in einem weiteren Fall ermitteln müssen. Nur hilft uns das bei der Aufklärung kein Stück weiter. Keine Leiche, kein Pfarrer, kein nix."

Kralik verstand die Anspielung, denn auch ihn ärgerte es, dass sie Pfarrer Lehmann nicht angetroffen hatten.

„Wir sollten keine voreiligen Schlüsse ziehen. Ja, es ist blöd, dass wir umsonst zu ihm gefahren sind, aber vielleicht macht er ja nur Urlaub."

„Urlaub wäre schön."

„Stimmt. Aber immerhin wissen wir jetzt, dass er ein unauffälliges Leben führt, was auch für seine Konten zutrifft. Wahrscheinlich ist es einfach nur Zufall, dass wir immer wieder auf ihn treffen."

„Tja, wer weiß. Es ist Montag, wir haben keinen Pfarrer und keine Leiche. Kann man sagen, dass das ein negativer Zusammenhang ist?“

Das Telefon klingelte. Thaler nahm ab. Er hörte schweigend zu, dann bedankte er sich. Als er aufgelegt hatte, trat er erneut zu seinem Kollegen an die Glaswand.

„Das war Streife Nummer fünf. Nichts.“

„In Ordnung. Trotzdem war es gut, dass wir zu jeder Kirche im Zuständigkeitsgebiet von Pfarrer Lehmann einen Wagen geschickt haben. Auch wenn ihn das entlastet.“

„Entlasten ist so eine Sache. Ich glaube ja auch nicht wirklich, dass er es war. Aber ich bin mir sicher, dass er mehr weiß, als er uns gesagt hat. Viel mehr, und nun ist er plötzlich verschwunden, verflixt.“

„Er ist verschwunden und nicht tot.“

Es sollte eigentlich eine Beruhigung sein.

„Wir finden ihn, es ist nur eine Frage der Zeit.“

„Scheiße noch mal.“

Nach einem Zögern fuhr Kralik fort: „Hier, das hat der Staatsanwalt uns schicken lassen. Er hat beim BKA nachgefragt, was es für religiös motivierte Straftaten gibt, die zu unseren Fällen passen könnten. Aber Fehlanzeige. Nehmen wir es also zu den Akten.“

„Auf die Idee, in diese Richtung zu ermitteln, hätten wir auch selbst kommen können. Aber zumindest kann man uns nicht vorwerfen, andere mögliche Spuren nicht zu beachten.“

„Dabei dachte ich, dass du der Schlaue von uns beiden sein willst. Ideen kommen damit ja wohl ganz klar von dir. Wechseln wir mal besser das Thema, denn wir können nicht den ganzen Tag damit verbringen, darauf zu warten, dass uns jemand eine Hiobsbotschaft von einem neuen Todesfall überbringt. Ich schlage vor, dass wir uns wieder aufteilen. Ich fahre nacheinander zu den Adressen der Angehörigen, die wir bisher noch nicht erreicht haben."

„Gute Idee. Und ich?"

„In der Auskunft stand doch drin, dass unser Pfarrer ein Wochenendhaus besitzt. Vielleicht kannst du ja dahinfahren und selbst nachschauen, ob er dort ist. Ist vielleicht besser, als wenn da plötzlich ein Streifenwagen aufkreuzt. Sprich persönlich mit ihm und befrage auch die Nachbarn. Ich denke, das bringt mehr. Du hast dafür garantiert das nötige Feingefühl."

„Jawohl, Chef. Ich werde äußerst sensibel vorgehen."

Eine bessere Idee habe ich auch nicht. Aber auf der Autofahrt kann ich ja in Ruhe nachdenken.

Er griff nach seiner Jacke und nach den Autoschlüsseln.

Wenn wir keine neuen Ergebnisse liefern und auch den Pfarrer nicht antreffen, wird uns Bergmann bestimmt wieder den Kopf waschen.

Dass sich seine Befürchtungen erfüllen würden, erfuhren sie erst später, kurz vor Feierabend.

***

Ich bin beeindruckt, eine wirklich schöne Aussicht.

Er sah hinüber zur Burg, die über der Stadt thronte. Sein Blick verweilte kurz auf dem Gras, das sich im Wind sanft hin- und her bewegte und blieb auf dem seichten Wasser der Saale hängen. Doch es dauerte nur einen Moment, dann verzog er seine Mundwinkel. Der

Schmerz war zurückgekehrt. Mal in großen, mal in kleinen Wellen. Auch die Tabletten, die ihm der Arzt verschrieben hatte, unterdrückten die Schmerzen nur ein wenig. Außerdem schmeckten sie furchtbar bitter, sodass er schon den ganzen Tag über den Geschmack von verbrannten Kräutern auf der Zunge schmeckte. Wenn er aufstoßen musste, fühlte es sich seltsam ölig an. Er hob das Sektglas und trank es in einem Zug aus. Dann schüttelte er sich und warf einen Blick durch das bodentiefe Fenster in der Hoffnung, das Schöne zu finden. Doch es gelang ihm nicht, sodass er sich schließlich umdrehte, das Glas auf den Nachttisch stellte und sich einen Stuhl an das breite Bett heranzog.

Das, was er nun vor sich sah, war auf eine gewisse Art und Weise auch sehr schön. Er war froh, dass die Frau momentan schlief, denn so merkte sie nicht, dass er noch Zeit brauchte, um wieder zu Kräften zu kommen.

Er strich mit den behandschuhten Fingern über die Seidenbettwäsche. Es hatte eine Spur von Vornehmheit. Die Hand- und Fußgelenke der jungen Frau waren mit gewöhnlichen Stricken an die Pfosten des Bettes gebunden. Oberflächlich betrachtet sah es so aus wie ein überdimensionales X. Ihre Augen waren mit einem dunkelblauen Tuch verbunden, was hervorragend zu ihrer schwarzen Unterwäsche passte.

Sorry, Annika, hätte ich das gewusst, hätte ich das Klebeband für deinen Mund in der passenden Farbe mitgebracht. Aber ich denke, das graue hier wird auch genügen.

Er stand auf, stellte die roten High Heels, die er im Flur gefunden hatte, neben ihre Füße und holte sich eine vergoldete Feder vom Schreibtisch. Dann entnahm er zwei Eiswürfel aus dem Kühlfach und legte sie auf ihre Stirn. Wie erwartet dauerte es nicht allzu lange. Er erkannte, dass sie langsam aufwachte. Aus seiner Tasche holte er daraufhin einen Müllsack hervor und entrollte ihn. Anschließend warf er das Sektglas hinein.

Der Umschlag, der seine Notizen über sie enthielt, folgte. Ein letztes Mal las er die Aufschrift:

Annika Sommer, 37, alleinstehend, Bankerin.

Da sie ihren Kopf jetzt heftig hin und her bewegte, ging er zu ihr hinüber und schob die Augenbinde nach oben, so, als wolle er ihre blonden Haare zusammenbinden. Sie versuchte, etwas zu sagen, doch es misslang ihr.

Er gab ihr mehr Zeit. Auch wenn er ihre Wohnung schon mehrmals während seiner Recherchen betreten hatte, so war es doch etwas vollkommen anderes, sich nicht nur heimlich, sondern im Beisein der Frau umzusehen.

Der größte Teil des Schlafzimmers war dort, wo es keine Fenster gab, mit raumhohen Regalen versehen. Er nahm sich die Zeit, einige der Buchrücken zu lesen. Dann pfiff er durch die Zähne.

„Respekt, meine Liebe. Viele dieser Werke stehen auch bei mir zu Hause. Wenn ich das richtig sehe, sind das alles nur Krimis und Thriller, nicht wahr? Man könnte den Eindruck gewinnen, dass du die Spannung und den Nervenkitzel magst. Nun, sagen wir mal so, ich kann dir versichern, dass du heute voll auf deine Kosten kommen wirst."

Er verschränkte seine Hände hinter dem Rücken und lief weiter.

„Von den Autoren kann man übrigens eine ganze Menge lernen. Die Leute denken immer, es sei alles ausgedacht, was diese Schreiberlinge da zu Papier bringen oder in die Tasten ihrer Computer hauen, aber das ist nicht so. Viele ihrer Methoden sind äußerst gut durchdacht, und einiges habe ich auch schon von ihnen gelernt. Recherche ist nun mal alles." Kichernd ging er seine Runde zu Ende, bis er schließlich wieder neben ihrem Bett angekommen war. Er sah ihr in die Augen, bis sie den Blick abwandte, dann zog er sich die Ski-Maske vom Kopf. Jetzt hatte er sofort wieder ihre volle Aufmerksamkeit.

„Du weißt ganz genau, was das bedeutet, nicht wahr?"
Sie nickte fast unmerklich und fing an zu weinen.

„Dann ist ja gut, das heißt, ich muss dir nicht mehr erklären, was es bedeutet, wenn der Böse seine Maske abnimmt. Haben sich die vielen Krimis, die du gelesen hast, also doch gelohnt."

Er strich ihr eine Strähne aus der Stirn.

„Ich möchte mich gern ein wenig mit dir unterhalten, dazu werde ich dir später auch das Klebeband abnehmen. Vorerst jedoch schauen wir uns allerdings die Zinseszinsrechnung an. Du als Bankerin kennst das ja bestimmt, oder nicht? Das wäre dann der erste Teil von meinem Mehr-Punkte-Programm."

Er wartete nicht auf eine Reaktion, sondern nahm stattdessen einen der High Heels und tippte auf den Absatz.

„Wie breit mag diese Fläche wohl sein? Hm?"

Da sie nicht antworten konnte, schüttelte er den Kopf. „Das man auf sowas überhaupt laufen kann."

Er warf beide Schuhe in die Mülltüte und zog eine Handvoll Bau-Nägel aus seiner Tasche.

„Die dürften ungefähr die gleiche Größe haben. Damit wir keinen Taschenrechner brauchen, gehen wir der Einfachheit halber in unseren Berechnungen mal von hundert Prozent aus. Auch hier nehme ich an, dass du nichts gegen eine gute Rendite hast."

Er hob Annika Sommer leicht an und trieb ihr einen der Nägel in den hinteren rechten Oberschenkel. Direkt danach folgte ein weiterer.

„Das wären dann die Zinsen."

Sie bäumte sich auf und versuchte, zu schreien. Ihr Gesicht lief dunkelrot an. Doch mehr als ein dumpfes Geräusch, das an einen umfallenden Baum erinnerte, brachte sie wegen des Klebebands nicht zustande.

„Das ist übrigens der Grund dafür, warum ich dir das Ding erst später abnehme."

Er sah zu, wie sie versuchte, ihr Gewicht auf die linke Seite zu verlagern, um nicht auf den Nägeln liegen zu müssen.

„Wo waren wir stehen geblieben? Ach ja, Zinseszins."

Zwei weitere Nägel, ebenfalls schnell hintereinander mit Gewalt durch die Haut gedrückt, folgten. Die Gequälte versuchte, sich im Rahmen ihrer Möglichkeiten aufzubäumen und dem plötzlichen Schmerz zu entkommen, doch es half nichts.

„Zwei plus noch mal hundert Prozent sind vier. Habe ich da richtig gerechnet?"

Sie blieb stumm und antwortete nicht. Doch damit konnte er sich nicht zufriedengeben.

„Habe ich richtig gerechnet?", wiederholte er.

Jetzt nickte sie wild. Unter ihren Augen bildeten sich dunkle Ringe.

„Gut, dann lass uns ein wenig weiter machen. Vier plus hundert Prozent …"

Er griff erneut in seine Tasche. Dieses Mal rammte er gleich zwei Nägel in sie hinein, ehe er direkt neue hervorholte.

„Und drei und vier."

Schmerzwellen zuckten über ihren Körper. Er sah und hörte, dass sie verzweifelt zu schreien versuchte, und, dass sie ihre Augen verdrehte. Schnell gab er ihr links und rechts ein paar sanfte Ohrfeigen.

„Na, wer wird denn da einfach ohnmächtig werden? Bleib bei mir!"

Ihr Gesicht hatte sich verzogen und es folgten noch mehr Tränen.

„In Ordnung, dann hast du die Rechnung ja jetzt scheinbar verstanden. Nach vier kommt …"

Sie schüttelte heftig den Kopf und schloss die Augen. Er küsste sie auf die Stirn und hob ihren Oberkörper leicht an. „Schätzchen, es gibt auch Negativzinsen. Das wird jetzt gleich ein wenig weh tun."

Er umfasste alle Nägel gleichzeitig und riss sie wieder heraus. Auch dieses Mal gab er Annika wieder etwas Zeit, um sich zu beruhigen. Er lief in die Küche, holte mehrere Blätter Küchenpapier, die er ihr auf die Wunden legte und dann mit Klebeband fixierte.

„Du suppst mir ja sonst noch alles voll hier!"

Seine Handschuhe säuberte er kurzerhand an der Innenseite der Bettdecke.

„Kommen wir zum nächsten Punkt."

Er löste die Fesseln an ihren Fußgelenken. Sie konnte es nicht sehen, sondern nur fühlen, als seine Hände höher wanderten und er um ihre Knie einen Ledergürtel band. Als sie leise wimmerte, legte er seinen rechten Zeigefinger an den Mund.

„Nein, keine Angst, nach Sex steht mir im Moment nicht der Sinn. In diesem Punkt kannst du dich entspannen." Er lächelte. „Aber wer weiß, vielleicht haben wir das ja auch vorhin schon erledigt, als du so traumhaft geschlafen hast?"

Ihr Körper versteifte sich.

Coole Sache, jetzt denkt sie, wir hätten miteinander geschlafen. Einfach mal so eine böse Behauptung raushauen und im Raum stehen lassen.

Auch das hatte er erst jüngst in einem Thriller gelesen.

„Warte kurz auf mich, ja?"

Er ging ins Bad und kam mit einer großen Schüssel zurück. Sie hatte in der Zwischenzeit versucht, sich mit der Kraft ihrer Beine anzuheben und zur Seite zu rollen. Er drückte sie sanft zurück und hob die zusammengebundenen Beine in die Schüssel. Dann lief er erneut ins Bad, um einen Eimer zu holen, und ging anschließend noch in die Küche. Es rasselte, als er den Eimer, den er zuvor mit Eiswürfeln gefüllt hatte, in die Schüssel leerte. Er musste die Frau festhalten, damit sie die plötzliche Kälte ertrug.

„Ihr kühlt doch sonst auch immer alles, von den Getränken angefangen."

Sein eigener Schmerz zwang ihn, kurz zu husten.

„Scheiß Luxus-Gesellschaft!"

Er lockerte seinen Griff, als er bemerkte, dass sie endlich stillhielt.

„Können wir jetzt reden?"

Sie nickte. Mit einem Ruck riss er ihr das Klebeband ab. Als er sah, dass sie schreien wollte, nahm er einen Eiswürfel, schob ihn in ihren Mund und verschloss diesen dann mit seiner Hand.

„Sei schön brav, ja?"

Etwas später konnte er seine Hände zurückziehen.

„Mach dir keine Sorgen, dass du dir eine Blasenentzündung holst, das ist jetzt nicht mehr wichtig." Er lachte. „Sag mir, kleine Bankerin, liebst du den edlen Füllfederhalter und den Rotstift auch so? Ich hätte da was Feines in der Hinterhand."

Er musste sie an den Schultern schütteln, da sie kurz davor war, in einen Dämmerzustand hinüberzugleiten.

***

„Und ich dachte schon, dass wir hier Hase und Igel spielen."

„Was soll das heißen?"

„Na, Hase und Igel. Der Hase läuft sich die Seele aus dem Leib, aber egal, was er auch macht, der Igel ist immer schon vor ihm da." Thaler nahm einen großen Bissen von seiner Salami-Schnitte.

„Hm."

„Verdammt, in den letzten Wochen wurden wir immer in der Nacht vom Sonntag auf Montag gerufen, weil man an einer Kirche die Leiche einer Frau gefunden hat. Jedes Mal dasselbe … ein Leichenfund und die Bullen ermitteln. Ohne Erfolg übrigens."

„Tja." Kralik blieb schmallippig.

„Aber es hat auch sein Gutes.“

„Was bei einem Katz- und Mausspiel *was* wäre?“

„Heute ist schon Dienstag. Bisher keine Leiche und damit für uns auch keine weiteren Ermittlungen.“

„Pff.“ Nach einer kurzen Pause fragte er: „Kaffee?“

„Ja, sehr gern. Sag mal, gibt’s was Neues vom Pfarrer?“

„Nicht, dass ich wüsste. Wir haben ihm eine Nachricht hinterlassen, sowohl zu Hause als auch am Wochenendhaus. Irgendwie scheinen Geistliche kein WhatsApp zu haben und auch nicht permanent online zu sein. Die sind noch eher analog unterwegs. Digitale Enthaltsamkeit sozusagen.“

„Stimmt.“

Kralik stellte die Kaffeetassen auf den jeweiligen Schreibtisch.

„Deshalb gibt’s auch keine Ergebnisse einer Handyortung. Was sollten wir da auch schon orten?“

Er schlürfte. „Verdammt, ist der heiß!“

Wütend knallte er die Tasse auf die Tischplatte.

„Übrigens hat sich die Spurensicherung inzwischen gemeldet. Alle Grablichter, die wir an den Fundorten hatten, stammen aus der gleichen Chargennummer. Ich hatte mir sowas schon fast gedacht. Massenware, gibt es wirklich überall. Wohl Palettenware, made in China.“

„Fällt das nicht auf, wenn man da mehrere von den Dingern kauft?“

„Tja, vielleicht. Aber wer achtet heutzutage denn noch darauf, was der Nächste in der Schlange in seinem Einkaufskorb hat? Die Beschaffung könnte außerdem online oder im Baumarkt vor Ort erfolgt sein. Schau doch mal auf den Kalender, wie viele Feiertage wir haben ... Ostern, Weihnachten, Pfingsten, Totensonntag und so weiter. Wenn du zu solch einer Gelegenheit im Supermarkt einkaufst und kurz vor dir ein Mensch eine Ladung Grablichter über das Rollband an der Kasse schiebt, wäre dir das ungewöhnlich vorgekommen, wenn du nichts von unserem aktuellen Fall wüsstest? Nein? Eben, das fällt einem nicht auf."

„Dann hilft uns das leider auch nicht weiter."

„Nein, das stimmt. Zumal wir ja auch nicht wissen, wie viele Grablichter er noch in Reserve hat."

Das Telefon klingelte. Kralik nahm ab, hörte kurz zu und legte dann mit einem mürrischem „Nein, danke, kein Interesse" wieder auf.

„Die Presse."

Vorsichtig trank er einen Schluck Kaffee, da klingelte das Telefon erneut.

„Habe ich Ihnen nicht gerade eben gesagt, dass ..."

Er hörte zu, ohne Fragen zu stellen. „Dann holen wir Sie ab."

Wieder folgte eine Pause, in der er dem Anrufer zuhörte.

„Gut, wir kommen. Bis dann." Ohne Gruß legte er auf. Auf Thalers hochgezogene Augenbrauen hin antwortete er: „Du wirst es nicht glauben, aber das war Pfarrer Lehmann."

„Und was wollte er?"

„Er war mit dem Fahrrad unterwegs, ganz allein, Elbradweg. Macht er angeblich immer mal, um abzuschalten und für niemanden erreichbar zu sein, sagt er. Zu Hause angekommen hat er dann unsere Nachricht vorgefunden und sofort zurückgerufen. Zu uns kommen wollte er allerdings nicht."

„Deshalb dein Angebot, ihn abzuholen?“
„Ganz genau.“
„Irgendwie ein unangenehmer Zeitgenosse.“
Kralik schüttelte sich.
„Vorgeführt werden als Zeuge wollte er auch nicht. Wir können nur zu ihm nach Hause fahren und ihn dort befragen.“
„Gut, dann machen wir das am besten sofort, denn eine bessere Spur haben wir momentan nicht.“
Sie hatten gerade ihre Jacken angezogen, als es erneut klingelte.
„Das ist ja heute hier wie in der Vermittlung einer Telefonzentrale!“
Thaler winkte ab und lief zurück zum Schreibtisch, um das Telefonat anzunehmen. Je länger er zuhörte, desto blasser wurde er … bis er schließlich sagte: „Ich verstehe. Wir kommen sofort. Danke.“
Mit einem Seufzer legte er den Hörer wieder auf.
Kralik kam langsam zurück.
„Schlechte Nachrichten?“
„Ja, das kannst du laut sagen. Eine weitere Leiche, weiblich. Alles passt, auf ein Kreuz genagelt, mit einer Pik Sieben auf der Stirn und einem Grablicht daneben. Das volle Programm.“
„Verdammt. Soweit also zu unserer Theorie. Jetzt finden wir die Leichen nicht mehr am Wochenanfang, sondern erst am Folgetag. Das kann Zufall sein oder aber auch bewusst geplant …“
„Oder der Täter hatte keine Gelegenheit, weil er gestört wurde.“
„Ja, vielleicht auch das. Auf jeden Fall muss der Pfarrer jetzt wohl warten.“

Sie drehten sich um, um zur Tür zu gehen. Als das Telefon erneut klingelte, blickten sie sich nur kurz um. Auf dem Display erkannten sie die Nummer von Staatsanwalt Bergmann.

Keiner nahm ab.

Sieben

Staatsanwalt Bergmann stand am Fenster seines Dienstzimmers und versuchte, sich zu beruhigen. Er beobachtete den stadteinwärts fließenden Verkehr auf der überfüllten Bundesstraße. Es war halb acht und die Büros füllten sich langsam. Fast unbewusst legte er den rechten Daumen auf das Handgelenk, dorthin, wo er seine Uhr trug. Aber er wusste auch so, dass er gerade einen erhöhten Puls hatte.

Bergmann schloss die Augen und atmete mehrmals tief ein und aus.

Diese Telefonkonferenz, noch dazu so unüblich früh, hat mich offenbar ganz schön mitgenommen.

Er seufzte und dachte zurück an die vielen Fragen. Der Oberbürgermeister hatte die meisten davon gestellt und ihn anschließend nicht mal ausreden lassen.

Ich hasse das.

Auch der kühne Spruch seiner Assistentin, dass ein Teil seines Gehaltes schließlich Schmerzensgeld sei, half dabei nicht. *Tja, so fühlt es sich eben an, wenn der Druck der Öffentlichkeit steigt.*

Schon wieder klingelte das Telefon. Er warf einen Blick auf das Display.

Diese Handynummer kenne ich, die müsste ich endlich mal einspeichern.

„Guten Morgen, Kralik, haben Sie gute Nachrichten? Die könnte ich jetzt nämlich ganz dringend gebrauchen."

„Guten Morgen Herr Staatsanwalt. Na ja, wie man es nimmt, direkt gute Nachrichten sind es nicht, aber ich bräuchte Ihre Hilfe."

„Schießen Sie los, ich bin gespannt."

„Eigentlich wollten wir uns gestern Vormittag mit dem Pfarrer treffen, denn es gab da noch einige offene Fragen. Leider mussten wir kurzfristig unsere Pläne ändern, da wir zum Fundort der Leiche von Frau Annika Sommer gerufen wurden. Das hatte für uns natürlich Priorität."

„Und?"

„Als ich später angerufen habe, um ein neues Treffen zu vereinbaren, ist er nicht mehr an sein Telefon gegangen. Mir hat das Ganze keine Ruhe gelassen, sodass ich später an seinem Wochenendhaus vorbeigefahren bin. Angetroffen habe ich ihn nicht, mich jedoch im Rahmen der Möglichkeiten auf seinem Grundstück umgesehen."

„Nun machen Sie es doch nicht so spannend!"

„In Ordnung. Dort habe ich mehrere Stützbalken gesehen, die teilweise mit Erde bedeckt waren. Außerdem gibt es dort einige Bretter, die wie ein Zugang aussehen. Ich habe kein gutes Gefühl bei der ganzen Sache."

„Ein Zugang? Wie meinen Sie das?"

„Stellen Sie sich eine Luke vor, die in einen Stollen führt. So ungefähr sah es aus. Ich kann leider nicht genau sagen, was es ist, ich habe es ja nur über den Zaun betrachten können. Die Bretter scheinen sehr alt zu sein und sind mit Laub und Erde fast verdeckt."

„Eine Luke?" Bergmann musste sich sammeln, um ihm folgen zu können. „Sind Sie ganz sicher, dass die, wohin auch immer führt?"

„Nein, bin ich nicht, aber …“

„Aber *was?*“

„Ich habe einfach kein gutes Gefühl bei der Sache.“

„Das sagten Sie bereits, Kralik, und wie soll ich nun mit Ihrem Gefühl umgehen?“

„Ich bitte Sie darum, einen Durchsuchungsbefehl auszustellen. Wir würden gern die Kollegen der örtlichen Polizeiinspektion hinschicken, um genauer nachzusehen.“

„Einen Durchsuchungsbefehl? Bei einem Pfarrer? Sind Sie denn …“, er sprach den Satz nicht zu Ende. Sein Gesicht war rot geworden und seine Atemzüge kürzer. „Also, Kralik, jetzt mal im Ernst. Sie wissen, dass wir sehr sensibel mit diesem Thema umgehen müssen. Das ist ganz dünnes Eis. Der Staat mischt sich nicht in die Kirche ein! Wir stochern nur im Nebel, und das alles kann ganz schnell nach hinten losgehen. Wenn wir dort nichts finden, dann Gnade uns Gott, und das dann nicht nur sprichwörtlich!“

„Und wenn wir doch etwas finden?“ Kraliks Stimme war leiser geworden.

„Wenn.“ Staatsanwalt Bergmann schloss die Augen erneut und massierte seine Nasenwurzel. „Warum sollte ich das tun? Ich will mir gar nicht vorstellen, was passiert, wenn die Presse davon erfährt. Unsere Verdachtsmomente sind dünn, sehr sehr dünn. In diesem konkreten Fall haben wir nicht mehr als ein paar Spuren im Sand.“ Bergmann kicherte nervös. „Warum sollte ich also dieses Risiko eingehen?“

„Weil, entschuldigen Sie bitte, Sie uns Ihre Hilfe angeboten haben.“

„Scheiße, ja!" Das hatte er fast geschrien. „Und weil ich Sie zum Chefermittler gemacht habe, das ist mir auch klar. Ich habe nicht vergessen, dass wir im selben Boot sitzen. Ist Ihnen das bewusst?"

„Selbstverständlich, Herr Staatsanwalt."

Bergmann zögerte und lief mit dem Mobilteil seines Telefons um seinen Schreibtisch herum.

„Also gut. Wir haben zumindest genug Verdachtsmomente, für einen Durchsuchungsbeschluss reicht es also. Die Geier sitzen mir bereits im Nacken, das heißt, wir brauchen dringend Ergebnisse."

„Ich danke Ihnen!" Kraliks Stimme hatte ihre ursprüngliche Lautstärke wiedergefunden. „Mailen Sie ihn mir?"

„Mache ich. Aber nur unter der Bedingung, dass Sie dann persönlich dabei sind. Die Kollegen vor Ort können gern das Gelände sichern, aber ich will, dass Sie persönlich dort erscheinen. Die sollen so lange einfach warten."

„Klar, kein Problem."

„Halten Sie mich auf dem Laufenden." Schnaufend warf er sich in seinen Sessel. „Und, Kralik, eines noch."

„Ja?"

„Damit haben Sie den einzigen Gefallen, den ich Ihnen schulde, aufgebraucht. Versauen Sie es also nicht."

***

Kralik informierte die Kollegen sofort telefonisch über den Durchsuchungsbeschluss und bat darum, zum Wochenend-Grundstück zu fahren und dort auf ihn zu warten. Jetzt war er in einem dunkelgrünen

BMW der Fahrbereitschaft dorthin unterwegs. Auf der fast einstündigen Fahrt hatte er genug Zeit, seinen Partner anzurufen. Er berichtete ihm von seinem Gespräch mit dem Staatsanwalt.

„Okay erst mal, oder vielmehr nicht okay. Hätten wir nicht vorher mal darüber reden sollen? Das, was du da machst, nenne ich alles andere als ein koordiniertes Vorgehen. Ich hätte das gern vorher gewusst, verstehst du?“

„Dafür war keine Zeit, ich musste ...“

„Erspar mir das. Wahrscheinlich war sowas wie Gefahr im Verzug.“

Sie schwiegen eine Weile, bis Kralik entgegnete: „Du hättest es mir wahrscheinlich ausgeredet. Ich kenne dich. Du traust dir nichts zu und bist immer viel zu vorsichtig.“

„Wahrscheinlich ja, aber das bin ich aus gutem Grund! Wir können doch nicht so einfach ...“ Ihm schienen die passenden Worte zu fehlen. „Er ist Pfarrer. Das macht die ganze Sache kompliziert.“

„Siehst du.“

„Lass mich doch in Ruhe! Dann zieh dein Ding eben durch.“

„Beruhige dich. Wenn das hier schief geht, macht dich Bergmann bestimmt zum Chef, dann darfst du in Zukunft entscheiden, was getan wird.“

„Schöner Trost. Das fehlte mir gerade noch, zumal ich dich ja dann auch nicht losgeworden bin und unter meiner Verantwortung auf dich aufpassen müsste wie auf ein kleines Kind. Aber ja, es stimmt. Ich bin vorsichtig, das ist meine Art, und die werde ich auch nicht ändern. Deshalb fahre ich jetzt in die Rechtsmedizin. Ich will die ersten Ergebnisse von Frau Sommer bekommen. Ihre Verletzungen unter dem Pflaster interessieren mich. Anschließend kümmere ich mich um die Hintergründe und das Umfeld. Das ist alte, total klassische Ermittlungsarbeit. Aber das ist dir ja egal und viel zu langweilig. Du brauchst mehr Action und musst immer der Held sein, was?"

„Das kannst du so nicht einfach behaupten."

„Und ob ich das kann. Wie ich schon sagte, lass mich einfach in Ruhe. Dann hörst du eben auf deinen Bauch. Da es keine koordinierte Zusammenarbeit gibt, können wir ja vielleicht zumindest die Ergebnisse unserer jeweiligen Bemühungen später abgleichen. Aber hach, das kann ich von diesem feinen Herrn ja auch nicht verlangen. Mein Fehler, so zu denken, entschuldige bitte. Besorge ich mir den Bericht eben später direkt vom Staatsanwalt. Wir müssen ja nicht miteinander reden."

„Hör mal, Christian, das kannst du so nicht sagen, ich ..."

Doch Thaler hatte das Gespräch bereits beendet.

Verdammter Dreckmist. Ich hätte ihn in alles einweihen sollen. Aber mit seinem Entscheidungstempo ist er nun mal auf dem Niveau einer Schnecke, oder einer Blindschleiche, das passt besser zu seinen Augen. Seine Bedenken kann ich nicht gebrauchen. Wir sind nun mal grundverschieden. An seiner Stelle wäre ich aber wohl auch angepisst.

Kralik öffnete jetzt das Fenster, schob das Blaulicht aufs Dach und trat dann das Gaspedal des BMW durch. Das Grinsen war sofort wieder auf sein Gesicht zurückgekehrt.

***

Kralik versuchte, auf dem sandigen Waldboden ohne Staubfahne anzuhalten. Es misslang.

Zwei Streifenwagen standen an der Einfahrt zum Wochenend-Grundstück. Deren Blaulichter waren ausgeschaltet und die Beamten lehnten am Fahrzeug, um sich zu unterhalten. Einer von ihnen wedelte mit der Hand, so, als wolle er auf den unnötigen Staub hinweisen.

„Tut mir leid."

Kralik trat näher. Er versuchte, etwas hinter den Hecken zu erkennen, aber mehr als das Haus, alte Tannen und Wildgras waren nicht zu sehen.

„Mahlzeit." Er gab jedem der Kollegen die Hand. „Gibt es schon neue Erkenntnisse?"

Der, der vorhin gewedelt hatte, antwortete: „Sie müssen Kralik sein."

Er verschränkte die Arme vor der Brust. „Sie wurden mir angekündigt."

„Ja, das bin ich."

Er zog seinen Ausweis hervor. „Tut mir wirklich leid." Aber darüber nachgedacht hatte er nicht.

Der Uniformierte lenkte ein. „Eine kurze Vorstellungsrunde macht sich immer gut. Matthias Werner, ich bin hier der Streifenführer."

„Okay, Kollege Werner, sorry. Ich mache es bestimmt wieder gut. Für Sie und das Team steht bei uns immer ein Kaffee bereit."

Werner winkte ab. „Zurück zu Ihrer Frage nach den Neuigkeiten. Hier." Er hielt ihm einen Laptop entgegen. „Können Sie durchscrollen."

„Drohnen-Bilder?" Kraliks Augen leuchteten auf. „Vom Gelände? Ich wusste gar nicht, dass wir hier eine Einheit haben."

„Haben wir auch nicht. Aber Freunde haben wir hier, und einen Sportverein für Drohnenflieger."

„Cool!" Er scrollte durch die Bilder. Dort, wo Erderhebungen waren, verweilte er ein wenig länger.

„Und Sie haben dafür so schnell eine Genehmigung bekommen?"

Werner konnte ein Lächeln nicht unterdrücken. „Reiner Zufall, die Jungs mussten üben, und dass das ausgerechnet hier …" Er beendete den Satz nicht.

„Gute Arbeit, danke Männer!" Er nickte den Polizisten zu. „Wirklich, meine Anerkennung."

„Dann ist es ja gut."

Streifenführer Werner schien unter dem Lob aufzutauen. „Wollen wir reingehen?"

„Klar."

„Okay. Der Staatsanwalt meinte, wir sollen auf Sie warten."

„Ja, das wollte er, ist nun mal eine sensible Sache, bei einem Pfarrer …"

„Na ja, wie man es nimmt. Ich hatte keinen Religionsunterricht, kann es mir aber vorstellen. Für mich ist es ein Mensch wie jeder andere, und wenn er verdächtig ist, dann schauen wir halt mal nach."

„Haben Sie einen Vorschlag, wo wir anfangen sollen?"

„Ich schlage vor, zuerst das Außengelände zu untersuchen. Mit den Erhebungen würde ich beginnen. Sieht für mich fast so aus wie die Öffnungen zu alten Kohlebunkern oder so etwas Ähnliches. So etwas hatte mein Opa früher auch."

Er machte eine kreisende Handbewegung in Richtung der anderen Streifenwagen-Besatzung.

„Lauft mal rum und kommt uns dann von der hinteren Seite des Grundstückes entgegen."

Er selbst nahm einen Bolzenschneider und öffnete damit das Vorhängeschloss am Eingangstor. Dann ging er auch schon über die Rasenfläche zur ersten Luke und hob den Deckel vorsichtig an. Er erschrak, als ihm irgendein Vogel entgegenflog. „Verdammt, blödes Vieh!"

Er griff nach einem Ast, der neben der Luke lag und stocherte damit im Inneren herum.

„Nein, hier ist nichts, alles fest. Keine Öffnung."

Er und Kralik knieten sich hin und wischten mit ihren Händen das vermooste Laub zur Seite.

„Kein Eingang. Also auch kein Ausgang. Wirklich ärgerlich. Wäre aber auch zu schön gewesen."

Er deutete auf den felsigen Untergrund. „Vielleicht war da mal ganz früher was. Aber das hat man zugeschüttet. Dient jetzt nur noch Tieren als Unterschlupf."

Sie gingen weiter. Drei ähnlich-vermeintliche Eingänge hatten sie ausgemacht, doch überall das gleiche Bild. Morsches Holz, ein Loch darunter und dann Felsenplatten.

„Vielleicht stand hier früher mal etwas anderes, ein Wohnhaus oder so. Aber heute machen die Dinger keinen Sinn mehr." Werner klopfte sich einige Blätter von seinem rechten Knie. „Was erwarten Sie hier eigentlich? Den Duft von Weihrauch oder festliche Musik?“

Schnell und geübt untersuchte er die Fensterläden und rüttelte kurz daran. Aber sie waren fest und ließen keinen Blick in das Innere des Gebäudes zu. Zwei von ihnen hebelte er kurzerhand mit einem Brecheisen auf, um mit seiner Taschenlampe in das Haus leuchten zu können.

„Keine verdächtigen Bewegungen. Wir gehen rein.“

Wieder war Werner zuerst an der Tür. Das Vorhängeschloss hatte wie das vorherige am Tor keine Chance gegen ihn.

Kralik blieb dicht hinter ihm und sicherte ihn mit seiner Pistole. Er war dankbar dafür, dass ihm Werner eine Taschenlampe reichte. Dann gingen sie hinein.

Im Inneren gab es keine weiteren Wände. Alles, bis auf eine kleine Nasszelle, befand sich in einem einzigen großen Raum.

„Gesichert!“

Werner schloss die Badtür wieder. Kurz darauf betraten die anderen Polizisten das Haus.

„Hinten gab es keine besonderen Vorkommnisse. Die Zielperson befindet sich nicht auf dem Gelände.“

Alle steckten ihre Pistolen wieder ein.

„Schade.“ Kralik kratzte sich am Kinn. „Wäre auch zu schön gewesen.“

Dann lief er langsam den Raum ab und achtete darauf, dass ihm nichts entging.

„Sieht ja aus wie ein bayerisches Landhaus. Fehlen nur noch die karierten Decken.“

Werner hatte damit nicht ganz unrecht, denn das Haus war komplett mit Holz verkleidet. Links neben einer Küchenzeile befand sich ein Kamin. Einbaumöbel im passenden Holz-Ton vervollständigten das Bild. Selbst eine Sitzecke und ein Schaukelstuhl fehlten nicht. Die Bücherregale an der hinteren Wand waren ihm wegen des Zwielichts nicht sofort aufgefallen. Kralik pfiff leise durch die Zähne und nahm sich dann die Zeit, jedes Regalbrett ganz genau anzuschauen.

„Die meisten Bücher sind schon älter, wohl aus der Studienzeit. Ganz viel Philosophie." Sein Blick wanderte jetzt zur nächsten Etage.

„Sind sogar ein paar Gartenratgeber dabei."

Aktuelle Bücher konnte Kralik nicht entdecken.

Sie liefen zur Küche.

„Moment mal!"

Werner schob sich an ihm vorbei. „Haben Sie das gesehen?"

Er zeigte in Richtung einer runden Küchenuhr.

Kralik betrachtete angestrengt die Uhr. „Also, beim besten Willen, ich sehe da nichts Besonderes."

„Heben Sie Ihre Hand und fuchteln Sie ein wenig damit herum."

Auch wenn er nicht wusste, wofür das gut sein sollte, tat er es. Schließlich entdeckte er es ebenfalls. Ein kleines blaues Licht, eine LED.

„Eine Kamera mit Bewegungsmelder?"

„Korrekt."

Werner fingerte kurz am Rand der Uhr herum und nahm sie schließlich ab. Ein feiner Draht führte zu einer Minikamera, die oben auf die Uhr geklebt worden war. Er zog die Verbindung ab, sodass die LED erlosch.

„Da muss man kein Blitzmerker sein, um zu wissen, dass der Hausherr nun über unseren Besuch informiert ist."

Kralik war stehen geblieben und betrachtete ungläubig die Leuchtdiode.

„Wer hätte das gedacht ... ein Pfarrer mit Überwachungstechnik."

„Ich jedenfalls nicht. Aber darüber nachdenken können wir später. Schauen Sie mal da."

Auf der Spüle standen zwei umgedrehte Kaffeetassen. Sie waren sauber.

Kralik nickte anerkennend zu ihm herüber.

„Sieht ganz so aus, als wenn der Herr Besuch gehabt hätte."

„Hm, scheint so."

Sie untersuchten kurz den Kühlschrank, fanden jedoch nichts von Interesse, daher gingen sie weiter und blieben schließlich an einem Bett stehen ... mehr ein Rahmen aus groben Baumstämmen, bedeckt mit weichem Kunstfell. Auch die Bettvorleger bestanden aus Fell.

„Sagen Sie mal, Werner, sieht das nicht ein wenig breit aus für eine einzelne Person?"

„Sie meinen für einen Pfarrer?"

Er dachte einen Moment nach. „Ob die heutzutage allein leben, weiß ich echt nicht. Vielleicht sind das nur Vorurteile. Keine Ahnung, aber für mich sieht das aus wie ein Ehebett.

„Oder der Pfarrer wollte es einfach nur bequem haben."

Aber daran glaubte Kralik selbst nicht. Zumal auf dem Nachttisch zwei Weingläser standen.

„Eines für den roten und eines für den weißen."

Wütend trat er gegen das Bett.

„Verflixt."

„Ich hätte auch mehr erwartet."

Werner sah zu Boden.

„Auch wegen der Erdhügel und den Luken draußen."

„Das wäre auch zu schön gewesen."

„Sollen wir die Spurensicherung holen?"

„Nein", antwortete Kralik. „Welche Spuren sollen die denn sichern? Die eines Liebesnestes mit angeschlossener Kamera?"

„Nichts für ungut."

„Geht ja nicht gegen Sie. Aber der Staatsanwalt wird mir den Kopf abreißen. Denn wir haben nichts, gar nichts." Seine Stimme wurde leiser. „Er hat mir den Durchsuchungsbefehl auf mein Bauchgefühl hin ausgestellt, und ich habe ihn enttäuscht. Mehr nicht, aber in keinem Fall weniger."

„Ich kann gut verstehen, wie Sie sich jetzt fühlen. Sie sollten der Sache trotzdem auf den Grund gehen, denn Sie sind ein erfahrener Kriminalist. Da ist bestimmt mehr dran, auch wenn wir hier nichts Konkretes gefunden haben."

„Danke, das weiß ich zu schätzen. Würden Sie und Ihre Kollegen bitte noch einen Blick in die Schubladen werfen, wo wir noch nicht nachgesehen haben? Danach wäre ich gern einen Moment allein."

Die Polizisten kontrollierten schnell und still die wenigen Schränke. Keiner sah Kralik an, als sie den Raum verließen.

Erfahrener Kollege. Dass ich nicht lache. In diesem Fall war das wohl nicht mehr als eine lächerliche Vermutung.

Er ging zurück zur Küchenzeile, beugte sich unter den Wasserhahn und trank einen Schluck, doch den bitteren Geschmack konnte er nicht einfach herunterspülen.

Einen Durchsuchungsbeschluss für das Anwesen eines Pfarrers ... was habe ich mir nur dabei gedacht? Das Ergebnis rechtfertigt ihn ganz bestimmt nicht. Beim Staatsanwalt habe ich damit wohl endgültig verspielt.

Er drehte sich um und bemühte sich um eine aufrechte Haltung. Das leichte Zittern seiner Hände verging. Er zwang sich dazu, den Raum zumindest noch einmal visuell gründlich abzusuchen.

Vielleicht bin ich einfach zu alt für diesen Job.

Er rieb sich über die Augen und ging dann nach draußen. Mit einem Nicken deutete er an, dass sie die Eingangstür versiegeln konnten.

Während die Kollegen die Fensterläden und den Eingang provisorisch wieder verschlossen, lief er nacheinander zu den Luken, von denen er sich so viel mehr versprochen hatte. Der Wind wehte erste Blätter auf sie.

Die Natur holt sich unweigerlich zurück, was ihr gehört.

Er bückte sich und strich mit den Fingern über das morsche Holz.

Noch ein paar Tage und man sieht nichts mehr von unserem heutigen Besuch.

Dann stand er auf, seine Knie schienen zu knacken. Er hatte Mühe, sich zu kontrollieren, um nicht zu rennen.

„Wartet!"

Er legte die Hand auf die Schulter des Polizisten, der gerade mit einem Akkuschrauber ein Brett über dem Eingang befestigte.

„Häh?" Verwundert drehte dieser sich um. „Was ist los? Wieder so ein Gefühl?" Dann rief er seinen Vorgesetzten. „Matthias, würdest du dich der Sache mal annehmen?"

Werner hatte die Situation blitzschnell erfasst und versuchte, sie zu deeskalieren.

„Hören Sie, Kralik, wir verstehen ja, dass Sie nicht mit leeren Händen dastehen wollen, aber meine Kollegen machen hier nur ihren Job. Wir haben uns gründlich umgesehen, wirklich sehr gründlich, und getan, was Sie von uns verlangt haben. Tut mir leid, dass Ihr Bauchgefühl falsch war. Bitte, lassen Sie es jetzt gut sein. Warum wollen Sie noch mal da rein? Glauben Sie, dass wir etwas übersehen haben?" Er schüttelte den Kopf. „Das bringt doch nichts."

Kralik wandte sich ihm zu. Seine Augen funkelten. „Ich denke schon. Sie sagten, dass hier früher mal ein Haus stand, oder?"

„Ich sagte, da stand vielleicht mal ein Haus. Aber was tut das zur Sache?"

„Nehmen wir mal nur für einen kurzen Moment an, dass es tatsächlich so war. Ein Haus mit Versorgungsluken, wie es früher üblich war, heute verschüttet."

„Und?"

„Ich glaube nicht, dass diese Luken ohne Grund da sind. Sie hatten einen Zweck, und das hat mich auf eine Idee gebracht.“

„Da bin ich aber mal gespannt.“ Werner straffte sich.

„Sie führten ins Innere des Hauses. Oder“, Kralik hob den rechten Zeigefinger, „besser gesagt, darunter. Also unter das Haus.“

„Vielleicht, vielleicht aber auch nicht. Und selbst wenn, dann in ein Haus, das es heute nicht mehr gibt. Reden Sie endlich Klartext, wenn ich bitten darf. Meine Männer und ich haben unseren Feierabend redlich verdient.“

„Keller!“

„Ich verstehe, was Sie damit andeuten wollen. Aber nein, da ist nichts, Sie haben es doch selbst gesehen. Es gibt da drin keine Tür oder Treppe, gar nichts. Nur einen einzigen Raum plus Bad, mehr nicht.“

„Sehen Sie die Blätter dort draußen auf den Luken? Sie sammeln sich dort und bedecken das alte Holz ...“

„Sorry, aber ich kann Ihnen nicht folgen.“ Werner schüttelte den Kopf.

„Nicht vom Wind verweht, sondern bedeckt. Ich darf doch mal, oder?“

Er bog das noch nicht festgeschraubte Brett zur Seite und zwängte sich durch die Eingangstür.

„Folgen Sie mir.“

Werner tat es, aber nicht, ohne vorher hilflos die Schultern zu heben. Er folgte Kralik von der Türschwelle aus mit den Augen, der direkt auf den Schaukelstuhl zuging. Dieser bückte sich, zog den Teppich unter dem Stuhl zur Seite und richtete sich dann in Zeitlupe auf.

Werners Gesicht wurde weiß. „Ist es das, was Sie vermutet haben?"

Nun lief er doch hinüber. Obwohl er es bereits erraten hatte, war er dennoch geschockt.

„Heilige Scheiße!"

Kralik fehlten die Worte für eine passende Erwiderung. Er hatte Mühe, seinen Herzschlag zu beruhigen. Nachdem er sich etwas gesammelt hatte, bat er um eine Taschenlampe.

„Diese Luke hier, verehrter Kollege Werner, ist, wenn ich nur noch einen Hauch von kriminalistischem Restgefühl habe, kein Blindschacht."

Als er die Luke auseinanderklappte, entdeckten sie eine Treppe.

„Bingo."

Sie zogen beide gleichzeitig ihre Waffen.

„So viel zu einer gründlichen Hausdurchsuchung!"

Dieses Mal ging Kralik voran.

***

Er wurde, abgesehen von aufgeregten Atemzügen, nicht ein einziges Mal unterbrochen, während er Bergmann von ihrem Fund berichtete. Dabei bemühte er sich selbst um einen neutralen Tonfall.

„Wahnsinn, sieh mal einer an. Da haben Sie aber ordentlich einen aus dem Hut gezaubert. Das ist ja ein großes Ding, Kralik, echt, gute Arbeit!" Der Staatsanwalt konnte die plötzliche Fröhlichkeit in seiner Stimme selbst durch das Telefon nicht verbergen. „Freut mich wirklich sehr, dass Sie mit der Luke einen guten Riecher hatten, Respekt."

Fehlt nur noch, dass du es als gemeinsame Idee verkaufst. Kralik antwortete nicht.

„Auf jeden Fall gratuliere ich Ihnen. Ist schon toll, wie Sie die Sache angegangen sind ... Drohnen-Einsatz, konsequente Ermittlung und das richtige Bauchgefühl.“

„Danke.“ Er wollte sich nicht anmerken lassen, wie stolz er selbst war. *Gut, dass du gerade mein Lächeln nicht siehst. Du weißt ja nicht, dass wir eigentlich ohne ein allerkleinstes Ergebnis zu haben das Haus bereits wieder verschließen wollten und dass die Kellerluke nur ein zufälliger Fund war, mein Freund.* Kralik erschrak über sich selbst.

Habe ich jetzt wirklich mein Freund *gedacht? Egal, Polizeiberichte müssen kurz und präzise sein. Da gehören keine sentimentalen Gedanken und Zweifel hinein. Nur das Ergebnis zählt.*

„Sie können gern etwas ausführlicher sein. Wenn Sie nachher im Büro sind, würde ich gern auf einen Kaffee vorbeischauen und Ihnen persönlich auf die Schulter klopfen.“

Oh, das sind ja ganz neue Töne!

„Gern, aber können wir das auch auf morgen verschieben? Es war ein sehr langer Tag.“

„Geht klar, Sie haben für heute genug getan. Ich bringe Ihnen dann auch das mit, um was Sie mich gebeten haben. Wiederhören.“

Kralik nickte, obwohl es niemand sah.

Ich denke schon, dass das, was wir unter der Erde gefunden haben, genügend Gründe für einen Haftbefehl bietet.

Seine Wohnung würde er in weniger als dreißig Minuten erreichen. Das Radio ließ er ausgeschaltet. Er genoss die Ruhe und das Gefühl, gewonnen zu haben. Zumindest heute.

Knapp, aber der Sieg ging an uns. Doch morgen ist auch noch ein Tag.

Dann beschloss er, doch noch eine Flasche Bier zu holen, um in Ruhe zu überlegen, wie er es Thaler erzählen sollte. Er grinste.

Da hat wohl die Praxis über die Theorie gesiegt.

Acht

Immerzu dieser bittere Geschmack auf der Zunge, ich werde noch verrückt!

Heute kamen außerdem rotierende Kopfschmerzen dazu. Ein unregelmäßiges, klingelndes Pochen ... und Sodbrennen.

Er spuckte aus und versuchte, sich aufzurichten. An der glatten Betonwand des Kellers brauchte er allerdings mehrere Versuche. Immer wieder sackte er in sich zusammen. Dann kniete er sich hin. Mit einem Ruck stand er auf. Der Schmerz wanderte jetzt vom Kopf über den Rücken bis in die Füße. Es fühlte sich an wie ein dünner, überheller Blitz. Hechelnd tastete er sich vorwärts. Als er das provisorische Bad erreichte, zuckte er zusammen, denn hier stank es bestialisch.

Stimmt ja, ich habe vorhin gekotzt. Scheiße.

Er übergab sich prompt erneut, schaffte es aber dieses Mal wenigstens zum Toilettenbecken. Als das Würgen aufhörte, starrte er einen Moment lang in den Spiegel. Das geschwollene Gesicht und die dunkelroten Schatten unter seinen Augen würden schon bald verschwinden. Er versuchte zu lächeln.

Heute ist ein guter Tag!

Er griff nach der Schachtel, die auf dem Waschbecken lag, drückte die letzte Tablette heraus und füllte einen Becher mit Wasser.

Gleich kommt meine persönliche Auferstehung! Was sind da schon lächerliche dreißig Minuten gegen die Höllenprüfungen der letzten beiden Tage?

Er stieß die Kellertür auf und setzte sich auf die Sandsteinstufen.

Luft!

Eine Uhr brauchte er nicht, denn der Schmerz waberte langsam mehr und mehr davon. Er genoss das Gefühl von aufsteigendem Nebel.

Weg, geh weg!

Anfangs musste er immer wieder die Augen schließen, dann machte der Schmerz dem Hunger Platz.

Es wird schlimmer werden, hatte der Arzt gesagt.

Langsam und schleichend wie eine Seuche. Öfter darf ich die Scheißtabletten nicht nehmen, sonst ist ein Herzstillstand nur eine Frage der Zeit. Wahrscheinlich hat der Weißkittel damit recht.

Sein Atem beruhigte sich und seine Sinne kehrten zurück. Die Welt hatte ihn wieder, und das mit voller Wucht.

Oha, ich stinke ganz schön!

Er war endlich wieder richtig wach.

Ich muss mich an den Plan halten. Meine Taten versprechen, dass es jeden Sonntag etwas von mir zu finden gibt. Auch wenn es mir mit ihr gefallen hat, Verzögerungen sind trotzdem keine Option. Die Nächste wird man wieder am Sonntag auffinden oder am Montag. Aber nicht mehr an einem Dienstag. Alles nur eine Frage der Vorbereitung. Ich muss mich an meinen Plan halten, schneller in das direkte Milieu der Damen hineinfinden und sie müssen mir von Anfang an vertrauen.

Dann richtete er sich auf und ging zurück. Jetzt hatte er keine Mühe mehr, die Stufen hinaufzusteigen.

Ich sollte dringend duschen.

Unterwegs zog er sich aus und ließ seine Sachen achtlos fallen. Auf der obersten Stufe war er bereits nackt.

Er stieß die Zwischentür auf und wusste, dass sie bereits auf ihn wartete. So wie immer. Sie war für ihn da.

„Schatz, du kannst sauber machen!“, rief er in Richtung Wohnzimmer.

Und bitte schön ordentlich, dann gebe ich dir auch wieder deine Medizin!

Die Dusche verwandelte ihn endgültig wieder in einen Menschen.

***

Das Neonlicht blendete sogar durch das Spiegelglas. Staatsanwalt Bergmann rieb sich die Augen. Er hatte schon längst Feierabend, aber er wollte alles selbst beobachten.

„Wie spät ist es eigentlich?“

Thaler sah auf die Uhr. „Kurz nach dreiundzwanzig Uhr.“

Er lehnte sich zurück. Er wusste, dass die Raumtemperatur nur knapp über achtzehn Grad lag und versuchte, ein Frösteln zu unterdrücken.

„Und um diese Uhrzeit arbeiten Sie noch?“

Der Pfarrer verschränkte seine Arme vor der Brust.

„Tja, offensichtlich. Man muss eben mit der Zeit gehen. Oder wie mein Chef sagen würde: *Man wächst mit seinen Aufgaben.*“

„In Ordnung. Ich würde jetzt gern gehen, wenn ich darf.“

„Ich hätte vorher aber noch ein paar Fragen. Übrigens habe ich mich noch gar nicht bei Ihnen bedankt, dass Sie keine spektakuläre Flucht mit einer Verfolgungsjagd hingelegt haben.“

„Das hatte ich nie vor. Jetzt habe ich allerdings das Gefühl, dass wir uns im Kreis drehen. Sie stellen schon seit einiger Zeit immer wieder die gleichen Fragen.“

„Nein, das tue ich nicht.“

Thaler grinste und zeigte auf das Mikrofon zwischen ihnen. „Falls Sie je in die Verlegenheit kommen sollten, sich unser nettes Gespräch noch einmal anzuhören, werden Sie feststellen, dass ich jeweils unterschiedliche Formulierungen verwendet habe.“

Der Pfarrer starrte ihn abschätzig an. „Und das soll eine Vernehmung sein?“

„Korrekt, eine Zeugenvernehmung, wenn es recht ist.“

„Wenn meine Fragen beantwortet sind.“ Und kurz darauf: „Vielleicht.“

„Also gut. Was wollen Sie wissen?“

„Was hat es mit dem Keller im Wochenendhaus auf sich?“

„Nichts, was Ihren Fall betrifft, Herr Kommissar.“ Der Pfarrer senkte den Blick.

„Kriminalhauptkommissar bitte. Vielleicht hat es ja doch mit dem Fall zu tun. Überlassen Sie die Schlussfolgerungen ruhig uns.“

„Gestatten Sie mir eine Gegenfrage. In irgendeinem Film habe ich mal gesehen, dass die Polizisten jemanden belehrt haben, er müsse nicht antworten. Gilt das auch für mich?“

„Selbstverständlich. Ich bitte Sie lediglich um eine Antwort und Sie können selbst entscheiden, ob Sie sie mir geben möchten.“

„Tja, wenn das so ist …“ Er räusperte sich. „Ich schlage vor, wir kommen zur nächsten Frage.“

„Warum wollten Sie verschwinden, als wir zu Ihnen gekommen sind?“

„Ich wusste nicht, dass Sie es sind, Herr Kommissar. Die Anfahrt schien mir bedrohlich zu sein, daher wollte ich meine Kirche …“

„Geschenkt.“ Thaler winkte ab.

„Ich bin ja nur kurz in die Gegenrichtung gelaufen und dann letzten Endes direkt zu Ihnen gekommen. Ich habe mich Ihnen nicht entzogen, sondern bin freiwillig aus meiner Kirche gekommen.“

„Nehmen wir das mal für den Moment als gegeben hin. Aber auch davor waren Sie nicht zu erreichen.“

„Ich wusste nicht, dass mich jemand erreichen wollte. Waren Sie es?“

„Ja, das stimmt. Stellen Sie sich das mal vor. Wir haben Sie weder zu Hause noch an Ihrem Wochenendhaus angetroffen, und telefonisch hatten wir sowieso keine Chance.“

„Wenn ich unterwegs bin? Nein, dann natürlich nicht, denn ich besitze kein Handy.“

„Und, wo waren Sie?“

„Wann?“

„Als wir Sie zu erreichen versucht haben.“

„Ach so, da hatte ich Urlaub. Ich bin dann oft unterwegs mit meinem Fahrrad. Mal durchatmen und abschalten, Sie verstehen?“

„Ganz allein?“

„Nein, ich bin nie allein. Der Heilige Vater ist stets an meiner Seite. Nur fürchte ich, dass man von ihm kein Alibi bekommen wird."

„Dieser Punkt geht an Sie, Herr Pfarrer. Trotzdem, ich sage es jetzt noch mal direkt: Sie hatten die Zeit und die Gelegenheit."

„Wofür?"

„Wir haben Sie an den verschiedenen Tatorten gesehen."

„Das mag ja sein, aber das heißt doch noch lange nicht, dass ich etwas damit zu tun habe." Er bekreuzigte sich. „Gott sei ihrer Seelen gnädig."

Thaler nickte und klappte dann die Akte vor sich zu. „So kommen wir nicht weiter. Ich entschuldige mich kurz."

Er erhob sich, klemmte sich die Akte unter den Arm und verließ den Raum. Kurz darauf stand er neben Bergmann und Kralik. Gemeinsam betrachteten sie den Pfarrer, der wiederum seine Fingernägel zu bewundern schien.

„Der schwarze Anzug und die weiße Binde da am Hals verleihen ihm etwas Würdiges."

„Mag sein", antwortete Bergmann. „Aber wir können es nicht leugnen, dass er versucht, uns an der Nase herumzuführen."

„Das habe ich auch gemerkt."

Thaler hüstelte. „Ich habe leider auch keine Lösung."

„Es ist eine Zeugenvernehmung, wir waren uns ja einig, es vorerst dabei zu belassen. Wenn es hart auf hart kommt, können Sie ihn auch für eine Nacht hier unterbringen. Dafür habe ich mir schon die Legitimation vom Richter geben lassen, wie Sie wissen."

Bergmann legte den Umschlag auf den Tisch.

„Wir wollten das zunächst ja nur in der Hinterhand behalten. Hier, da steckt es drin, bedienen Sie sich ruhig, meine Herren.“

„Nun mal halblang.“ Kralik stand auf und nickte in Thalers Richtung. „Gibst du mir bitte die Akte?“

Kurz darauf ging er ins Vernehmungszimmer, grüßte kurz und setzte sich.

„Möchten Sie vielleicht einen Kaffee, Herr Lehmann?“

Der Pfarrer schüttelte den Kopf. „Nein, aber ich möchte gehen.“

„Wir haben nur noch ein paar kurze Fragen.“

Er antwortete nicht.

„Fangen wir an. Also, was hat es mit dem Keller im Wochenendhaus auf sich?“

„Darauf möchte ich nicht antworten.“

„Gut, dann kommen wir zur nächsten Frage. Warum wollten Sie verschwinden, als wir gekommen sind?“

Gunnar Lehmann war schon zu Beginn der zweiten Frage unruhig geworden, jetzt sprang er auf.

„Sagen Sie mal, wollen Sie mich veralbern? Das sind doch exakt die gleichen Fragen, die Ihr Kollege bereits gestellt hat.“

„Beruhigen Sie sich und nehmen Sie wieder Platz.“

Kralik saß mit durchgestrecktem Rücken da und deutete auf den Stuhl, auf dem der Pfarrer bis gerade eben gesessen hatte.

„Bitte.“

Als dieser der Aufforderung gefolgt war, fügte er hinzu: „Mag sein, dass es die gleichen Fragen sind, aber ich war ja nicht dabei." Ein kleines Lächeln konnte er dabei allerdings nicht unterdrücken.

„Ich will nicht mehr."

„Sie brauchen uns doch nur ein winziges Stück entgegenzukommen, Herr Pfarrer. Wenn Sie sich selbst nicht belasten wollen, dann erzählen Sie uns doch einfach Dinge, die Sie entlasten. Wie wäre es damit?"

Statt einer Antwort gab es nur ein Kopfschütteln.

Kralik klappte die Aktenmappe auf und begann, zu lesen.

„Was soll das? Ich will jetzt endlich gehen!"

Kralik hob die Hand. „Ich habe noch ein paar Fragen ..."

„Sie wollen mich doch nur weichkochen, Sie ..."

Doch der Pfarrer ließ den Satz lieber unvollendet. Er keuchte.

„So etwas denken Sie von uns? Nein, das würden wir niemals tun. Ich hatte mir hier ein paar Gedanken notiert, ich muss nur kurz schauen, wo."

Dann blätterte er wieder in den Papieren. Mehr geschah in den nächsten Minuten nicht.

„Sie waren ja schon die Ruhe in Person, Thaler", lobte der Staatsanwalt hinter der Scheibe. „Aber das, was der Kollege dort gerade abliefert, ist auch nicht von schlechten Eltern."

Sie konzentrierten sich wieder auf das Geschehen auf der anderen Seite. Jetzt konnten Sie sehen, wie sich rötliche Flecke auf dem Gesicht des Pfarrers bildeten. Kurz darauf zischte dieser: „Ich will einen Anwalt!"

„Oh, das kann ich gut verstehen." Kralik zog jetzt den Umschlag, den ihm vorhin der Staatsanwalt überreicht hatte, hervor. Vorerst ließ er seine Hand noch darauf liegen.

„Wenn es denn sein muss, können wir Sie auch die nächsten vierundzwanzig Stunden bei uns behalten."

Kralik sah, wie sich die Augen seines Gegenübers weiteten. *Damit hast du wohl nicht gerechnet, was?*

„Wen darf ich denn bitte für Sie anrufen?"

„Ich … ich … also, ich hatte noch nie einen Anwalt, daher kenne ich auch keinen."

„Dann bringe ich Ihnen nachher einfach ein Telefonbuch." Kralik sah auf die Uhr. „So können Sie in Ruhe schauen, wen Sie morgen früh zu den Bürozeiten anrufen möchten. Meine Kollegen sind gleich da und zeigen Ihnen Ihr Nacht-Quartier."

Betont umständlich klappte er die Akte zusammen. Er hatte nicht damit gerechnet, dass sich jetzt die Tür hinter ihm öffnete. Es waren allerdings keine Justizbeamten, sondern Thaler und Bergmann, die eintraten, sich beide einen Stuhl herbeizogen und Platz nahmen.

„Interessant."

Der Staatsanwalt nannte seinen eigenen Namen als Begrüßung, mehr nicht.

„Das Blatt hat sich gerade gewendet. Unsere Kollegen haben sich erneut in Ihrem Wochenendhaus umgesehen und sind tatsächlich fündig geworden."

Er öffnete einen Umschlag, den er mitgebracht hatte, versuchte, jede Regung zu unterdrücken, und entnahm ihm einige Fotos.

„Sagt Ihnen das etwas? Sehen Sie sich die Bilder in aller Ruhe an. Wir haben Zeit."

Thaler kannte die Aufnahmen nicht, und nutzte daher die Gelegenheit, sie zusammen mit dem Pfarrer zu betrachten. Er pfiff durch die Zähne.

„Grobe Sandsteinwände, an Ketten befestigte Handschellen, Kerzen und Fackeln als Beleuchtung und ein eisernes Bettgestell in der Ecke. Sieht für mich eher aus wie ein Kerker, Herr Lehmann, nicht wie ein normaler Keller."

Er wartete vergeblich auf eine Antwort.

„Dann gilt unsere Einladung", er tippte auf den Haftbefehl, „die nächsten Stunden in unserer Obhut zu verbringen. Bei dieser Beweislage steht Ihnen auch ein Pflichtverteidiger zu."

Thaler erhob sich. Kralik und Bergmann taten es ihm gleich.

Kurz bevor sie die Tür hinter sich schlossen, hörten sie, wie der Pfarrer leise sagte: „Es ist nicht so, wie Sie denken."

„Selbstverständlich nicht."

Kralik zog die Tür ins Schloss. „Gute Nacht." Er hatte mehr zu sich selbst gesprochen, da er wusste, dass ihn niemand hörte.

Neun

Montag, kurz nach sieben Uhr. Kralik und Thaler waren unterwegs in Richtung eines neuen Tatorts. Sie hatten kaum miteinander geredet und waren eher damit beschäftigt, wach zu werden. Den Anruf beim Staatsanwalt Bergmann wollten sie erst später erledigen, denn dafür fehlte ihnen momentan einfach die Kraft.

Die ganze Nacht über hatte es geregnet, und obwohl sie nicht darüber sprachen, wussten sie beide, dass dies für die Spurenlage äußerst ungünstig sein würde. Vorausgesetzt, sie fanden überhaupt Spuren.

Vor Ort wurden sie bereits von der Besatzung eines Streifenwagens erwartet. Die jungen Beamten hatten den Tatort schon gesichert.

„Wir haben bereits die Kriminaltechnik angefordert, die müssten jeden Moment hier sein."

Kralik brachte als Antwort nur ein unbestimmtes Knurren hervor. Thaler bedankte sich mit Handschlag und bat die beiden, sich im Umfeld umzuschauen, bevor sie wieder zurückfuhren.

Jetzt standen sie am Eingang der Kirche.

„Wir warten, die Kollegen kommen ja gleich."

„Ist okay ... den Tatort nicht verschmutzen, ich weiß."

Die Dorfkirche war klein und von der Tür aus konnte man direkt auf den hell erleuchteten Altar schauen. Der Lichtkegel eines Baustrahlers schien eine liegende Person aus der Dunkelheit zu reißen.

„Ist sie nackt?"

„Die unbekannte männliche Person meinst du? Sieht ganz so aus, soweit ich das von hier aus erkennen kann.“

„Scheiße, das hatten wir bisher noch nicht. Weder nackt noch männlich, wenn ich mir die Bemerkung erlauben darf.“

„Du darfst, Klugscheißer.“

Kralik fingerte sein Handy hervor, zoomte damit heran und machte anschließend einige Fotos.

„Hier, sieh dir mal die Stirn und die Seiten an.“

Thaler nahm das Handy entgegen und wischte durch die Bilder. Er seufzte und deutete auf den Kopf.

„Sieht ganz aus, als wäre er auf ein Holzkreuz gebunden worden.“

„Ja, leider. Das passt in die Serie.“

Kralik trat zur Seite und zündete sich eine Zigarette an.

„Ich habe die Schnauze echt gestrichen voll, jede Woche das Gleiche. Wir wissen bereits, was uns erwartet, und sind dennoch bisher keinen Schritt weitergekommen.“

„Na ja, wir haben da immerhin so einige Vermutungen ...“

„Ich sage nur Pfarrer!“

Kralik hob den rechten Zeigefinger. „Wieder an einer Kirche, wieder am Wochenende.“

„Das wissen wir noch nicht so genau.“

„Oh doch, denn sonst hätte man uns schon gestern gerufen.“

„Aber der Pfarrer kann es nicht gewesen sein, er war doch die ganze Zeit unser Gast.“

„Ach Christian, wenn du wüsstest. Der Staatsanwalt traut mir überhaupt nichts zu, dir aber sogar noch weniger. Deshalb hat er mir auch die Leitung übertragen. Wenn ich versage, ändert sich das allerdings. Option 1 wäre, dass man uns in den Streifendienst versetzt. Option 2, dass man dich zu meinem Chef macht. Ehrlich gesagt weiß ich nicht, was mir lieber wäre."

„Nun mach mal halblang. Ja, das ist nicht die erste Leiche. Eine Serie, die wir vielleicht nicht allein untersuchen sollten. Vielleicht sollten wir einfach das LKA um Unterstützung bitten."

„Längst passiert. Sie haben uns bevorzugte Kapazitäten versprochen. Das nützt nur nix, weil wir nichts haben, was sie bevorzugt untersuchen könnten."

„Da muss ich leider zustimmen."

In diesem Moment erschienen die Kriminaltechniker. Normalerweise wären sie jetzt zurück ins Büro gefahren und hätten sich danach lediglich den Bericht angesehen. Aber dort warteten nur ungeklärte Fälle auf sie ... und Bergmann.

Daher ließen sie sich beide jeweils einen weißen Overall und Überzieher für ihre Schuhe geben, um zusammen mit den Technikern in die Kirche zu können. Schweigend verfolgten sie die Spurensuche.

„Einen Hund brauchen wir nicht anfordern, denn das Gewitter letzte Nacht macht uns keine Hoffnung, zumal die Kinder ..."

„Kinder?", fragte Thaler dazwischen.

„Ja, spielende Kinder. Keine Ahnung, warum die so zeitig hier waren. Sind schließlich gerade Ferien."

„Dann haben Kinder das Opfer gefunden?" Thaler zeigte ungläubig auf die Leiche.

„Ja, leider.“

„Scheiße.“

„Kannst du laut sagen.“

Es dauerte kaum mehr als eine halbe Stunde, dann war die Kriminaltechnik fertig.

„Hier, da ist alles drin, was wir an oder neben der Person gefunden haben.“

Thaler nahm die Folientüte in die Hand und hielt sie gegen das Licht. Einige verbogene Nägel waren darin zu erkennen. Sie sahen so aus wie der, mit dem man dem Toten eine Spielkarte auf die Stirn genagelt hatte.

„Danke, aber Moment noch, wo ist denn die Karte? Ist es wieder eine Pik Sieben?“

Der Gefragte nickte und zeigte auf die Transportkisten. „Die nehmen wir mit, denn vielleicht ist brauchbare DNA darauf zu finden.“

„War ja bisher nie so.“

„Wie bitte?“

„Nichts für ungut. Aber eine Frage habe ich noch. Brannte neben dem Opfer ein Grablicht?“

„Brannte, nein. Aber es stand eines daneben.“

„Daneben? In weiß?“

„Ja, es befindet sich jetzt ebenfalls in der Kiste. Wir untersuchen es. Ebenso wie das Holzkreuz, vielleicht finden wir irgendetwas. Beten wir, dass die Nässe nicht alles vernichtet hat.“

„Ich verstehe, danke.“

Später, nachdem alle die Kirche verlassen hatten, spazierten die beiden Kriminalhauptkommissare durch den angrenzenden Kräutergarten.

„Es passt alles zusammen ... die Situation ... wie er aufgefunden wurde ... die Einzelheiten und die Kirche. Einfach alles.“

„Bis auf die Tatsache, dass bisher alle Grablichter gebrannt haben, dieses Mal jedoch nicht.“

„Und bis auf die winzige Tatsache, dass es unser Hauptverdächtiger nicht gewesen sein konnte. Das können wir dieses Mal komplett ausschließen, denn er hat das beste Alibi der Welt.“

„Ja, dieses Mal. Unser Kartenhaus fällt gerade in sich zusammen. Aber wegen der anderen Sachen müssen wir an ihm dranbleiben und dürfen ihn nicht aus den Augen verlieren.“

Sie waren schon zurück auf dem Weg zum Auto, als Thaler plötzlich eine Idee hatte.

„Warte mal. Was ist, wenn er es hat machen lassen?“

„Wer ist er, und was hat ER machen lassen?“

„Der Pfarrer! Was, wenn er jemanden beauftragt ...“

„Oha, eine gewagte Theorie!“

„Das wäre schon Organisierte Kriminalität.“

„Korrekt, aber trotzdem nicht von der Hand zu weisen. Er hätte es von langer Hand vorbereiten können. Jemand verübt für ihn den Mord oder vielleicht sogar die Morde. Er kennt alle Rahmendaten und kann sie vorgeben. Selbst hat er eine weiße Weste, da er die ganze Zeit unser Gast war. Das hat früher schon die Mafia so gemacht. *Ich war nicht vor Ort, also kann ich es nicht gewesen sein.*

Für die Polizei ist es dann immer schwer, herauszufinden, was das Alibi in so einem Fall wirklich taugt.“

„Gewagt und meiner Meinung nach vollkommen an den Haaren herbeigezogen. Na gut, verfolgen wir es trotzdem, da wir im Moment sowieso keine bessere Theorie haben."

„Weißt du, ich bin ein wenig froh, dass wir mal einer Meinung sind. Das gibt uns immerhin die Gelegenheit, den Fisch nicht von der Angel zu lassen. Will sagen, den Pfarrer nicht vom Haken zu lassen. Er weiß auf jeden Fall mehr, als er zugibt."

„Dann behalten wir ihn weiter im Gewahrsam."

„Und konfrontieren ihn einfach schon mal mit dem, was wir hier vorgefunden haben. Was meinst du?"

„Ja, wir sollten ihn wecken und ihn dieses Mal gemeinsam befragen. Hat dann was von *guter Bulle, böser Bulle*."

„Ich vermute mal, dass er schon aufgestanden ist. Die U-Haft ist schließlich kein 5-Sterne-Hotel."

„Auf geht's!"

***

Thaler und Kralik saßen im Büro hinter der Glasscheibe. Mehrere Stunden lang hatten sie nun schon den Pfarrer vernommen, und selbst der Kaffee vermochte es nicht, ihre kreisenden Gedanken zu unterbrechen.

„Es nützt einfach nichts, solange wir keine Beweise haben."

„Du sagst es. Wir können auch keinen Zusammenhang zwischen ihm und dem Toten herstellen. Wie es aussieht, kannten sie sich nicht und sind sich wahrscheinlich nie im Leben begegnet. Vielleicht kommen wir weiter, wenn wir ihn identifiziert haben. Doch da liegt noch ein gutes Stück Arbeit vor uns.“

Thaler schob seine Tasse angewidert zur Seite.

„Aber warum jetzt eine männliche Leiche? Wie passt das ins Bild?“

„Und warum wieder in einer Kirche, die zur Gemeinde unseres Pfarrers gehört? Es bringt nichts, immer wieder die gleichen Fragen und die wenigen Fakten durchzugehen. Ich habe auch keine Ahnung, was der Staatsanwalt dazu sagt. Die Presse und die Politik stehen ihm täglich auf den Füßen. In seiner Haut möchte ich wirklich nicht stecken, der steht garantiert extrem unter Dampf.“

„Der Druck ist auch mir nicht verborgen geblieben.“

„Wir müssen mit ihm reden, es hilft alles nichts. Danach müssen wir unseren Zeugen wahrscheinlich laufen lassen.“

„Ja, das stimmt, auch wenn ich denke, dass er uns etwas Wichtiges verschweigt.“

Sie beobachteten für einen stillen Moment den Pfarrer und wollten gerade wieder zu ihm gehen, als sich die Tür öffnete.

„Kralik und Thaler, ich habe etwas für Sie.“

Der Staatsanwalt trat schwungvoll an ihren Schreibtisch. Einige Notizblätter wurden heruntergeweht, aber er machte sich nicht die Mühe, sie aufzuheben. Er blickte kurz durch die Scheibe und dann auf den Fernsehmonitor.

„Wer hätte gedacht, dass unser verschlafenes Örtchen einen Serientäter hat.“

„Ich kann gut darauf verzichten. Da nützt mir auch die ganze aufgerüstete Technik nichts. Mit den Videoaufzeichnungen kommen wir aktuell nämlich auch nicht weiter."

Kralik hüstelte, denn er hatte den Aufbau der Aufnahmetechnik seinem Kollegen überlassen.

„Eine Aufnahme auf dem Diktiergerät, wie in alten Zeiten, reicht mir vollkommen aus", fuhr er fort.

Bergmann sagte nichts und wartete stattdessen, bis er die volle Aufmerksamkeit der beiden Polizisten hatte.

„Aber die Technik macht anderes möglich. Sie werden Ihren Gast dort drüben gleich gehen lassen."

Er legte eine dünne Mappe auf den Tisch.

„Mit vielen Grüßen der Kollegen vom LKA."

Kralik konnte seine Neugier nicht unterdrücken und blätterte zur ersten Seite.

„Eine Pik Sieben?"

Die Spielkarte war auf A4-Größe gezoomt worden.

„DIE Pik Sieben. Korrekt." Der Staatsanwalt verschränkte seine Arme vor der Brust. „Blättern Sie mal um."

Auf der nächsten Seite waren alle Spielkarten abgebildet, die sie bei den anderen Opfern gefunden hatten.

„Hm, und was ist daran so besonders?"

Thaler hatte seinem Kollegen über die Schulter gesehen und schüttelte jetzt fast unmerklich den Kopf.

„Die sehen doch alle gleich aus."

„Machen Sie mir doch die Freude und blättern Sie noch mal um."

Erneut war die Spielkarte in voller Größe abgebildet. Seitlich hatte jemand einen roten Pfeil eingefügt.

„Ich kann damit nichts anfangen, sorry.“ Kralik starrte weiterhin auf das Bild.

„Ich schon“, fuhr Thaler aufgeregt fort. „Aber warum haben Sie das bekommen und nicht direkt wir?“

„Ich habe die Kollegen vom LKA gebeten, mich bei neuen Erkenntnissen zuerst zu informieren. Nachdem ich es ausgedruckt habe, bin ich allerdings sofort zu Ihnen gekommen.“

„Schön und gut, aber würde jemand die Freundlichkeit besitzen und mich aufklären?“ Kralik sah sich ratlos um.

Thaler holte kurz Luft. „Schau mal, das ist die Spielkarte, die wir bei der männlichen Leiche gefunden haben. Sie sieht auf den ersten Blick tatsächlich so aus, wie die anderen ... bis auf eine winzige Kleinigkeit.“

„Mach es doch nicht so spannend.“

„Sie hat keine Kerbe!“

„Keine Kerbe?“

Kralik zog die Mappe heran und betrachtete das Bild aus nächster Nähe. „Tatsächlich Mann, jetzt sehe ich es auch.“

„Ganz genau, und das ist dem LKA nicht entgangen. Hätte Ihnen eigentlich auch auffallen müssen“, fügte der Staatsanwalt hinzu.

Kraliks Gesicht wurde rot. Doch bevor er etwas sagen konnte, hob Thaler seinen rechten Zeigefinger.

„Vorwürfe bringen überhaupt nichts, Herr Bergmann. Wir haben die Karte nicht gesehen, denn sie war direkt unterwegs zum Labor.“

„Nun, dafür haben Sie ja mich. Habe die Ehre.“

Kralik und Thaler waren nun wieder allein.

„Ganz schön selbstzufrieden, der Herr.“

„Egal, lass ihn. Fest steht, dass der Täter von seinem Muster abgewichen ist, denn die anderen Spielkarten hatten kleine Kerben an der Seite, und jede Kerbe stand für die Zahl der Opfer, und für Mord und die Gier des Täters nach Aufmerksamkeit. Dieses Mal jedoch nicht, nicht mal ein kleiner Ritz.“

„Er wird es ja nicht einfach vergessen haben“, warf Kralik ein.

„Nein, ich denke nicht. Schau mal, alle Details, also das Holzkreuz und das Grablicht, standen in der Zeitung. Alles, bis auf eine winzige Kleinigkeit, nämlich, dass die Karten Kerben haben. Das ist unbekanntes Täterwissen. Wir müssen also wohl davon ausgehen, dass wir es hier mit einem Trittbrettfahrer zu tun haben. Unser Pfarrer dort drüben hat nämlich ein Alibi. Wir müssen ihn laufen lassen, denn zumindest diese Tat können wir ihm nicht zur Last legen.“

„Leider ja, und die anderen können wir nicht beweisen. Aber ein letztes Mal will ich ihn noch schmoren lassen.“

Er griff nach der dünnen Mappe und bedeutete Thaler, mitzukommen. Fast eine Minute sah er den Pfarrer nur schweigend an, bevor er sprach.

„Hören Sie, es gibt neue Beweise.“ Dabei tippte Kralik auf die Mappe, öffnete sie aber nicht. „Die Fälle, über die wir hier reden, haben ganz viel mit Ihnen persönlich zu tun. Sie kennen alle Fakten. Zeigen Sie endlich guten Willen und geben Sie mir nur einen einzigen Grund, Sie laufen zu lassen. Oder nennen Sie mir ein Detail, das wir noch nicht kennen. Irgendetwas, das uns weiterhilft.“

„Ich kann nicht mehr, hören Sie endlich auf und lassen Sie mich gehen. Ich bin am Ende.“ Der Pfarrer hob jetzt den Blick. „Wenn ich Ihnen etwas sage, ein unbekanntes Detail nenne, sagen Sie, lassen Sie mich laufen?“

„Ja, im Rahmen der juristischen Möglichkeiten, wenn es tatsächlich relevant ist und uns weiterhilft. Zumindest aber bekommen Sie das Versprechen, dass Sie Ihre Ruhe haben werden und mindestens einen Tag lang keine Vernehmung.“

„Wirklich? Wenn ich Ihnen einen Hinweis gebe, den Sie übersehen haben?“

„Selbstverständlich.“

„Versprochen?“

„Hören Sie, diesen Punkt hatten wir doch schon. Also, was ist es? Was haben Sie für uns?“

Der Pfarrer schloss die Augen und senkte den Kopf. Seine Hände schienen zu verkrampfen. Dann erklang ein Flüstern, das so leise war, dass es nicht zu verstehen war.

„Wie bitte?“

Der Pfarrer öffnete die Augen und hustete. „Es ist nicht so, wie Sie denken.“

„Nicht? Was wollen Sie damit sagen?“

„Es geht um den Keller unter meinem Wochenendhaus“, fuhr der Pfarrer leise fort.

„Nun lassen Sie sich doch nicht alles aus der Nase ziehen!“

„Sie werden dort etwas finden.“

„Oh, wir haben schon eine ganze Menge gefunden. Der Keller mit den speziellen Möbeln, wenn ich das mal so formulieren darf, ist aber eigentlich schon Fund genug."

„Sie werden dort noch etwas anderes finden."

„Etwas, was wir und die Kriminaltechnik übersehen haben?"

„Ja."

„Da bin ich aber mal gespannt, echt."

Kralik winkte ab. „Bringt doch alles nichts."

Jetzt war es an Thaler, sich einzubringen. Seine Stimme klang gefasst. „Sie sagten, dass es nicht so ist, wie es aussieht. Erklären Sie es uns dann jetzt endlich?"

Der Pfarrer starrte ins Leere und antwortete: „Sie werden die Überreste einer Frau dort unten finden."

„*Was?* Das gibt's doch nicht!" Kralik sprang auf, seine Hände schossen hervor und umfassten den Hals des Pfarrers. „Was haben Sie da gesagt?" Er schüttelte ihn. „Würden Sie das bitte wiederholen?"

„Beruhig dich." Thaler gelang es, die Hände seines Kollegen zu lösen. „Entschuldigen Sie bitte sein Verhalten, aber wir sind etwas angespannt."

Er ließ die Augen des Pfarrers keine Sekunde mehr unbeobachtet.

„Wo werden wir sie finden? Können Sie es uns vielleicht etwas konkreter beschreiben?" Seine Stimme klang weiterhin ruhig, doch sein Atem hatte sich beschleunigt.

„Messen Sie den Raum aus, also den Keller. Dann werden Sie schnell feststellen, dass er kleiner ist, als er es sein müsste."

„Schon wieder so ein Scheiß-Rätsel?" Kralik sprang auf, doch Thaler hielt ihn fest und ignorierte die Frage seines Kollegen.

„Wollen Sie damit sagen, dass es hinter der Wand noch eine weitere Wand gibt?“

„Ja.“ Der Pfarrer nickte. „Die Wand gegenüber der Eingangstür, habe ich verblendet.“ Seine Augen füllten sich jetzt mit Tränen. „Aber es ist trotzdem nicht so, wie es aussieht, das müssen Sie mir glauben!“

„Das überlassen Sie mal besser uns!“ Kralik riss sich los. „Komm, Thaler, das sehen wir uns genauer an!“

An der Tür drehte er sich noch einmal kurz um. Sein Gesicht war vollkommen weiß. „Ich fasse es nicht! Das kranke Schwein hat da tatsächlich jemanden eingemauert!“

***

Einige Stunden später saßen sie wieder im Büro.

„Da hat der Fall ja mal eine ganz andere Wendung genommen, als wir gedacht haben.“

Thaler zeigte auf die neuen Fotos an ihrer Glaswand.

„Der Pfarrer hatte recht, es sind wirklich die Überreste einer Frau dort gewesen. Allerdings ohne Holzkreuz, Nägel und Grablicht.“

„Und ohne Kirche“, ergänzte Kralik.

„Sie war so hermetisch eingewickelt und im Beton versenkt, einfach Wahnsinn. Vielleicht hätten wir doch einen Hund in den Keller schicken sollen.“

„Wer weiß, vielleicht hätte das was gebracht, vielleicht aber auch nicht. Es gab schließlich keine Spuren, alles war sauber, fast extrem sogar, so als hätte sich jemand mit einem Putzfimmel in dem Keller ausgelebt. Kein Staub, keine Fingerabdrücke, rein gar nichts. Es gab auch keinen Anhaltspunkt dafür, dass da noch etwas ist. Nicht den Kleinsten. Sauberkeit ist schließlich kein belastbares Indiz. Wer hätte denn ahnen können, dass der Raum eigentlich viel größer ist, als man sieht, wenn man ihn betritt. Verdammt.“

„Hm, dann warten wir mal den Obduktionsbefund ab.“

„Vielleicht können wir die Sache ja etwas beschleunigen. Du hast doch gesehen, dass er Tränen in den Augen hatte, oder?“

„Klar, was für ein Schauspieler!“

„Nein“, fuhr Thaler fort, „diese Emotion schien mir echt zu sein. Was hältst du davon, wenn wir ihn mit den Fotos des Fundes konfrontieren?“

„Tu, was du nicht lassen kannst, aber ohne mich. Ich kann das nicht, ich vergesse mich sonst. Außerdem habe ich ihm vierundzwanzig Stunden Ruhe versprochen ... Ruhe vor unseren Fragen.“

Thaler nickte, griff zum Telefon und bat darum, dass man den Pfarrer zurück zur Vernehmung brachte.

„Du schon, ich aber nicht. Ich zeige ihm einfach Fotos. Falls er dann etwas dazu sagen möchte, höre ich zu.“

Thaler ging zur Glaswand und nahm die neuen Fotos wieder ab. „Dann schauen wir mal.“

***

„Sie wollten mir doch vierundzwanzig Stunden Ruhe gönnen.“

Der Pfarrer saß zusammengesunken vor dem Tisch, seine Hände hatte er gefaltet. Er blickte nicht auf, als Thaler den Raum betrat. Das graue Gesicht und die unordentliche Frisur verrieten mehr über seinen Gemütszustand, als er von sich aus preisgeben würde.

„Das stimmt, keine Befragungen, das ist so korrekt. Ich frage auch nicht, sondern zeige Ihnen nur etwas.“

Thaler schob den Umschlag über den Tisch. Die Fotos zog er nur so weit heraus, dass man den Rand sehen konnte.

Der Pfarrer wandte den Blick ab. „Was ist das?“

„Fotos.“ Thaler kratzte sich an der Stirn. „Fotos, die ich Ihnen zeigen wollte.“

„Nein, ich will sie nicht sehen, nicht heute. Gönnen Sie mir doch meine Ruhe und halten Sie sich an das, was Sie versprochen haben!“

Thaler hob den Umschlag an, sodass die Bilder herausrutschten.

„Nein, bitte!“ Jetzt wurde sein Gesicht weiß.

„Schauen Sie hin. Ist es das, was wir finden sollten?“

Der Pfarrer hechelte nun. „Hm.“

Thaler ordnete die Bilder. Zu sehen war in unterschiedlichen Ausleuchtungen ein Skelett. Es trug ein Kleid, das noch gut zu erkennen war.

„In der doppelten Wand war es sehr trocken, daher ist viel erhalten geblieben.“

Der Pfarrer weinte jetzt, schob die Unterarme übereinander und bettete seinen Kopf darauf.

„Hören Sie, wenn die vierundzwanzig Stunden, die wir Ihnen versprochen haben, um sind, werden wir Sie wieder befragen. Erst dann. Denn wir hätten gern einen Namen und genaue Details zu den Hintergründen. Sie können doch bestimmt verstehen, dass wir wissen möchten, wer das ist. Von nun an stehen Sie auch hier unter dringendem Verdacht, einen Mord begangen zu haben.“ Thaler stand auf. „Ich empfehle Ihnen daher, kooperativ zu sein.“

Die Bilder ließ er liegen.

Als er fast die Tür erreicht hatte, bat ihn der Pfarrer, zu warten.

„Wenn Sie mich sowieso hierbehalten, kann ich keine Beichte ablegen. Das ist nämlich viel schwerer, als Sie vielleicht denken. Bitte holen Sie Ihren Kollegen, ich muss jetzt darüber reden und er soll alles mit anhören." Er bekreuzigte sich. „Gott sei ihrer Seele gnädig."

Kurz darauf stand Kralik auch schon neben dem Tisch.

„Es hätte uns vollkommen gereicht, wenn Sie uns das nach Ablauf der vierundzwanzig Stunden gesagt hätten."

Er schob einen Stuhl heran, setzte sich und verschränkte die Arme vor der Brust. „Aber okay, wenn ich schon einmal hier bin, kann ich ja auch zuhören."

Der Pfarrer wollte erzählen, benötigte dafür allerdings mehrere Anläufe.

Die Geschichte begann offenbar vor einigen Jahren. Die beiden Polizisten unterbrachen ihn bewusst nicht.

„Ich war immer allein, müssen Sie wissen. So, wie es meine Religion von mir verlangt ... bis auf den Tag, an dem es der Teufel geschafft hat, mich auf seine Seite zu ziehen." Wieder folgte eine Bekreuzigung.

„Sie hieß Elisabeth."

„Elisabeth Franke?", fragte Thaler zurück.

„Ja, woher wissen Sie das?"

„Das ist vielleicht zu viel gesagt, aber wir wissen, wer sie ist. Verzeihung, wer sie war."

Er schob die Bilder zusammen und steckte sie zurück in den Umschlag.

„Ihre Haushälterin, nicht wahr?"

Der Pfarrer schluchzte nun.

„Ja, das war sie. Elisabeth kam aus Polen zu uns. Ihre Eltern sind im Krieg aus Deutschland geflohen, hinter die vorrückende Front. Sie merkten allerdings schnell, dass auch in ihrer neuen Heimat Juden nicht sehr angesehen waren. Deshalb erzogen sie Elisabeth katholisch, soweit es möglich war. Sie war wirklich sehr religiös, sehr anständig und besaß eine reine Seele. Wir haben uns sehr gut verstanden, und sie hat jeden meiner Wünsche erfüllt, ohne dass ich viel sagen musste.“

„Und dann?“

„Dann ist es passiert.“

„Bitte berichten Sie uns davon.“

Der Pfarrer erzählte daraufhin ausschweifend, wie sie sich in all den Jahren nähergekommen waren.

„Das war dann irgendwie ab einem bestimmten Punkt mehr als nur Freundschaft, und das durfte ich nicht.“

Er senkte den Blick und schwieg eine Weile.

„Das ist aber doch noch lange kein Grund, jemanden zu töten!“

Kralik hatte sich auf die Tischplatte aufgestützt und starrte den Pfarrer an. Dieser blickte auf und wischte die Tränen weg.

„Nein, da haben Sie recht, das ist kein Grund.“

„Aber?“

Kralik hatte sich bereits erhoben und war bedrohlich nähergekommen. „Da bin ich aber mal gespannt! Wenn ich daran erinnern darf: wir haben eine Leiche gefunden, eingemauert in einer doppelten Wand. Wenn jemand so etwas tut, dann muss es auch einen triftigen Grund dafür geben.“

„Beruhig dich wieder, Kollege." Thaler fasste ihn bei den Schultern und schob ihn zurück auf seinen Stuhl. An den Pfarrer gewandt fuhr er fort: „Bitte, erzählen Sie weiter."

„Ich bin sehr gläubig und ich diene dem Herrn. Nichts steht darüber, das müssen Sie mir glauben. Danach habe ich mein ganzes Leben lang gehandelt und stets alles der Kirche untergeordnet. Aber dann", er seufzte, „dann kam Elisabeth. Ach ja, das habe ich Ihnen ja schon erzählt, entschuldigen Sie bitte."

„Und?" Thaler versuchte, geduldig zu bleiben. Seinen Kollegen behielt er dabei die ganze Zeit im Auge.

„Gott wollte mich prüfen. Als es mir nicht gut ging und ich an meiner Enthaltsamkeit gezweifelt habe, sind wir uns schließlich ...", er schluckte mehrmals. „Also, da sind wir uns näher als nahegekommen. Wir haben Wein getrunken, im Hintergrund lief eine CD mit Chorgesängen ... das vergesse ich nie. Ich war es, der schwach geworden ist, ich habe den ersten Kuss gefordert." Seine Finger berührten das Kreuz an seiner Halskette. „Und sie hat ihn erwidert." Er putzte sich mehrmals umständlich seine Nase. „Doch das darf ich nun mal nicht. Das erlaubt die Kirche nicht. Schon gar nicht in ihren Räumen. Also sind wir sozusagen umgezogen und haben uns in meinem Wochenendhaus getroffen. Ich gebe es nur ungern zu, aber es waren die schönsten Tage meines Lebens. Dennoch hatten wir Angst, dass man uns sehen könnte. Deshalb habe ich eines Tages den Keller dort unten ausgebaut. Elisabeth hat mich angefleht. Sie wollte mehr und fand in mir williges Fleisch." Er weinte wieder. „Entschuldigen Sie bitte, dass ich so sentimental werde. Der Keller wurde unser

Liebesnest. Ich war süchtig nach ihr und wusste doch, dass ich es nicht tun durfte und dass ich von ihr loskommen musste. Die Ketten und Handschellen an den Wänden waren nur als Ablenkung gedacht, falls jemand diesen Raum zufällig findet. Blöde Idee."

Kralik konnte sich jetzt nicht mehr zurückhalten. Er sprang auf, fasste den Pfarrer beim Kragen und brüllte ihn an: „Und dann, hast du sie einfach erledigt?"

Thaler stand ebenfalls auf und lockerte den Griff seines Kollegen.

„Bist du so nett und lässt uns einen Moment allein?"

Es war eigentlich keine Frage oder Bitte, es klang wie ein Befehl. So hatte Kralik seinen Kollegen noch nie zuvor erlebt. Er straffte sich und verließ ohne ein weiteres Wort das Zimmer. Daher hörte er nicht mehr, wie der Pfarrer ihm hinterherrief: „Es ist nicht so, wie es aussieht!"

Thaler setzte sich wieder. „Wie ist es denn dann gewesen? Verraten Sie es mir?"

„Während der Fastenzeit fand ich wieder zu meinem Glauben zurück. Als Diener der Kirche wusste ich, was ich unserem Herrn schuldig bin. Es schickt sich nun mal nicht, einen solchen Umgang zu haben. Dabei war es eine sehr schwere Zeit. Ich war krank und hatte hohes Fieber. Schon allein deswegen konnte ich Elisabeth nicht mehr sehen. Wissen Sie was? Ich musste ununterbrochen an unser geheimes Zimmer unter der Erde denken. Unter der Erde, verstehen Sie? So, als wäre ich dem Teufel und der Hölle bereits ein wenig entgegengekommen." Wieder folgte der Griff zum Kreuz. „Ich stand mehrere Nächte lang vor dem Altar, hungrig und vom Schüttelfrost gezeichnet. Dann habe ich endlich zurück zum Herrn gefunden. Er hat mir ein Zeichen gegeben und ich wusste, was ich nun tun musste. In diesem heiligen Moment, als sich die Strahlen der aufgehenden Sonne in den bunten Fenstern der Kirche gebrochen haben, wusste ich plötzlich, was zu tun war. Für die Gemeinde war sie nur meine Haushälterin, also habe ich ihr frei gegeben. Urlaub auf unbestimmte Zeit. Außerdem habe ich sie gebeten, zu kündigen und ein neues Leben anzufangen."

Thaler lehnte sich zurück. „Damit habe ich jetzt nicht gerechnet."

„Eben." Er lächelte schief. „Sie auch nicht. Aber ich musste unbedingt wieder rein werden und meinen Weg finden. Ich gab ihr alles, was ich besaß, meine gesamten Ersparnisse, wirklich alles. Im Rahmen meiner Möglichkeiten sollte es ihr so gut wie nur möglich gehen. Doch sie ist verbittert gegangen, ohne ein Wort."

Der Pfarrer ließ die Schultern wieder sinken und sackte in sich zusammen.

„Ist sie weggegangen, so wie Sie es wollten?"

Thaler versuchte, das Gespräch am Laufen zu halten.

„Ja, ist sie."

Dann herrschte fast fünf Minuten unerträgliches Schweigen.

„Wie ist sie ... also, wie hat sie dann ihre ewige Ruhe in der doppelten Wand gefunden?"

„Es dauerte nicht lange, bis sie zu mir zurückkam. Sie hat gebettelt und auf Knien gefleht. Sie hat mir ihre Liebe geschworen. Es war einfach schrecklich; eine der härtesten Prüfungen, die ich je in meinem Leben bestehen musste. Dazu kam noch, dass sie damit gedroht hat, sich umzubringen, wenn sie nicht bleiben durfte.

Verstehen Sie das? Selbstmord ist eine der schlimmsten Dinge, die man tun kann! Jedenfalls konnte ich ihr Angebot nicht annehmen, weder, dass wir uns weiterhin heimlich sehen, noch, dass sie einfach wieder meine Haushälterin wird, so wie früher, nicht mehr und nicht weniger. So als wäre das zwischen uns niemals geschehen. Ich konnte das einfach nicht. Ich habe ihr gesagt, dass ich dafür zu schwach bin und dass meine Liebe allein Gott gehört."

„Und dann?"

„Bin ich weggegangen und habe sie einige Zeit nicht mehr gesehen. Ich dachte, dass sie mich verstanden hat und dass sie weggezogen ist, so wie ich es ihr vorgeschlagen habe."

„Aber?"

„Nun ja, sie ist nicht gegangen, also zumindest nicht so, wie ich es gedacht hatte. Als ich ein paar Tage später in mein Wochenendhaus kam, lag sie dort. Sie muss sich vergiftet haben, denn es waren keine äußeren Verletzungen zu sehen. Sie lag einfach auf dem Bett ... auf unserem Bett. Der Tod hatte ihr nichts von ihrer Schönheit rauben können."

Der Pfarrer stand auf und lief jetzt hektisch im Zimmer hin und her. „Ich musste sie dort lassen, in unserer geheimen Welt, verstehen Sie? Ich konnte doch niemandem sagen, was wirklich passiert war. Jetzt wohnt sie hinter den Steinen bei mir ... ein weltlicher Abschied für immer. So oft ich kann, fahre ich zu ihr, lege mich auf das Bett und bete für sie. Ich habe das nicht gewollt, ich habe das wirklich nicht gewollt." Er war sichtlich geschwächt, hielt sich an der Wand fest und rutschte schließlich an ihr herunter. Dann schlug er die Hände vors Gesicht.

Thaler setzte sich neben ihn, nahm ihn in den Arm und wartete, bis der Pfarrer keine Tränen mehr zu vergießen hatte. Er half ihm auf und bat dann die Kollegen, ihn zurück in seine Zelle zu bringen.

Später, an Kraliks Schreibtisch, als sie beide eine Flasche Bier in der Hand hielten, sagte er: „Wer hätte das gedacht. Dann könnte es also tatsächlich so sein, wie er behauptet hat: *Es ist nicht so, wie es aussah.*“

Kralik nickte. „Das hat mich auch überrascht, und wenn du nicht so geduldig gewesen wärst, hätten wir die Wahrheit wohl niemals erfahren. Er hat sie also nicht umgebracht. Aber“, er hob seinen rechten Zeigefinger, „er ist mir dennoch unheimlich. Bei den anderen Opfern hatte er sowohl die Zeit als auch die Gelegenheit. Außerdem war er immer da, bei jedem Opfer, das wir gefunden haben. Da ist noch mehr, als er zugibt.“

„Könnte sein. Was meinst du? Soll ich zum Staatsanwalt gehen und unter Würdigung der Geschichte des Pfarrers seine Freilassung beantragen? Dann könnten wir ihn beobachten.“

„Das ist eine gute Idee. Hätte glatt von mir sein können. Ja, ruf Bergmann an. Wollen wir doch mal sehen, wohin der Vogel dann fliegt.“

Kralik rieb sich die Hände.

Zehn

„Guten Morgen."

Thaler öffnete die Tür und winkte seinen Kollegen herein. „Ich habe schon Kaffee gekocht, wenn es recht ist."

„Prima, den kann ich gut gebrauchen ... wenig Schlaf wie immer."

„Wem sagst du das! In dieser Woche waren wir ja auch im Schnitt über zwölf Stunden im Büro, und das alles in allem mit mehr als bescheidenen Ergebnissen, da bleibt dann leider keine Zeit, um sich auszuruhen. Wie immer keine Milch in den Kaffee?"

„Nein danke, wenn du Zucker hast, reicht mir das."

Sie rührten kurz in ihrem Kaffee und hingen ihren Gedanken nach. Die Sonne schien mit dem Licht in Thalers rustikalem Wohnzimmer zu spielen, weichgezeichnet von den Vorhängen. Der aufziehende Wind warf wechselnde Schatten durch die Vorgarten-Tannen.

„Mal sehen, wo uns das alles heute hinführt. Das, was wir hier machen, ist nicht erlaubt, das weißt du. Wir müssen es also für uns behalten."

„Klar. Aber es ist auch nicht wirklich verboten. Wir beobachten ja nur das Umfeld und machen die eine oder andere Notiz. Mehr nicht."

„Vor einer Kirche macht es das schon besonders."

„Ob da jemand die Beichte ablegt, wissen wir leider nicht. Auch nicht, was sie dort drin besprechen. Wir waren uns doch einig, dass wir nur ein Auge darauf haben, wer da zum Gottesdienst geht. Alle Mordopfer haben wir an einer Kirche gefunden, und die Idee von dir, ein Auge auf den Pfarrer zu werfen, ist deshalb nicht die schlechteste."

Kralik trank aus. „Wenn ich nicht schon zugesagt hätte …" Er schluckte.

„Dann?"

„Dann würde ich gleich mit der Kleinen vom Bäcker frühstücken … bei mir zu Hause … ich kann ihrem Blick nämlich nicht ewig widerstehen, verstehst du? Heute, beim Kauf der Sonntagsbrötchen, wäre ein Super-Zeitpunkt gewesen, sie anzusprechen. Wir sind so weit, das weiß ich."

„Angeber. Vielleicht kann sie dir ja widerstehen."
Thaler sammelte die Tassen ein.

„Aber ich bin froh, dass es wenigstens schon hell ist."
„Hä? Wie meinst du das?"
„Ach nichts."

„Nein, Thaler, nun sag schon. Du machst solche Andeutungen schließlich nicht zum ersten Mal."
„Stimmt."

Er nickte. „Ich möchte lieber nicht darüber reden."

„Na komm schon, wo wir doch gleich heimlich Kirchenmänner überwachen, musst du dir darum auch keine Sorgen mehr machen. Geheimnisse zwischen uns sollten doch wohl der Vergangenheit angehören."

„Es ist so … also … dass ich nachts schlecht sehe."

„Ich auch, aber das ist doch normal, dafür gibt es doch Licht."

„Bei mir ist es … nun ja, ich bin nachtblind."

Thaler drehte sich um und nutzte die Gelegenheit, die Tassen in die Spülmaschine zu räumen.

„Echt? Das tut mir leid." Kralik räusperte sich. „Jetzt verstehe ich dich. Tut mir wirklich leid, Mann."

„Schon gut, muss aber keiner sonst wissen, sag es bitte nicht weiter."

„Versprochen. Aber, entschuldige, wie hast du es denn dann in den Polizeidienst geschafft? Ich meine, das hätte man doch ..."

„Bemerkt? Ja, hätte man ganz bestimmt."

„Und?"

„Ich bin ja erst später zur Kripo gekommen, nach meinem Informatikstudium."

„Was hat das damit zu tun?"

„Der Polizeiarzt wäre ohne mich im Abi nicht durch Mathe gekommen. Das hat er mir nie vergessen. Ich vermute daher mal, dass er das mit meinen Augen versehentlich nicht aufgeschrieben hat." Thaler grinste.

„Das erklärt einiges. Scheiße Mann, wenn das rauskommt!"

„Kommt es ja nicht. Genau so wenig wie das mit Bergmann."

Kralik sah irritiert auf. „Wie meinst du das?"

„Menschen zu lesen hat mich schon immer interessiert, und glaub mir, ich erkenne es, wenn ein Mann seinen Gegenspieler anschaut, der ihn gehörnt hat. Oder von dem er es zumindest annimmt ... und genau so tut er es bei dir."

Kralik lief dunkelrot an. Er brauchte einen Moment, um seine Sprache wiederzufinden.

„Du hast eine wirklich gute Menschenkenntnis, aber dass sie so gut ist, hätte ich nicht gedacht. Respekt."

Seine Gesichtsfarbe normalisierte sich. „Ich habe das mit seiner Frau längst beendet. Es gab klare Absprachen. Wir waren uns von Anfang an einig." Er winkte ab, auch, um das Thema abzuhaken. „Er weiß nichts davon, vermutet aber wohl etwas. Deswegen macht er mir das Leben zur Hölle, wann immer er kann. Pass auf, ich schlage vor, dass wir über das eben Gesprochene schweigen. Ist besser für uns."

„Da könntest du wohl recht haben. Lass uns gehen, dann sind wir etwas vor dem Gottesdienst da und können die Leute in Ruhe beobachten."

„In Ordnung." Kralik stand auf. „Machst du nachher unauffällig ein paar Fotos mit deinem Handy?"

„Selbstverständlich, und ich lege auch für jeden eine Akte auf meinem Rechner an. Von jedem Einzelnen, der dort ein und aus geht. Dann können wir mit den Hintergrundrecherchen beginnen. Es muss etwas mit den Besuchern der Kirche zu tun haben, das spüre ich. Auch, wenn unser Opfer Christian Heinrich augenscheinlich alles andere als ein gläubiger Mensch war. Zum Gottesdienst ist der nämlich nicht gegangen."

„Nein, aber als männliche Leiche ist er auch in unseren aktuellen Fällen ziemlich einmalig. Wenn ich sagen würde, dass er aus der Reihe tanzt, wäre das nicht angebracht. Es geht nicht um ihn, sondern es geht um den, der sein Leben genommen hat. Also lass uns loslegen, vielleicht finden wir ja etwas."

„Okay, und wenn wir zurück sind, kümmern wir uns um das hier." Er deutete auf einen Papierausdruck. „Hatte ich fast vergessen, das kam vorhin rein. Die Ermittlungsgruppe vom LKA hat was gefunden, und zwar gut erhaltene Fingerabdrücke auf dem Holzkreuz. Wir hatten Glück, da das Opfer direkt daran genagelt war, sind einige Stellen trocken geblieben, und, um das Ganze perfekt zu machen, gab es einen Treffer in der Datenbank."

„Na, das nenne ich doch mal eine gute Nachricht. Aber dieser stammt doch nicht etwa vom Pfarrer, oder?"

„Nein, da kannst du unbesorgt sein, das konnten wir gleich ausschließen. Es ist jemand anderes, der Name sagt mir nichts. Wir bekommen kurzfristig noch die entsprechende Akte dazu, dann können wir uns um diese Spur kümmern."

***

Es klingelte. Er brauchte einen Moment, um vom Sofa aufzustehen, die Jogginghose anzuziehen und aufzumachen.

„Ja?" Er blieb im Türrahmen stehen.

„Sind Sie René Becker?"

„Wer will das wissen?"

Er blinzelte und hatte Mühe, wach zu werden. Die beiden abgestellten schwarzen Reisetaschen neben dem Eingang entgingen ihm komplett.

„Bernd Zimmermann. Kriminalpolizei. Darf ich reinkommen?" Er hielt seinen Dienstausweis auf Augenhöhe.

„Ähm, eigentlich nicht. Warum eigentlich Kriminalpolizei?"

„Ich glaube, es ist besser, wenn wir das nicht an der Tür besprechen. Sie waren heute früh beim Gottesdienst?"

„Also gut, kommen Sie rein."

Becker schlurfte voran und setzte sich auf das Sofa.

„Möchten Sie auch eines? Ach ja, Sie sind ja im Dienst."

Er stellte das Bier zur Seite. „Einen Kaffee?"

„Das wäre nett."

René Becker wuchtete sich wieder vom Sofa hoch. Sein Gewicht entsprach dem eines durchschnittlichen Mannes, seine Größe allerdings nicht. Selbst mit Absätzen unter den Schuhen hatte er Mühe, auf eins sechzig zu kommen.

„Bin gleich wieder da."

Sein Besucher sah sich derweil um.

Der Flachbau stammte noch aus DDR-Zeiten, eine Renovierung würde ihm guttun. Die Wände waren teilweise gelb vom Rauch. Grünpflanzen gab es nicht. Eine einsame LED in der Wandlampe versuchte, gegen die Trostlosigkeit der zugezogenen Vorhänge anzukämpfen. Der Fernseher war stumm geschaltet, es lief gerade ein Fußballspiel. In der Luft lag ein Duft nach alten Chips, kaltem Rauch und billigem Rasierwasser. Auf dem Beistelltisch türmten sich leere Verpackungen von Erdnüssen und Salzstangen.

Scheint sich ja ausgewogen zu ernähren.

„Nehmen Sie ruhig Platz, der Kaffee ist gleich durchgelaufen."

Man hörte die Maschine deutlich.

Das Platznehmen war einfacher gesagt als getan, denn alle Stühle waren voller Wäscheberge.

„Schon gut, ich stehe lieber."

René Becker nickte und lief zurück in die Küche. Kurz darauf war er zurück, in jeder Hand eine Tasse.

„Hier. Was wollen Sie wissen?"

„Danke, sehr freundlich. Also noch mal zu heute Vormittag. Moment, mein Notizblock.“

Er stellte die Tasse ab und griff suchend in die Innentasche seiner Jacke. Zusammen mit dem Block zog er mit etwas zu viel Schwung auch einen Stift hervor. Der Kugelschreiber landete auf dem Beistelltisch, rollte darüber und fiel dann auf der anderen Seite herunter, direkt auf die Füße von René Becker.

„Oh, sorry!“

„Warten Sie.“ Er stellte seine Tasse ab und beugte sich über den Tisch. In diesem Moment war sein Besucher bei ihm, sprang auf seinen Rücken und landete mit beiden Händen kurz hintereinander mehrere Schläge auf die Halsschlagader und die Schläfen. René Becker brach zusammen, verlor jedoch nicht das Bewusstsein. Er spürte, wie er zu Boden gedrückt und auf den Bauch gerollt wurde. Zimmermann brachte an Hand- und Fußgelenken Kabelbinder an und stopfte ihm einen Lappen in den Mund. Dann richtete er ihn auf und lehnte ihn gegen das Sofa.

„Pfui Teufel, der ist bestimmt viel zu dünn!“

Der daraufhin weggeschüttete Kaffee traf die Brust des Mannes. Er schrie auf.

„Psst!“

Dann stand der Besucher dicht neben ihm, zog eine durchsichtige Tüte aus der Tasche und faltete sie langsam auseinander.

„Du musst viel ruhiger werden.“

Er stülpte die Tüte über den Kopf des Mannes, rollte dann den unteren Rand zusammen und verknotete ihn. Danach drückte er seitlich auf seine Armbanduhr.

„Stelle bitte einen Timer für drei Minuten.“

Anschließend schob er den Beistelltisch so gegen den Oberkörper des Gefesselten, dass dieser in seiner Stellung fixiert blieb und setzte sich selbst auf den Tisch.

„Uhren mit Sprachfunktionen sind wirklich praktisch."

Er sah aus dem Fenster, ignorierte den Todeskampf neben sich und schob nur ab und zu den Tisch wieder zurück, wenn die Gegenwehr zu heftig wurde.

„Wie schnell doch die Zeit vergeht!"

Er beendete den Alarm seiner Uhr.

„Hab keine Angst, Schaden nimmst du erst nach fünf Minuten."

Er machte sich nicht die Mühe, die Tüte vom Kopf zu ziehen, sondern riss nur zwei Löcher hinein.

„Besser?"

Er sah, wie heftig der Gefolterte zitterte und gierig die Luft einsog. Der Knoten am unteren Rand der Tüte verhinderte, dass Becker den Knebel ausspucken konnte.

„Ich darf doch?"

Der Besucher zündete sich eine Zigarette an und setzte sich zurück auf den Tisch. Dieses Mal sah er zu, wie sein Opfer hechelte.

„Kann ich dich einen Moment allein lassen? Ich müsste mal was holen."

Auf ein Nicken hin stand er auf und ging langsam zur Küche. Er suchte nur kurz und kam dann mit einem leeren Glas und einer Plastikflasche zurück. Die Flasche war rot, ein gelber Aufkleber klassifizierte den Inhalt als Rohrreiniger. Beides stellte er auf den Beistelltisch.

„Danke, dass du auf mich gewartet hast."

Er lächelte. Den Rest der Zigarette warf er in die seitlich stehende Bierflasche und zündete sich sofort eine neue an. Ein heftiger Hustenanfall schüttelte ihn.

„Der Arzt hat gesagt, ich solle aufhören, das sei nicht gut für mein Krankheitsbild."

Dann ließ er das Feuerzeug erneut aufschnappen und hielt seinen Dienstausweis in die Flamme.

„Mein Name ist natürlich nicht Bernd Zimmermann und der Ausweis hier war auch nicht echt."

Er wartete, bis das Feuer seine Finger fast erreicht hatte, und ließ dann das restliche Papier zu Boden fallen. Erst, als nur noch Asche übrig war, fuhr er fort.

„Bevor ich dir den Knebel abnehme, möchte ich dir erzählen, warum ich bei dir bin. In Ordnung?"

Doch er wartete keine Antwort ab.

René Becker fing an, zu weinen.

„Die Polizei beobachtet übrigens wirklich alle Personen, die den heutigen Gottesdienst besucht haben. Lustig, nicht wahr?"

Er zog den Tisch zur Seite.

„Setz dich ruhig."

Er musste ihm beim Aufrichten helfen.

„Ich habe dich auch beobachtet, weil ich eins und eins zusammenzählen kann. Ach so, Hilfe ist nicht unterwegs, also warte gar nicht erst darauf. Falls die Polizei auf die gleiche Idee gekommen sein sollte … ich war nicht in der Kirche." Er hob seine Stimme. „Und vergiss nicht, dass ich wütend bin, weil du mir meinen Ruf ruiniert hast!"

Dann rammte er mit voller Wucht seine rechte Faust in den Magen des anderen Mannes. Dieser klappte zusammen und würgte.

„Mein Freund, mit mir hast du dir leider den Falschen ausgesucht. Ich will dir auch verraten, wie ich dir auf die Schliche gekommen bin. Das Mordopfer, oder sollte ich besser sagen, das männliche Mordopfer, Christian Heinrich, ist bei der Freiwilligen Feuerwehr gewesen, genauso wie du. Ich besitze neben der Polizei genug Grundwissen, um zu ahnen, dass es da einen Zusammenhang zum Täter gibt. Ich habe daraufhin bereits letzte Woche überprüft, wo du hingegangen bist, nachdem der Gottesdienst zu Ende war. Alle sind gegangen, nur du hast noch eine kleine Runde im Garten der Kirche gedreht und kurz dort verweilt, wo man ihn später gefunden hat. Das scheint dich an etwas zu erinnern."

Er lief einige Male auf und ab.

„Wirst du mir meine Fragen beantworten?"

Als kein Widerspruch kam, schnitt er mit einem Jagdmesser die Folientüte komplett auf.

„Ich nehme dir jetzt den Knebel heraus, also benimm dich, und komm bloß nicht auf blöden Ideen. Gefesselt kommst du eh nicht weit. Meine Finger werden dich aber nicht töten, was sollen denn sonst die Leute sagen."

Der Mann übergab sich jetzt.

„Willst du für einen besseren Geschmack nachspülen?"

Er deutete auf das Glas und den Rohrreiniger.

„Ich interpretiere dein Kopfschütteln mal als ein Nein. Also, warum gerade er?"

Es dauerte, bis die Worte zu verstehen waren.

„Er hat mich immer gehänselt."

„Echt jetzt? Wie das?"

„Kleines fettes rosa Schwein hat er mich genannt, immer, und er hat mich die ganze Arbeit bei der Feuerwehr machen lassen. Bei einer Fete hat er meine Sachen in die Jauchegrube geschmissen. Alle haben über mich gelacht, alle! Mir blieb nur der Bademantel, den ich in meiner Sporttasche hatte."

„Und dann? Hast du ihm Rache geschworen?"

„Ja, schon lange."

„Ich dachte immer, bei der Feuerwehr gibt es nur echte Kameradschaft." Der falsche Bernd Zimmermann lächelte und blickte auf die Uhr.

„Es ist Sonntag, mein Freund, da habe ich Wichtiges zu tun. Also fass das Ganze ein wenig schneller zusammen, wenn ich bitten darf. Warum hast du ihn an einer Kirche abgelegt, eine Spielkarte auf seine Stirn und ihn selbst an ein Kreuz genagelt? Warum?"

„Weil ..." Er stotterte. „Weil ich endlich Aufmerksamkeit wollte und es so in der Zeitung gestanden hatte ... also die Details ..."

„Verdammte Scheiße, das habe ich mir schon gedacht! Ich kam dir also gerade zur rechten Zeit. Du bist ein mieser Trittbrettfahrer. Du hast mich nachgemacht und erntest dafür fremde Lorbeeren. Du bist ein Hurensohn, verflixt!"

Er schlug ihm erneut in den Magen.

„An mich hast du dabei wohl nicht gedacht, was? Ich habe einen Ruf zu verlieren, und du hast ihn beschädigt! Als wenn ich Männer töten würde!" Er stampfte wütend auf. „Mein Handeln folgt einem genauen Plan. Ja, es geht um Kirchen als Hintergrund, um Sonntage und Frauen, aber niemals um Männer!"

Er gab ihm mehrere Ohrfeigen. „Du hast mich einfach nachgemacht, und mir deinen Mord aus niedrigen Beweggründen in die Schuhe geschoben. Das kann ich dir nicht verzeihen. Du tust das nie wieder, oder?"

„Nein, nie!" Der Mann zitterte.

„Und du verrätst mich auch nicht?"

„Nein, wirklich nicht!"

„Pff, das glaubst auch nur du, dafür bist du doch viel zu schwach!" Er spuckte ihn an. „Dafür muss ich wohl selbst sorgen. Warte hier!"

„Bitte, Herr Zimmermann, bitte ..."

„Ruhe!" Er riss das Verlängerungskabel vom Fernseher ab. Aus der Küche holte er sich einen Wasserkocher, einen Trichter und eine angefangene Flasche Sonnenblumenöl. Er steckte den Stecker des Wasserkochers in die Verlängerungsschnur und schüttete dann das Öl hinein.

„Das wollte ich immer schon mal tun."

Dann folgte ein kurzer Druck auf den Schalter.

„Das Öl ist für deine Ohren, aber nicht als Pflegeprodukt. Nein, nein. Mit dem hier", er zeigte auf den Trichter, „gelangt es dorthin, wo es hingehört, und wenn es heiß genug ist, wird es dir unmöglich sein, in einer dir womöglich vorgespielten Vergleichshörprobe meine Stimme zu erkennen."

Er hatte bereits eine Reaktion des Gefesselten vorausgesehen, deshalb war er an seine Seite getreten.

„Wage es ja nicht!" Er hielt ihm seine Faust unter die Nase und wartete, bis er sich wieder beruhigt hatte.

„Der Rest des Öls sollte dann auch ausreichen, damit ich mich um deine Augen kümmern kann. Nicht, dass du mich noch auf einem Foto erkennst!" Er lachte hysterisch. „Und aller guten Dinge sind ja bekanntlich drei. Stell dir mal vor, was passiert, wenn du dann auch noch aus Versehen das hier trinkst! Nicht auszudenken!"

Er hob kurz die Flasche mit dem Rohrreiniger hoch.

Es brauchte mehrere Ohrfeigen, um sein Gegenüber wieder zu beruhigen.

„Wie gesagt, das mit dem heißen Öl wollte ich schon immer mal machen. Alle Spuren verwischen, einfach herrlich! Aber leider wird das heute wieder nichts." Er sah auf seine Uhr. „Hast du eine feste Schnur im Haus, einen Strick vielleicht?"

„Nur eine Wäscheleine, da drüben im Badezimmer, aber bitte ..."

Die Antwort war eine Mischung aus Zittern und Stottern, unterbrochen von Krämpfen.

„Die muss leider genügen. Leg dich hin!"

Mit Schwung hob er die gefesselten Füße auf das Sofa. Dann holte er die Wäscheleine aus dem Bad und schlang sie mehrmals um den Liegenden und das Sofa selbst. Den Knebel stopfte er ebenfalls mit Gewalt wieder zurück. Dieses Mal verwendete er mitgebrachtes Klebeband.

„Leider habe ich für all das hier keine Zeit, das ist sehr sehr schade, denn ich hätte das wirklich zu gern getan."

Er hob den Zeigefinger seiner rechten Hand und sagte: „Heißes Ohrenöl, eine geniale Erfindung von mir, oder? Du hättest es auch verdient."

Er öffnete kurz die Tür, um die beiden bereitstehenden Reisetaschen hereinzuziehen.

„Ich muss jetzt los, denn es ist Sonntag und eine ganz bestimmte Frau wartet auf mich. Man hat mir nämlich fälschlicherweise eine männliche Leiche zugeordnet, gibt's doch gar nicht. Nur wegen dir bin ich bereits eine Woche hinter meinem Zeitplan."

Er öffnete die Taschen und hob jeweils mehrere kleine Benzinkanister heraus. Die ersten beiden drehte er nur auf und stellte sie an Kopf- und Fußende des Sofas. Die anderen verschüttete er großzügig in der Küche und im Bad, zuletzt auch noch im Wohnzimmer. Er ging zurück zur Tür und fingerte nach dem Feuerzeug. Als es brannte, warf er es in Richtung Küche. Das Fauchen der Flammen wurde sofort übermächtig.

„Schließlich muss ich meinen Ruf wieder herstellen, du verstehst?"

Elf

„Ich mache mir mehr als nur ein paar Sorgen, meine Herren."

Bergmann lief nervös im Büro auf und ab.

„Ich habe nicht den Eindruck, dass ich Sie von der Arbeit abhalte."

„Nein, das tun Sie nicht, Herr Staatsanwalt, wir bedanken uns für Ihre Unterstützung."

„Kralik, passen Sie auf, was Sie sagen und werden Sie nicht frech!"

Aber seine Stimme hob sich nicht wie sonst, wenn er aufgeregt war.

„Heute früh habe ich die Kollegen im Krankenhaus besucht, falls Sie das interessiert."

„Wie geht es ihnen denn? Erinnern sie sich an Details des Unfalls?"

„Sie werden Ihnen alsbald keine Unterstützung sein, wenn das der Hintergrund Ihrer Frage ist. Sie sind zwar nicht mehr auf der Intensivstation, aber von Dienstfähigkeit kann leider keine Rede sein. Ich soll Sie aber grüßen."

„Vielen Dank, das ist nett von ihnen."

„Das ist es wohl, ja. Der Zustand ist es auch, der mir Sorgen macht. Oder sagen Sie bloß, dass Ihnen meine gedrückte Stimmung nicht aufgefallen ist?"

Kralik und Thaler überhörten die Frage.

Bergmann nahm einen großen Schluck Kaffee.

„Ich hätte sie als Ablösung gebrauchen können, vielleicht hätten die Kollegen ja einen anderen Blick auf die Taten werfen können. Leider nur reine Theorie, denn Sie bilden ja jetzt die Soko, also sitzen wir weiterhin im selben Boot."

Er fuhr sich mit der Hand über den Hemdkragen und schien erst jetzt zu bemerken, dass er seine Krawatte längst gelockert hatte. Vielleicht lag es daran, dass der Anzug neu und damit ungewohnt für ihn war.

„Heute Nachmittag kommt jemand vom Mitteldeutschen Tagesblatt." Er schnaufte. „Ich konnte ihn leider nicht länger hinhalten." Dann wandte er sich an Thaler. „Gibt es etwas Neues, was Sie mir mit auf den Weg geben können? Etwas, das den Schreiberling milde stimmen könnte?"

„Wir beobachten gerade Personen, die mit dem Umfeld der Opfer in Kontakt stehen. Mehr können wir aus ermittlungstaktischen Gründen zurzeit noch nicht offenbaren."

„Aha." Bergmann verschränkte seine Hände hinter dem Rücken. „Haben Sie schon mal überlegt, ob Sie Pressesprecher werden wollen?"

Dann wandte er sich ab und ging zur Tür.

„Wir sprechen uns wahrscheinlich heute Nachmittag noch mal, am besten direkt vor meinem Termin. Ich melde mich dann."

Er öffnete die Tür und drehte sich um. „Ach ja, das mit dem Pressesprecher war übrigens ein Scherz."

Kralik und Thaler tranken schweigend ihren Kaffee aus und waren froh darüber, den Staatsanwalt endlich los zu sein.

Doch kurz darauf öffnete sich die Tür und Bergmann kam zurück. Sein Gesicht hatte sämtliche Farbe verloren und er musste sich am Schreibtisch festhalten.

„Können Sie bitte mal das Fenster aufmachen? Ist ja eine Luft hier!", fuhr er Kralik an.

„Selbstverständlich, kein Problem. Was …"

Bergmann hob die Hand. „Ich konnte es selbst nicht glauben, aber es wird gerade überall in den sozialen Medien angekündigt. Das wird eine unfassbare Einschaltquote geben. Hier, sehen Sie selbst."

Er schob sein Handy über den Tisch. Kralik drehte es so, dass er die Schrift unter dem Bild lesen konnte.

„Oha!" Dann gab er es an Thaler weiter.

„Was ist denn?"

„Lies selbst."

Das tat Thaler.

„Starkes Stück."

„Wir sind im Regio-TV meine Herren. Keine schöne Sache im jetzigen Ermittlungsstadium."

„Hm." Thaler kratzte sich am Kopf. „Viel wird es schon nicht sein, die Beiträge des Mittagsmagazins sind traditionell nicht länger als zehn Minuten."

„Nur zehn Minuten? Das sind zehn Minuten, bei denen wir nicht eine einzige Minute wissen, was sie senden werden, und wie der Informationsstand und das Fazit sind. Keine Ahnung, was die für Quellen haben." Er richtete sich auf. „Und woher wissen Sie überhaupt, dass es nur zehn Minuten sind? Hm? Würden Sie mir das mal bitte verraten?"

„Ich vermute es."

„So wie auch den Rest der Ermittlungen … Sie vermuten … weiter nichts. Ich wünsche mir aber Fakten!" Er atmete tief durch. „Was ist überhaupt mit der anderen Spur? Mit den Fingerabdrücken?“

„Das können wir Ihnen zeitnah sagen. Die Abdrücke stammen von Jeremias Berkowitz.“

„Hm, auf die Schnelle sagt mir der Name nichts“, antwortete Bergmann.

„Hat er uns zunächst auch nicht. Moment.“ Kralik wühlte in einem Papierhaufen auf seinem Schreibtisch herum und zog dann zwei Blätter hervor. „Sorry für die Unordnung. Wir bekommen die kompletten Akten zusammen mit dem Mann noch heute überstellt, vorab gab es aber ein Fax. Also in aller Kürze: Jeremias Berkowitz, 57, diverse Vergehen. Besonders ins Auge fallen dabei Raub, schwerer Diebstahl, Körperverletzung, Mordversuch, Bildung einer kriminellen Vereinigung, Erpressung und Vergewaltigung.“

„Oha!“

„Sie sagen es, und das waren nur ein paar seiner schlimmsten Delikte.“

„Und von dem haben wir einen Fingerabdruck?“

„Ja, und zwar vom Holzkreuz, da hatten wir Glück, denn der befand sich an einer glatten Stelle.“

„Sehr gut, hätte mir allerdings gedacht, dass ein Profi wie er vorsichtiger ist. Aber was solls, wir können ja auch mal Glück haben. Sagen Sie, warum sitzt der nicht ein? Das wundert mich ehrlich gesagt, nachdem ich Ihren Aufzählungen lauschen durfte.“

„Er hat eingesessen, das stimmt. Allerdings hat er seine Strafe abgesessen, ohne Bewährung übrigens.“

„Wann?“

„Wann er raus ist? Das ist jetzt ungefähr ein Jahr her.“

„Ach herrje, ich will mir gar nicht vorstellen, was der in der Zwischenzeit ... egal. Nehmen Sie ihn in die Mangel. Wir brauchen so schnell wie möglich Ergebnisse. Vielleicht ist das ja die Spur, auf die wir gewartet haben.“

Er seufzte und wandte sich erneut zur Tür. „Seien Sie kurz vor vierzehn Uhr in meinem Büro, Kralik. Ich möchte Sie dabeihaben, um bei den Pressefuzzis schnell reagieren zu können. Also dann bis nachher. Ein Spaziergang wird das ganz bestimmt nicht. Erst Regio-TV und dann noch das Mitteldeutsche Tagesblatt. Absolut großartig. Was für ein Tag!“

***

„Scheiße verdammt.“

Kralik starrte auf den Bildschirm, als würde der Beitrag immer noch laufen. „Woher haben die das alles?“

Bergmann zuckte mit den Achseln. „Kann ich kurz Kollege Thaler anrufen? Er wollte gleich informiert werden. Er ist gerade mit dem Auto auf dem Weg zu einer Zeugenvernehmung.“

„Ja, aber bitte kurz.“ Bergmanns Mund war schmal geworden.

Thaler nahm das Gespräch unmittelbar an. „War es sehr schlimm?“

„Na ja, wie man es nimmt. Aber eher ja, würde ich sagen. Sie haben mit Bildern unserer Polizeiinspektion angefangen, dann dein und mein Bild gezeigt, scheinbar ältere Pressefotos. Sagen wir mal so, die Verantwortung wurde damit klar benannt. Anschließend folgte eine Art Landkarte, so als Übersicht, sah aus wie von Google. Alle Fundorte waren darauf rot markiert,

172

mit kleinen Fähnchen, auch der mit der männlichen Leiche. Danach haben sie eine ganze Weile Ausschnitte gezeigt und Mutmaßungen über einen Serienkiller geäußert."

„Sorry, ich unterbreche mal. Ausschnitte? Was meinst du damit genau?"

„Na Zeitungsausschnitte, überwiegend vom Mitteldeutschen Tagesblatt. Schön groß eingeblendet. Ergänzt um ein bisschen Theater."

„Inwiefern?"

„Schwarz-Weiß-Bilder von Gräbern. Sah aus wie Totensonntag."

„Oje. Und dann?"

„Dann gab es Bilder, wieder in Farbe … eine Kirche nach der anderen. Schön groß, an der Seite jeweils das Datum, an dem die Leichen gefunden worden sind. Weißt du, wie sie auf das nächste Bild übergeblendet haben? Mit einer Pik Sieben."

„Das ist gar nicht gut."

„Du sagst es. Als wenn das noch nicht reichen würde, haben sie auch noch ein Interview gezeigt. Zwei junge Frauen, die jeweils ein Kind auf dem Arm hielten und angaben, sich nicht mehr sicher zu fühlen. Sie würden bei Verwandten unterkommen, bis der Spuk vorbei sei. Das hatte schon ganz schön was von Boulevard-Berichterstattung."

„Überhaupt nicht gut."

„Das sagtest du schon."

„Ich sehe es mir nachher noch in der Mediathek an, für alle Fälle. Dann war der Beitrag zu Ende?"

„Fast, ja. Zum Schluss wurde die Staatsanwaltschaft eingeblendet, also das Gebäude. Die Sprecherin meinte, dass nun dort der Ball liege und endlich etwas getan werden müsse, damit die Bevölkerung wieder sicher sei. Unhaltbare Zustände, so hat sie es genannt. Zum Schluss meinte sie noch, dass man um ein Interview mit dem zuständigen Staatsanwalt bemüht sei."

„Die Holzkreuze und die Grablichter wurden auch erwähnt?"

„Nicht direkt, aber sie standen im Hintergrund, wie Deko. Schön zurechtgemacht, das muss man ihnen lassen."

„Gut, danke, ich melde mich wieder, wenn ich zurück bin."

„Warten Sie, Thaler, legen Sie nicht auf."

Bergmann hob den Blick von seinem eigenen Handy und kam auf Kralik zu. „Sehen Sie das? Hm? Das sind die Rufnummern der Stadtverwaltung, des Bürgermeisters, der Presse und so weiter und so fort. Alles eingegangene Anrufe, habe ich alle weggedrückt in den letzten zwei Minuten."

Wie zur Bestätigung vibrierte das Handy erneut. Bergmann steckte es ein und sah auf die Uhr. „Im Filmbeitrag wurde es gut zusammengefasst, ich hätte es nicht besser gekonnt. Unhaltbare Zustände! Also, meine Herren, Sie haben von nun an achtundvierzig Stunden. Dann lege ich der Presse alles offen ... alles, was wir haben. Aber ich fürchte, das wird nicht viel Neues sein." Er schluckte hörbar. „Denn ich sehe es so, dass Sie es vergeigt haben. Achtundvierzig Stunden, dann hole ich mir ein Team vom BKA, und Sie beide übernehmen dann einen anderen Fall. Irgendwas Leichteres, ein Verkehrsdelikt vielleicht."

Kralik stand auf. „Verstanden, wir melden uns bei Ihnen."

Er schloss die Tür hinter sich, lehnte sich an den Pfosten und atmete tief durch. Sein Blick fiel auf das Handy. „Hallo? Bist du noch dran?"

„Ja."

„Komm so schnell wie möglich zurück. Wir sollten jetzt alle befragen, die wir beim Gottesdienst beobachtet haben. Uns bleiben noch achtundvierzig Stunden, mehr nicht. Das ist unser Ultimatum. Bergmann scheint das alles ganz schön mitzunehmen, und so wie es aussieht, scheint es ihm auch auf die Gesundheit zu schlagen. Ich mache jetzt eine Prioritätenliste, wen wir zuerst besuchen. Wir werden mit denen beginnen, die auch nur in einem entfernten Zusammenhang mit dem letzten Mordopfer stehen ... Familie oder Beruf, ganz egal."

„Das ist eine gute Idee. Aber eine Frage noch: Kamen in dem Beitrag die Kerben in den Spielkarten vor?"

„Nein, kamen sie nicht."

„Das ist gut, dann bleibt diese Kleinigkeit wenigstens vorerst weiterhin Täterwissen. Ich komme, so schnell ich kann."

***

Thaler legte den Hörer auf.

„Komm, lass uns runtergehen, wir haben Besuch."

Kralik hob den Blick. „Der feine Herr Jeremias Berkowitz ist da?"

„Ja, er wurde gerade gebracht. Die Kollegen haben bereits den Schreibkram erledigt. Er gehört also jetzt uns."

„Dann lass uns erst noch ein bisschen warten. Er soll ein wenig schmoren, bevor wir ihn befragen.“

„Mann, Kralik, du immer mit deinen harten Methoden.“

„Findest du das etwa hart?“

„Na ja, zumindest sinnlos. Der Typ war jahrelang im Knast, da hat er ganze Tage, Wochen und Monate mit Warten verbracht. Sein gefühlt halbes Leben bestand bisher daraus, und da meinst du, dass er beeindruckt ist, wenn wir ihn hier in der Polizeiinspektion schmoren lassen?“

„Pff, war doch klar, dass du wieder mal anderer Meinung als ich bist. Ich finde, ein wenig Strenge hat noch nie geschadet.“

„Und ich finde, dass man durchaus menschlich bleiben kann.“

„Menschlich, Thaler, ist das dein Ernst? Bei so einem?“

„Noch ist seine Schuld ja nicht bewiesen, sodass zunächst …“

„Schon gut, schon gut!“ Kralik erhob sich. „Du nervst ja doch weiter und gibst keine Ruhe.“

„Immer wieder schön, mit dir zusammenzuarbeiten.“ Sie gingen beide in Richtung Tür.

„Wie unser hochverehrter Staatsanwalt Bergmann zu sagen pflegt: *Wir sind durch den Unfall der Kollegen jetzt die Soko und müssen zusammenarbeiten, ob es uns nun gefällt oder nicht.*“

„Ja, so ist es. Aber niemand sagt, dass wir gleich heiraten und uns liebhaben müssen.“

„Gott bewahre.“

Als die Tür ihres Büros hinter ihnen ins Schloss fiel, endete das Gespräch abrupt. Sie schwiegen, bis sie im Erdgeschoss angelangt waren.

„Nummer 7, Herr Kriminalhauptkommissar Kralik", rief ihnen eine Beamtin zu, als sie die beiden sah. Sie nickten. Vor dem Verhörraum angekommen, drehte sich Kralik zu Thaler um. „Die Kollegin ist ein wenig mager, aber äußerst hübsch. Ist sie schon lange bei uns?"

„Silke?", fragte Thaler zurück. „Hm, zwei Wochen ungefähr. Ich habe die Mitteilung am Schwarzen Brett gesehen."

„Ach ja, der Gründliche, Schwarzes Brett und so. Alles genau nehmen."

„Nun hör schon auf, rum zu sticheln. Oder stell keine Fragen, wenn du keine Antwort haben möchtest."

„Sorry, tut mir leid."

„Mach lieber die Tür auf, denn unser Gast wartet. Wenn sie dich so sehr interessiert, kannst du sie ja mal zum Kaffee einladen."

„Du wirst es nicht glauben, aber genau daran habe ich auch schon gedacht. Das werde ich mit Sicherheit tun." Kralik grinste, öffnete die Tür und sie traten gemeinsam ein.

Der Raum war hell erleuchtet. Beige Wände ohne Schmuck, grauer Fußbodenbelag und ein Ensemble aus Tisch und Stühlen, das in seiner Einfachheit sofort an eine Behörde erinnerte.

Am Tisch saß ein Mann, unrasiert und mit kurz geschorenen Haaren. Fast alle sichtbaren Stellen zeigten Tätowierungen. Sein Militärparka und die ausgewaschene Jeans hatten schon bessere Zeiten gesehen.

Kralik und Thaler zogen sich je einen Stuhl auf die ihm gegenüberliegende Tischseite.

„Guten Tag, Herr Berkowitz."

Eine Antwort erhielten sie nicht.

„Nun gut", fuhr Thaler fort, „ich nehme mal an, dass Sie wissen, warum Sie hier sind?"

Dieses Mal bekam er zumindest ein schwaches Schulterzucken.

„Raub, Erpressung, sexuelle Gewalt ..." Kralik öffnete die Akte, die sie mitgebracht hatten und las vom Deckblatt ab.

„Das ist lange her. Das habe ich hinter mir gelassen."

„Ach ja, Sie sind jetzt also vollkommen sauber?" Thaler zog amüsiert die Augenbrauen hoch. „Einen Drogentest brauchen wir demnach also auch nicht zu machen?"

Berkowitz winkte ab.

„Wir sind hier nicht zum Kaffeekränzchen!" Kralik zog eine Klarsichtfolie aus dem Ordner und breitete einige Fotos aus. „Dann sagen Ihnen die Damen hier wohl auch nichts, oder? Die Holzkreuze, Grablichter und die Spielkarten natürlich auch nicht, was?" Seine Stimme war nun lauter geworden. „Diese Damen hier, mein Lieber, sind alle eines gewaltsamen Todes gestorben." Kralik legte seine Hand auf das Mikrofon, das zwischen ihnen stand und flüsterte: „Wir haben einen Hinweis auf Sie erhalten. Deshalb überlegen Sie gut, bevor Sie antworten!"

Dann zog er die Hand wieder weg.

„Wenn Sie meinen, mich mit den blutigen Bildern schockieren zu können, Herr Kommissar, dann ..."

„Kriminalhauptkommissar."

„Dann irren Sie sich gewaltig. Sie haben den Falschen. Ich war das nicht.“

„Das würden Sie auch beschwören?“

„Selbstverständlich.“

„Nun hören Sie doch auf!“ Kralik sprang auf und beugte sich zu Berkowitz hinunter, um ihn am Kragen zu sich heranzuziehen. „Sie sind, was Gewalttaten betrifft, ein Profi. Deshalb wollen wir nicht lange um den heißen Brei herumreden. Ich frage Sie ganz direkt: Was macht aus einem Verdacht eine Straftat? Na? Sagen Sie es mir?“

Berkowitz Gesicht war rot angelaufen. Thaler legte beschwichtigend die Hand auf den Arm von Kralik, sodass dieser seinen Griff lockerte. Er nickte zum Zeichen, dass er jetzt übernehmen würde.

„Also Herr Berkowitz, beantworten Sie doch bitte die Frage von Kriminalhauptkommissar Kralik.“

„Beweise.“

„Exakt, so ist es. Warum haben Sie diese Frauen ermordet?“

„Ich war das nicht!“

„Oh doch, Stichwort Beweise. Hier, schauen Sie selbst.“

Thaler schob ihm ein Foto eines Fingerabdruckes zu.

„Und?“

„Der stammt von Ihnen.“

„Und wo wollen Sie ihn gefunden haben?“

„Am Tatort. Auf einem Holzkreuz, auf das eines der Opfer genagelt war.“

„Das kann nicht sein! Der ...“

„… ist nicht von Ihnen? Oh doch, volle Übereinstimmung mit dem Abgleich der Datenbank, daran gibt es keinen Zweifel.“

Berkowitz starrte auf den Fingerabdruck und schüttelte immer wieder den Kopf. „Das kann nicht sein. Das war ich nicht.“

„Eine stetige Wiederholung macht es auch nicht besser.“

„Aber ich bin clean, das müssen Sie mir glauben! So etwas mache ich nicht mehr. Bitte!“ Er hatte sich jetzt kerzengerade aufgerichtet.

„Ist schon klar.“ Thaler sammelte die Unterlagen wieder ein. „Wir haben Ihre Abdrücke also aus der Asservatenkammer geholt, mit etwas Zauberwasser auf das Holz aufgebracht, nur, um einen Verdächtigen zu präsentieren? So muss es wohl gewesen sein.“

Er sah, dass Berkowitz unruhig wurde.

„Reden Sie gefälligst, das ist besser für Sie.“

„Sie glauben mir ja sowieso nicht.“ Berkowitz kratzte sich am Kopf.

„Nein, das tue ich nicht, wenn Sie mir diese direkte Antwort nicht übelnehmen. Ich denke, wir behalten Sie hier und führen Sie morgen einem Haftrichter vor.“

Es schien so, als würden sich die Augen von Berkowitz mit Tränen füllen.

„Hören Sie, ich habe dazugelernt und mir geschworen, sauber zu bleiben. Ich kann nicht wieder ins Gefängnis gehen.“

„Leider sprechen die Beweise eine andere Sprache.“

Thaler nahm die Akte vom Tisch und nickte Kralik zu. „Wir gehen jetzt. Sollten Sie Ihre Meinung ändern, dann lassen Sie es uns wissen.“

„Moment mal, eine Frage habe ich noch: Wann soll ich das denn überhaupt getan haben?"

Thaler stöhnte, setzte sich erneut hin und zog die Fotos der Opfer hervor.

„Das kann ich nicht gewesen sein."

„Wie bitte?"

„Die Daten dort unter den Fotos sagen aus, dass es alles Sonntage waren."

„Ja, und?"

„Diese Taten kann ich nicht begangen haben, denn dafür habe ich ein Alibi."

„Waren Sie auf einem Kindergeburtstag?", fuhr Kralik dazwischen.

„Nein."

„Sondern?"

„Das kann ich nicht sagen."

„Um mal kurz das Thema zu wechseln, wenn Sie tatsächlich ein Alibi hätten, wie sollte dann Ihr Abdruck auf das Holzkreuz gekommen sein?"

„Das weiß ich nicht, wirklich! Vielleicht deshalb, weil ich in einem Baumarkt arbeite. Da habe ich viel mit Holz zu tun, und wenn dann der richtige Täter ..."

„Schon klar, was für ein Zufall."

„Aber so muss es gewesen sein! Mit meiner Vorgeschichte bekomme ich keinen anderen Job. Ich bin froh, dass die mich als Hilfsarbeiter angestellt haben. Wie die Fingerabdrücke ausgerechnet auf das Holzkreuz kommen, weiß ich nicht. Auch wenn ich damit für Sie verdächtig bin: Ich bin unschuldig."

„Tja, Dinge gibt's. Dann sind wir hier jetzt fertig, wie es aussieht. Schade um die Zeit."

„Warten Sie, nicht so schnell. Wenn ich Ihnen mein Alibi verrate, wird es sehr peinlich für mich.“

„Peinlich? Sorry, wenn ich da lachen muss.“ Thaler verschränkte seine Arme vor der Brust. „Wenn Sie die Peinlichkeit nicht aushalten, dann haben Sie soeben den Knast als Alternative gewählt, gratuliere.“

Berkowitz senkte den Blick. „Würden Sie bitte in meine Brieftasche schauen?“

„Was sollen wir denn da finden, hm?“

„Kreditkartenbelege.“

„Na dann, geben Sie mal her.“

Thaler ließ sich die Brieftasche geben. Es dauerte nicht lange, dann hatte er die besagten Belege gefunden. „Aha, Quittungen einer Berliner Pension. Und was soll mir das sagen?“

„Das ist nicht …“

„Bitte etwas lauter, wenn wir Sie verstehen sollen!“

Berkowitz hüstelte. „Das ist nicht so, wie es aussieht.“

„Glauben Sie mir, diesen Spruch haben wir hier schon öfter gehört.“

„Pension Sonnenblick ist, na sagen wir mal, eine spezielle Einrichtung für Männer.“

„Ein Bordell?“

„Nicht direkt so, wie Sie denken. Offiziell ist es ein Saunaklub. Man bezahlt immer für ein ganzes Wochenende. All inclusive. Es ist wirklich alles dabei.“

„Aha.“ Thaler schrieb die Adresse von einem Coupon ab. „Die Belege hier nehmen wir erst mal zu den Akten. Wir fahren hin, reden mit den Damen und fragen, ob Sie wirklich dort waren. Man wird sich hoffentlich an Sie erinnern.“

„Sie werden dort allerdings keine Damen finden.“

„Wieso? Waren die auf Zeit dort angestellt und sind jetzt alle weitergezogen?"

„Nein." Berkowitz schüttelte mehrmals den Kopf und seine Stimme wurde ziemlich leise. „Dort sind nur Männer."

„Wir überprüfen das." Thaler stand auf und ging zu seinem Kollegen hinüber, der noch immer an der Tür stand.

„Mahlzeit", verabschiedete sich Kralik.

Als sie die Tür hinter sich geschlossen hatten, sah Kralik zweifelnd auf die Akte.

„Wer hätte das gedacht. Da ist einer so blöd und zahlt in einem illegalen Bordell mit Kreditkarte. Würde mir im Traum nicht einfallen."

„Ja, wirklich blöd. Würde dir ganz bestimmt nicht passieren."

Kraliks Gesicht bekam schlagartig mehr Farbe. „Pass ja auf ... willst du damit etwa andeuten, dass ich da ...?"

„Mann, das sollte doch nur so ein Spruch sein, nimm doch nicht alles immer gleich persönlich!"

„Bei dir weiß man nie."

„Wenn es tatsächlich so ist, wie er sagt, sind wir einer falschen Spur nachgegangen."

„Dann wäre diese Spur kalt. Aber wir mussten ihr dennoch nachgehen. Warten wir erst mal ab."

Am nächsten Tag hatten sie nach Rückmeldung der Berliner Kollegen Gewissheit: Sie mussten Berkowitz gehen lassen.

***

„In ungefähr fünf Minuten sind wir da. Hoffen wir mal, dass er zu Hause ist.“

Kralik fuhr mit leicht überhöhter Geschwindigkeit. „Ja, hoffen wir es.“

„Ich schlage vor, dass ich ihn befrage und du dich derweil unauffällig im Haus umschaust. Ich finde, du hast für so etwas ein besseres Gespür.“

„Danke für die Blumen.“

Thaler wusste, dass sein Kollege recht hatte, hätte es aber nicht für möglich gehalten, aus dessen Mund eine solche Einschätzung zu hören.

„Mal abgesehen vom gleichen Beruf gibt es aber nichts an Gemeinsamkeiten, oder?“

„Na ja, immerhin war er auch Feuerwehrmann, und das auf der gleichen Wache, und er hat in der gleichen Kirche den Gottesdienst besucht. Ich werde versuchen, ihn so lange wie möglich reden zu lassen, damit du dich umsehen kannst.“

„Okay, das ist also der kleinste gemeinsame Nenner für einen Tatverdacht. Viel ist es ja nicht. Wie hast du die Reihenfolge festgelegt, in der wir die restlichen Personen befragen?“

„Da es echt nichts Greifbares gab, bin ich einfach nach Alter und Abstand der Wohnungen vorgegangen. Selten habe ich so sehr im Nebel gestochert.“

„Tja, irgendwo müssen wir ja schließlich beginnen, nehmen wir also das, was wir haben. Ich schlage vor, dass wir anschließend die Fotos unserem Pfarrer vorlegen. Vielleicht kann er die Suche ja ein bisschen eingrenzen. Es würde uns viel Zeit ersparen.“

„Er wird wegen der heimlich gemachten Bilder garantiert nicht begeistert sein, und ob er uns hilft, steht außerdem auf einem ganz anderen Blatt. Bei ihm habe ich wie gesagt kein gutes Gefühl."

Weiter vorn sahen sie aufsteigenden Rauch.

„Scheiße, da brennt es!"

Im Rückspiegel bemerkte Kralik die Feuerwehr und einen Krankenwagen. Er öffnete das Seitenfenster und schob das Blaulicht aufs Dach, dann trat er das Gaspedal durch.

„Es wird doch nicht etwa bei unserem Zeugen René Becker brennen, oder?"

Zwölf

„Bist du das, Schatz?“

Er antwortete nicht und schloss hinter sich die Tür. Die Einkäufe stellte er direkt im Flur ab. An den bereitstehenden Hausschuhen lief er vorbei.

„Du kannst alles wegräumen.“

„Ja, mache ich sofort. Das Essen ist auch gleich fertig.“

„Wieso dauert das denn so lange, Andrea?“

Er beschleunigte seine Schritte und ging direkt zur Küche. „Du weißt doch, wann ich komme!“

„Ja, Schatz, aber der Kohl war etwas härter, ich musste ...“

„Quatsch nicht rum, komm her!“

Er zog sie weg vom Herd und setzte sich auf den Lehnstuhl. Als er ihre Schürze anhob, stieß er sie zurück.

„Was soll das? Du hast deine Unterwäsche ja noch an, verdammt. Wenn ich nach Hause komme, will ich dich sofort und gleich! Warum sollte sich das ausgerechnet heute geändert haben? Warum widerst du mich so sehr an? Hm?“

„Es tut mir leid.“

„Ist schon klar, aber schieb es jetzt ja nicht auf den Kohl. Also los, komm her, öffne mir die Hose!“

„Warte Schatz ... Nein, nicht kaputtreißen, das war teuer!“

Doch er hatte ihren Slip zerrissen, bevor sie den Satz zu Ende sprechen konnte.

„Das solltest du dir gefälligst vorher überlegen.“

„Dann lass mich wenigstens das Gel ...“

„Jetzt habe ich aber genug! Komm jetzt, und zwar zügig, und setz dich!“

Er hatte seine Hose selbst geöffnet und zog Andrea wieder zu sich.

„Los, mach jetzt hin, ich brauche die Creme nicht, ich kann auch so.“

Sie hatte keine Chance. Er setzte sie direkt auf sich und zerriss ihren BH ebenfalls.

„Wenn ich bei dir bin, brauchst du das nicht!“, herrschte er sie an. Es dauerte weniger als eine Minute, dann war er fertig. Er stöhnte.

Sie wischte sich einige Tränen weg und wartete, bis sich sein Atem wieder beruhigt hatte.

„Okay Andrea, dann nimm demnächst von mir aus wieder die verfickte Creme, wenn es dir dann mehr Spaß macht. Aber heul hier nicht rum. Du weißt, ich kann das nicht leiden!“

Er stieß sie von sich, schloss seine Hose und zog den Stuhl näher zum Tisch. Die zerrissene Wäsche warf er achtlos hinter sich.

„Wenn ich das nächste Mal nach Hause komme, dann bist du fertig, ja?“

Sie nickte stumm.

„Gut. Hast du wenigstens das Bier kaltgestellt?“

„Ja, Schatz, das habe ich. Warte kurz.“

Sie tastete sich zum Kühlschrank vor.

„Hier, lass es dir schmecken, mein Schatz.“

Er öffnete die Flasche, nahm einen großen Schluck und rülpste lautstark.

„Was stehst du noch hier rum? Ich habe Hunger.“

Mit zitternden Händen griff sie nach einem der bereitstehenden Teller und tat ihm auf.

„Nun pass doch auf, dass du nichts verkleckerst!"

Barsch nahm er ihr den Teller ab.

„Besteck?"

„Müsste dort vorn liegen, in der Schale."

„Ja, schon gut, ich sehe es. Jetzt hol dir auch was, wird ja sonst kalt."

Er wartete allerdings nicht auf sie, sondern fing sofort an, zu essen.

„Nicht schlecht, meine Kleine, hast du gut gekocht. Unsere Liebesauszeit eben scheint die perfekte Zeit für den Kohl gewesen zu sein, denn jetzt ist er weich."

Er kicherte und leerte die Flasche Bier in einem Zug. „Bring mir noch eine mit, bevor du dich hinsetzt."

Danach schlang er das restliche Essen hinunter.

„Den Nachtisch will ich heute nicht, den kannst du dir aufheben für morgen. Dann hast du gleich ein Frühstück, Dessert geht doch auch, oder?"

Sie nickte, setzte sich an den Tisch und hätte um ein Haar den Teller zu weit an den Rand gestellt. Schnell zog sie ihn zu sich heran.

„Pass doch auf, Mensch. Du bist aber auch ungeschickt. Komm mir jetzt ja nicht mit der Ausrede, dass du nichts siehst, klar? Andere Blinde schaffen das auch."

„Tut mir leid."

„Schon gut, ist ja nichts passiert. Ich gehe jetzt schlafen, Andrea. Wenn du zu Ende gegessen hast, dann räum hier auf. Die Einkäufe stehen im Flur, kümmere dich darum." Er stand auf, ging zu ihr und gab ihr einen Kuss auf die Stirn.

Als er am Schlafzimmer angekommen war, hörte er, wie ein Messer oder eine Gabel vom Tisch fiel.

„Ruhe, verdammte Scheiße! Ich will schlafen, das habe ich doch wohl gerade deutlich gesagt!"

Er knallte die Tür hinter sich zu.

Ungefähr zwei Stunden später stand sie neben seinem Bett und versuchte, ihn zu wecken. Behutsam strich sie über seine Haare.

„*Was?*", fuhr er sie an, ohne sich umzudrehen.

„Schatz, es ist Zeit für unseren Spaziergang. Bitte steh auf, sonst kannst du heute Nacht nicht schlafen."

„Verpiss dich!"

Als sie gehen wollte, drehte er sich um.

„Bist du schon angezogen?"

„Ja, ich dachte, du wolltest, dass es schneller geht."

„Schrei nicht so."

Dabei hatte sie fast geflüstert.

„Schnell geht es, wenn ich nach Hause komme und du schon ausgezogen bist, klar? Das nenne ich schnell. Kapiert? Geht das in deinen Schädel rein?"

„Ja, Schatz, geht es."

„Da bin ich mir aber nicht so sicher. Los, bring mir meine Hose, Hemd und Jacke, dann können wir gehen."

Wenig später standen sie vor der Tür und sie hatte sich bei ihm untergehakt.

„Hast du alles?"

Sie nickte und zeigte auf ihren weißen Stock.

„Danke, ich habe alles."

Sie liefen los. Als sie stolperte, blieb er stehen.

„Hör zu, Andrea, ich möchte, dass du dich an meine Schritte anpasst, dann passiert dir auch nichts. Sieht doch total blöd aus, wenn wir hier so rumhampeln."

Er ging weiter und zog sie einfach mit sich.

„Guten Tag!"

Ein Pärchen grüßte zurück.

„Wer war das?"

„Keine Ahnung, wohl die neuen Nachbarn. Musst du nicht wissen, grüß einfach, wenn man freundlich zu dir ist."

Sie senkte den Kopf und antwortete nicht.

Später, als sich der Weg gabelte, sah er kurz zu ihr. „Willst du mich nicht fragen, wie es mir geht? In einer Familie macht man das so. Man interessiert sich füreinander."

„Selbstverständlich, Schatz. Ich hoffe, dir ..."

„Schon gut, ja. Ich habe heute über tausend Wörter geschrieben, das ist doch toll!"

„Großartig, echt jetzt!"

Man sah, dass ihre Freude nicht gespielt war.

„Liest du mir mal was vor?"

Sie blieb stehen und deutete einen Kuss an.

„Natürlich, aber erst, wenn ich das Manuskript fertig habe. Jetzt lauf weiter, ich muss nachdenken."

Sie wartete darauf, dass er die Unterhaltung fortsetzte. „Deine Idee ist gut, sie zieht sich jetzt durch die ganze Story."

„Meinst du das mit der Karte?", fragte sie zurück.

„Genau das, die Pik Sieben. Ich kann mir gut vorstellen, dass der Verlag das später sogar für das Cover aufgreift."

„Das wäre echt toll, Schatz, du hättest es verdient."

„Ja, das habe ich. Ist dir noch etwas Neues eingefallen?"

„Ich habe eine Weile darüber nachgedacht. Schreib doch mal etwas zu den Gedanken des Täters, und lass die Opfer nicht einfach so sterben. Gib ihnen etwas mit, das mit ihrem Leben zu tun hat. Das könnte vielleicht ihr Beruf sein ... irgendetwas, was ihren Tod noch persönlicher macht."

Wenn du wüsstest.

Er lächelte. „Ja, darüber hatten wir doch schon gesprochen. Es gibt ja verschiedene Berufe. Da ist das klar. Deine letzte Idee war eine Prostituierte. Wie bist du darauf gekommen? Woher kennst du überhaupt diesen Begriff?"

„Habe ich in einem Hörbuch gehört. Ich stelle es mir so vor, dass sie einen Zuhälter hat und alles in rotes Licht getaucht ist. Es riecht nach Parfüm, und nach unsichtbarem Schmutz. Die Seele kann man nicht sehen, mein Schatz."

„Okay, ich denke, damit kann ich was anfangen, ich werde deine Idee aufgreifen und sie dann verbessert umsetzen."

„Dann wird es bestimmt ein Bestseller. Ich freue mich schon darauf, wenn du endlich berühmt wirst." Sie gab ihm einen Kuss auf die Wange.

„Das brauchst du nicht zu tun, sieht hier im Wald doch keiner", knurrte er zurück.

„Tut mir leid, mein Fehler. Wollen wir noch etwas zusammen planen?"

„Plotten nennt man das und nicht planen, wie oft soll ich dir das denn noch erklären!"

„Sorry."

„Also *was?*“

„Hm, der Böse in deinem Buch hat doch jeden Sonntag gemordet, oder?“

„Ja, jeden.“

„Dann lass doch mal einen Sonntag aus, das würde die Gegenseite extrem verwirren, denn damit rechnen sie nicht.“

„Ja ganz genau, daran habe ich auch schon gedacht. Was ist, wenn plötzlich eine andere Leiche auftaucht, eine männliche, statt der weiblichen?“

„Dann würde ich sagen, dass das deine Leser und Leserinnen nicht vorhersehen konnten und das als Überraschung erleben. Was hältst du davon?“

„Gab es alles schon mal“, wiegelte er ab.

Gerade jetzt am Wochenende hat man erst eine gefunden. Du bist wirklich schlau, hätte ich dir gar nicht zugetraut.

„Dann gib der Leiche aber alle anderen Merkmale mit ... die Karte auf der Stirn und auch das Kreuz.“

„Das habe ich irgendwo in der Art schon mal gelesen. Aber warum eine männliche Leiche?“

„Dann kannst du dich später um den kümmern, der wirklich dafür verantwortlich ist.“

„Du meinst, um den Trittbrettfahrer? Um den, der den Täter nachgemacht hat?“

„Ja, Schatz, und dann hast du im nächsten Kapitel Zeit für die Prostituierte. Verschieb es einfach um einen Sonntag.“

„Ja, das könnte ich so schreiben, dann langweile ich meine Leser auch nicht, und sie haben mal was anderes als jede Woche nur tote Frauen. Ich werde morgen weiter an der Rohfassung schreiben.“

*In Wirklichkeit ist er ja schon gestorben. Aber woher
sollst du das auch wissen?*

„Oh ja, es geht weiter, Schatz, prima. Helfen dir meine
Ideen?"

Sie blieb stehen und umfasste sein Gesicht mit beiden
Händen. Er entzog sich ihr hastig.

„Nun werd mal nicht sentimental."

Er drückte ihre Hände weg. Als er sah, dass das Lächeln aus ihrem Gesicht verschwand, fügte er schnell
hinzu: „Ja, es hilft. Etwas zumindest."

„Darüber freue ich mich wirklich sehr, das kannst du
dir gar nicht vorstellen. Darf ich mir etwas wünschen?"

„Was denn?" Skeptisch blickte er sie an.

„In dem Buch, das ich gehört habe, stand, dass die
Frauen dort das anziehen, was den Männern gefällt. Es
sei aus feinem Seidenstoff, mit Spitze besetzt und stei-
gere ihre Lust."

„Schon möglich, und?"

„Würdest du mir so etwas kaufen und mit nach
Hause bringen? Ich möchte fühlen, wie das in echt ist,
weißt du. Und es anziehen. Für dich."

*Du willst also wie eine Nutte aussehen und mich geil
machen? Dagegen habe ich bestimmt nichts.*

„Wenn das dein Wunsch ist, dann besorge ich dir so
etwas, Kleines."

„Danke, mein Schatz. Du bist ein toller Ehemann und
Schriftsteller. Danke, dass du mich daran teilhaben
lässt. Ich liebe dich."

Er überhörte die letzten Worte absichtlich, zog ein
Notizbuch aus der Tasche und schüttelte ihren Arm ab.

„Ich rede gern mit dir über den Plot. So wie jedes Wochenende. Dabei muss ich meine Ideen in Worte fassen

und kann mich besser konzentrieren. Aber jetzt muss ich nachdenken, und zwar allein. Geh schon mal nach Hause und koch Kaffee.“

„Das mache ich, mein Schatz. Bis gleich.“

Er lachte still vor sich hin.

„Ich habe übrigens Mohnkuchen mitgebracht, ganz frisch, nicht das eingefrorene Zeug. Pass also auf, dass du ihn ordentlich auf den Teller legst und ihn nicht fallen lässt, du kleiner Tollpatsch, ja?“

„Ja, Schatz, ich passe auf, versprochen.“

„Dann los, trödele hier nicht rum. Zieh dir zu Hause eine saubere Schürze an, und sonst nichts, klar? Damit kannst du dein Versäumnis von mittags wieder gut machen.“

Sie nickte, streckte ihren weißen Stock aus und lief los.

Oh, Bücherschreiben ist echt toll! Sie soll also sterben, wie sie gelebt hat. In rot und dreckig. Passend zum Beruf. Nun, das müsste ich hinbekommen.

Er lächelte und war in Gedanken schon bei seinem nächsten Wochenende.

Wie könnte ich meiner Frau einen solchen Wunsch auch abschlagen?

Dreizehn

Er ging vorsichtig weiter in Richtung Eingang, sah sich dabei aber mehrmals um, er wollte schließlich nicht erkannt werden. Nur wenige Menschen liefen um diese Uhrzeit noch durch die verregneten Straßen und niemand nahm Notiz von ihm. Es war kurz nach dreiundzwanzig Uhr.

Die Tür ging wie erwartet nach außen auf, daher musste er kräftig ziehen. Die Beleuchtung dahinter konnte man als dezent bezeichnen. Es dauerte nur einen Moment, bis sich seine Augen an die Dämmerung gewöhnt hatten. Dann entdeckte er einen weiteren Eingang, der ihn in eine Bar führte. Die meisten Tische waren nicht besetzt. Unentschlossen ging er in Richtung Tresen.

„Guten Abend, was kann ich für dich tun?"

Sein Blick folgte der rauchigen Stimme und verharrte auf ihren dunkelroten Lippen.

„Ich hätte gern einen Gin-Tonic."

„Gern, Moment."

Er sah zu, wie das Mädchen Gin und Eis in ein Glas füllte. Als sie Tonic dazugeben wollte, winkte er ab.

„Danke, ich nehme ihn so."

„Hier, bitte. Das macht dann vierzig Euro."

„Vierzig Euro?"

„Das Trinkgeld ist bereits mitgerechnet. Wir bevorzugen Barzahlung."

Ist sie überhaupt schon achtzehn?

Er kramte in seiner Tasche. „Stimmt so.“

Als er das Glas heranziehen wollte, trat eine andere Frau neben ihn.

„Gibt es Probleme?“

Sie war mindestens drei Mal so alt wie das Mädchen, das ihn bedient hatte.

„Nein, alles in Ordnung.“

Sie nickte und sah ihn weiterhin an. „Du warst noch nie hier, oder?“

Er schüttelte den Kopf.

„Das dachte ich mir. Willkommen.“ Sie gab ihm die Hand und lachte. „Im Gegensatz dazu kann ich mich nicht daran erinnern, einen Tag meines Lebens nicht hier verbracht zu haben.“

Sie blickte in Richtung Theke. Das Mädchen schob ihr einen Drink zu. Dann nahmen sie auf einem Ledersofa Platz.

Nachdem sie einige Minuten geschwiegen hatten, fuhr sie fort: „Soll ich dir etwas erklären? Willst du etwas Bestimmtes wissen?“

„Nein danke, so schüchtern bin ich nun auch wieder nicht.“

„Du hast mich nicht gefragt, also nehme ich mal an, dass du kein Interesse an mir hast.“

„Tut mir leid.“ Er nippte an seinem Gin.

„Mach dir nichts daraus, Süßer, das passiert mir oft.“

Sie kippte ihren Drink herunter und legte ihre Hand auf seinen rechten Unterschenkel.

„Jetzt mal im Ernst: Lieber schwarz oder lieber blond? Was würde dir mehr gefallen?“

„Hm, ich weiß nicht.“

„Es geht auch ganz schwarz, wenn du magst. Haben wir hier auch. Mit makellos weißen Zähnen."

Er blickte nach unten, zuckte mit den Schultern und trank einen kleinen Schluck.

„Okay, komm, ich habe eine Idee. Vielleicht begeistert dich das ja."

Sie ergriff seine Hand und zog ihn sanft mit sich. Er folgte ihr nach oben über zwei Treppen und einige verwinkelte Gänge. Es roch ein wenig nach Desinfektionsmittel. Ab und zu wehte ein Hauch von Parfüm vorbei. Die flauschigen Teppiche und die roten Wandlampen entsprachen exakt seiner Vorstellung.

Erneut folgte eine Biegung und eine Feuerschutztür. Ein Mann, der nur mit einem Slip und einer Biker-Weste bekleidet war, kam ihnen entgegen. Sie gingen wortlos aneinander vorbei.

„So, da wären wir."

Sie klopfte.

Nur einen Moment später wurde die Tür geöffnet.

„Gib mir dein Glas, bei Hannah bekommst du ein neues. Sie mag Sekt. Ich setze eine Flasche auf deine Rechnung."

Seine Begleiterin nahm ihm den restlichen Gin ab und schob ihn ins Zimmer hinein.

„Mach bitte hinter dir zu."

Eine zarte Stimme, direkt neben ihm, erklang. Er schloss die Tür.

„Ich vermute mal, dass du das erste Mal hier bist?"

Er nickte.

„Süß."

Sie drückte ihm ein Kristallglas in die Hand und zeigte auf das Sofa.

„Nimm Platz. Ich bin Hannah."
Er setzte sich und prostete ihr zu.
Sie ist hübsch. Nicht schwarz und nicht blond, sondern feuerrot. Wahrscheinlich ausgewählt, weil ich mich nicht entscheiden konnte. Denn dieser Farb- oder Hautton wurde vorhin nicht genannt. Was für eine Mähne!

Er musste husten, erst kurz und unmittelbar darauf so heftig, dass er sich vor Schmerz krümmte.
„Was hast du? Muss ich mir Sorgen machen?"
Er richtete sich wieder auf und wischte sich mit einem Taschentuch über seinen Mund.
„Nein, musst du nicht, es ist ein altes Leiden. Manchmal nehme ich Spray dagegen, doch meist helfen Tabletten."
„Gut, dann bin ich beruhigt."
Sie hob ebenfalls ein Glas.
„Hast du auch einen Namen?"
Er überlegte kurz. „Nenn mich Fred."
„Also gut, Fred. Darf ich mich zu dir setzen?"
„Ja, natürlich."
Bei diesen Worten rutschte er etwas zur Seite.
Sie setzte sich neben ihn, weniger nah, als er gedacht hatte.
„Und, ist es so, wie du es dir vorgestellt hast?"
Mit dem linken Arm deutete sie einen Halbkreis an.
Er ließ sich Zeit mit der Antwort und sah sich aufmerksam um. Hinter einem durchsichtigen Vorhang im Halbschatten stand ein Doppelbett. Die Tapeten waren dezent gestreift. Verschiedene Glaskaraffen warteten auf Mahagonitischen. Dazwischen rankten sich Grünpflanzen. Abgesehen von der Stehlampe neben

ihnen gab es kein rotes Licht im Zimmer, es war eher ein dunkles Orange. Der helle Teppich war makellos sauber.

Er schloss die Augen und sog mehrmals tief die Luft ein. Es roch salzig, nach Pfefferminz und holzigem Öl.

Fehlt nur noch ein Ventilator an der Decke, für den Kitsch-Faktor.

„Hm, ein wenig schon. Aber ich hätte nicht gedacht, hier so viele Grünpflanzen zu sehen."

„Für die Details des Zimmers ist jede selbst verantwortlich." Sie stellte ihr Glas zu Seite. „Mach dir keine Sorgen, auch wenn es das erste Mal ist. Du hast eine gute Zeit gewählt, denn jetzt ist es sehr ruhig. Außerdem hast du ja mich. Möchtest du es dir hier bequem machen oder sollen wir rübergehen?"

Sie zeigte auf das Bett. Er stand auf und ging hinüber.

„Zieh doch deine Jacke aus, du kannst gern die Stuhllehne benutzen."

Das tat er. Nachdem er die Schuhe ausgezogen hatte, legte er sich auf das Bett und verschränkte die Hände hinter dem Kopf.

Sie tat es ihm gleich, behielt den Seidenmantel an und legte ihren Kopf an seine Schulter.

„Was wünschst du dir, Fred?"

Ihre Pupillen waren tiefschwarz.

„Das weiß ich noch nicht, Hannah."

„Darf ich es für dich herausfinden? Wir müssen allerdings noch eine Kleinigkeit erledigen, entschuldige bitte, dass ich dich so direkt darauf anspreche. Aber es ist hier üblich, im Voraus zu bezahlen. Nur für den Fall, dass du es nicht wusstest."

„Wie viel?"

„Zweihundertfünfzig. Die ganze Nacht kostet dreihundert.“

Er griff in seine Hosentasche, zählte vierhundert Euro ab und steckte sie ihr in die Tasche des Mantels.

„Danke Fred. Schön, dass du mir das Geld nicht in den Ausschnitt gesteckt hast. Für vierhundert Euro darfst du gern bleiben und mit mir frühstücken.“ Sie lächelte ihn an. „Wollen wir nun herausfinden, was du magst?“

Jetzt war sie ihm sehr nah.

„Bitte zünde für mich eine Kerze an und zieh deinen Mantel aus.“

„Gern.“

„Und mach bitte die Klavier-Musik aus. Ich hasse das.“

Als sie es getan hatte, blieb sie unentschlossen neben ihm stehen. Er sah ihre rote Unterwäsche, die Strümpfe und die goldenen Kettchen an Hals und Füßen, und nahm sich Zeit, sie zu betrachten. Sein Blick blieb an ihren gepflegten Fingernägeln hängen. Dabei zeigte sein Gesicht keine Regung. Schließlich hob er die Ecke der Bettdecke an und bedeutete ihr, sich hinzulegen.

Sie tat es und beugte sich dann zu ihm herüber.

„Fred, du siehst gut aus in deinen schwarzen Sachen, das gefällt mir. Aber was hältst du davon, sie trotzdem auszuziehen und zu mir unter die Decke zu kommen?“

„Heute nicht, Hannah. Ich möchte hier so liegen bleiben.“

„Oh, tut mir leid.“ Sie fuhr hoch und war sichtlich erschrocken. „Tut mir sehr leid, wenn ich etwas falsch gemacht habe. Sollen wir lieber ins Bad gehen, unter die warme Dusche? Bei dem Wetter würde das bestimmt Spaß machen.“ Ihre Augen strahlten.

„Nein, Hannah. Bleib unter deiner Decke. Ich möchte hier einfach nur liegen und mit dir reden. Nur reden. Wirklich."

Er genoss ihren Duft, der ihn an eine orientalische Seife erinnerte.

Schön, dass du auf Parfüm verzichtet hast.

„Oh, das geht natürlich auch."

Sie streckte sich und schob vorsichtig seinen Kopf auf ihre Brust.

„Über was möchtest du denn reden?"

„Über dich."

„Ähm, über mich?"

„Ja, erzähl mir von dir ... wie du aufgewachsen bist ... wie du ...", er machte eine kurze Pause, „... wie du hierhergekommen bist."

„Das ist aber eine lange Geschichte. Möchtest du die Kurzfassung hören?"

„Ja bitte."

Er schloss die Augen und hörte ihr zu, erfuhr, dass sie als Einzelkind in einer Ärztefamilie aufgewachsen war und es ihr an nichts gefehlt hatte. Zumindest materiell. Nach einem Einser-Abi hatte sie auch studieren wollen. Doch vor lauter Prüfungsstress hatte sie nicht bemerkt, dass ihre Eltern dem Alkohol verfallen waren und sich auseinandergelebt hatten. Wenn sich ihr Vater und ihre Mutter stritten, ging sie einfach weg und kümmerte sich nicht darum. Sie wollte sich auf ein eigenes Leben vorbereiten. Als sie mit ihrem Abschlusszeugnis nach Hause kam, lag ihre Mutter in der Wanne. Ihr Vater saß im Wohnzimmer und hatte bereits eine halbe Flasche Whiskey getrunken. Er winkte sie zu sich, umarmte sie, warf ihr Zeugnis weg und riss ihr die Kleider vom Körper. Ihre Mutter hörte ihre Hilferufe nicht, denn sie war in der Wanne eingeschlafen. Sie war so besoffen, dass sie nach unten gerutscht und vielleicht gerade oder unmittelbar darauf ertrunken war. Ihr Vater nahm ihr im gleichen Moment die Jungfräulichkeit. *Jetzt bist du erwachsen*, hatte er danach zu ihr gesagt.

„Das tut mir leid, Hannah.“

„Mir auch.“

Sie tupfte eine Träne weg. „Ich habe das bisher nur wenigen Menschen erzählt. Aber du warst gut zu mir, Fred, daher vertraue ich dir.“

Sie berichtete ihm weiter, wie sie auf der Straße gelebt und alles verloren hatte.

„Wie alt bist du jetzt?“ Er strich ihr eine Strähne aus der Stirn.

„Zweiunddreißig.“

„Und wie bist du hierhergekommen?“

„Ein Arbeitskollege meines Vaters, den ich flüchtig kannte, hat mich eines Tages gefunden, als ich volltrunken durch den Bahnhof lief. Eine Ironie, ich weiß, aber der Alkohol gab mir Trost. Zu dieser Zeit habe ich meine ersten Drogen genommen. Er hat mich mitgenommen, zu sich nach Hause. Ich konnte mich an nichts erinnern und bin erst Tage später aufgewacht.“ Sie schluckte. „An ein Bett gefesselt. Er hatte mir irgendwas gespritzt. Mir war zu diesem Zeitpunkt schon alles egal.“

Ihre Finger suchten seine Hand, er ließ es geschehen.

„Als er mal nicht im Haus war, konnte ich mich befreien und bin dann per Anhalter zuerst durch Deutschland und später durch Europa gereist. Ich habe mich nur verkauft, wenn es nicht anders ging.“ Sie weinte. „Das musst du mir glauben." Sie putzte laut ihre Nase. „Und dann habe ich eines Tages einen Jungen mit einem Motorrad kennengelernt. Wir sind viele Tage umhergefahren und haben uns geliebt. Dabei haben wir die ganze Zeit in diesem Hotel hier geschlafen, und hatten ein Zimmer."

„Hm, hier bist du ja heute noch. Dieses Hotel ist also offenbar irgendwann deine zweite Heimat geworden."

„Geschäftlich gesehen ja. Er ist eines Tages einfach gegangen, ohne sich zu verabschieden. Einfach so."

„Und ohne zu bezahlen, vermute ich mal."

„Ja, so war es. Der Hotel-Manager hat mir schließlich angeboten, die Schulden abzuarbeiten oder ins Gefängnis zu gehen."

„Und dann bist du …"

„Na ja, nicht sofort. Er hatte Freunde, die mich auf das hier vorbereitet haben. Sie haben mich meist gut behandelt und mir beigebracht, was ich wissen muss. Heute kann ich mir nichts anderes mehr vorstellen. Ich habe hier alles, was ich brauche. Manchmal habe ich überlegt, wegzulaufen und neu anzufangen. Bis ich gemerkt habe, dass es dafür längst viel zu spät ist. Deshalb bin ich hier und durfte dich kennenlernen."

„Du möchtest nichts anderes?"

„Träume habe ich natürlich. Ich war schon so lange nicht mehr am Meer und mir fehlt das Wasser unheimlich."

„Das kann ich verstehen. Wo wohnst du, wenn du nicht arbeitest? Auch hier im Haus?"

„Nein, draußen in der Gartenstadt. Ich habe ein Häuschen, etwas abgelegen. Klein, aber es gehört mir und ist schon fast abbezahlt. Aber sag mal, jetzt habe ich dir so viel von mir erzählt. Mich interessiert, warum du das alles wissen willst."

„Ich bin Autor, Hannah."

„Ein Schriftsteller? Oh wie toll! Was schreibst du denn?"

„Thriller, und ich war vorher noch nie in einem ..."

„Bordell?"

„Ja, in einem Bordell. In meiner Vorstellung verkaufen sich die Frauen nur dann, nachdem sie viel Dreck in ihrem Leben erlebt haben. Ich wollte wissen, wie es hier aussieht, wie es riecht, und überhaupt alles. Verstehst du das? Mit eigenen Augen und mit allen Sinnen. Dann kann ich es später viel besser beschreiben, als wenn ich es mir nur ausdenken würde. Dann ist es realistischer."

„Ich glaube schon."

„Da fällt mir ein, wonach wählst du aus, was du anziehst?"

„Gefällt es dir?" Sie hob die Decke. „Du könntest noch immer zu mir kommen." Ein Lächeln huschte über ihr Gesicht.

„Ich glaube, dass ich mit ziemlicher Sicherheit weiß, was Männern gefällt. Das gehört nun mal zu meinem Job."

Er strich mit den Fingern über die Seidenspitzen unter ihrem BH, bevor er sie wieder zudeckte. Ihre leichte Gänsehaut war ihm nicht entgangen.

„Und ich dachte ..."

„Nein, ich bin hergekommen, um zu reden. Sag mal, darf ich bei dir schlafen, bis der Tag anbricht?"

„Aber natürlich, dafür bin ich ja da. Du hast ja sogar für mehr bezahlt."

„In Ordnung. Ich gehe dann, wenn es hell wird.“

„Dann muss ich ja allein frühstücken, wie schade. Sehen wir uns denn mal wieder?“

Er lag noch immer auf der Decke und hatte sich auch nicht ausgezogen. Er drehte sich auf die Seite, um sie besser betrachten zu können.

„Ja, Hannah, das werden wir.“ Er gähnte. „Ich verspreche es dir sogar.“

Wenig später schliefen sie ein.

***

„Bergmann wird nicht erfreut sein, davon zu hören.“

„Nein, ganz bestimmt nicht.“

Sie starrten auf das Haus und die rotierenden Lichter der Einsatzfahrzeuge. Der aufsteigende Qualm stach ihnen in der Nase und legte sich wie Nebelschwaden über die Dächer der angrenzenden Einfamilienhaus-Siedlung.

„Das Feuer hat nicht viel übriggelassen. Unser einziger Tatverdächtiger lebt ganz bestimmt nicht mehr.“

Thaler seufzte. „Das stimmt. Aber wir wissen mit an Sicherheit grenzender Wahrscheinlichkeit, dass er sowieso nur ein Trittbrettfahrer war; ein Nachahmungstäter. Nicht zuletzt wegen der fehlenden Kerbe in der Pik Sieben. Ich würde meine Pension darauf verwetten, dass er mit den anderen Fällen nicht das Geringste zu tun hatte.“

„Das mit der Wette würde ich lieber lassen, dann hast du wenigstens etwas, worauf du dich verlassen kannst. Jetzt müssen wir nur noch herausfinden, warum er sein Opfer gekillt hat, und warum ausgerechnet auf diese Art und Weise.“

„Ich vermute mal, er wollte Aufmerksamkeit. So wie alle schwachen Täter. Dennoch muss es Ereignisse in seinem Leben gegeben haben, damit er so weit gegangen ist. Mal angenommen, wir klären diese Sache auf, dann hilft es uns leider überhaupt nicht bei den anderen offenen Fällen.“

„Was soll's. Komm, lass die Feuerwehr und die Kriminaltechnik ihre Arbeit machen. Die Ergebnisse bekommen wir später ins Büro geliefert.“

„Okay, und jetzt?“

„Nutzen wir die restliche Zeit der achtundvierzig Stunden, die uns Bergmann gegeben hat. Schlaf wird doch sowieso überbewertet.“

„Und was sollen wir tun?“

„Wir sollten den Pfarrer weiter überwachen. Einen besseren Plan habe ich leider auch nicht.“

Sie liefen ein Stück zurück zu ihrem Auto.

Thaler zog den Schlüssel aus seiner Hosentasche.

„Dann mal los. Fährst du? Es wird langsam dunkel, und das ist nichts für mich.“

***

Zum Glück habe ich heute das Fahrrad dabei. Ist schon ein Unterschied, ob ich arbeiten gehe oder Urlaub habe. Da hat der Kühlschrank eben doch mehr Sehnsucht.

Sie schloss die Augen, wenn auch nur für einen Moment. Die Strahlen der Vormittagssonne spielten mit ihrer Sonnenbrille.

Herrlich!

Es war nicht mehr weit bis zu ihrem Haus. Sie warf einen prüfenden Blick auf die beiden Einkaufstaschen am Lenker und den angeschnallten Korb auf dem Gepäckträger.

Als sie um die Ecke zu ihrer Straße bog, sah sie einen Mann, der an einem Baum lehnte. Fast hätte sie ihn übersehen. Er war komplett in schwarz gekleidet und blickte in die ihr abgewandte Richtung.

„Verdammte Scheiße!" Der Mann hockte sich hin und atmete schwer. „Blöde Mistwurzel, verdammte ..." Er stöhnte.

Sie schob nun langsamer und hielt komplett an, als sie neben ihm angekommen war.

„Kann ich Ihnen helfen?"

Er fuhr erschrocken herum. „Ähm, tut mir leid, hätte ich gewusst, dass eine Dame kommt, hätte ich ganz bestimmt nicht so sehr geflucht."

Er nutzte den Baumstamm als Stütze, um sich aufzurichten. „Ich bin nur umgeknickt, geht gleich wieder ... Moment mal, wir kennen uns."

„Ich glaube auch. Fred? Na, was für ein Zufall!"

„Ja, das stimmt. Entschuldigung noch mal."

„Nicht der Rede wert. Was machst du denn hier?"

„Joggen, also zumindest bis vorhin. Dann bin ich an der Wurzel dort umgeknickt. Es brennt wie Feuer."

Sie nickte, klappte den Ständer des Fahrrads herunter und kam näher.

„Lass mich mal sehen."

Sie bückte sich und schob den Stoff seiner Hose über den Knöchel. Er war feuerrot.

„Oh, das sieht nicht gut aus. Soll ich einen Arzt rufen?"

„Nein." Er schüttelte den Kopf. „Ich laufe einfach langsam nach Hause oder rufe mir ein Taxi. Vielleicht finde ich ja unterwegs etwas, um den Knöchel zu kühlen."

„Dort drüben ist mein Haus. Ich hole dir schnell ein paar Eiswürfel. Passt du so lange auf mein Rad auf?"

„Ja, das mache ich gern."

Wenig später war sie zurück, schüttete Eis in seinen rechten Strumpf und wickelte ein Tuch darum.

„Danke dir, Hannah, das tut unheimlich gut. Schön, dass ich dich getroffen habe."

„Das finde ich auch. Du hast es mir ja versprochen, dass wir uns wiedersehen. Allerdings hätte ich mir die Umstände anders vorgestellt."

Sie wartete einen Moment lang, bevor sie weitersprach: „Ich gehe kurz rüber, die Einkäufe ins Haus bringen. Hier in der Sonne würden sie sonst verderben."

Als sie zurückkam, hatte sie ein neues Tuch in der Hand. Sie band es um seinen Knöchel und goss Wasser aus einer Plastikflasche darüber.

„Oh, wie herrlich!"

„Das glaube ich dir. Soll ich nicht doch einen Arzt rufen?"

„Nein, wirklich nicht. Wird ja schon besser."

„Okay, wie du willst."

Sie betrachtete ihn. „Dann vielleicht wenigstens eine Tasse Kaffee?"

Er hob den Kopf. „Eigentlich gern. Aber wir beide … also, wir haben ja eine Vorgeschichte, und vielleicht ist es da besser, wenn du Job und Freizeit trennst. Ich will dich auf keinen Fall in Schwierigkeiten bringen."

„Na ja, Job ist heute nicht, denn ich habe frei, und ja, meinen Beruf trenne ich stets sehr sauber von meinem Privatleben. Dieses Mal ist es jedoch etwas anders. Mein Gefühl sagt mir, dass ich das tun kann, denn du warst gut zu mir. Da wird es keine Schwierigkeiten geben." Sie streckte ihm die Hand entgegen. „Ich mache eine Ausnahme. Auf einen kurzen Kaffee bei mir?"

Er lächelte und ergriff ihre Hand. Sie stützte ihn, bis sie in der Küche ihres Hauses waren.

„Soll ich dir den Rucksack abnehmen?", fragte sie.

„Ich nehme ihn selbst ab, ist nicht viel drin." Er stellte den Rucksack neben sich. „Tut mir leid, dass ich hier so eindringe, kommt nicht wieder vor."

„An dem Punkt waren wir doch bereits. Du hattest doch versprochen, dass wir uns wiedersehen. Ich finde, das ist ein schöner Zufall. Also abgesehen von deinem Fuß natürlich. Aber jetzt koche ich erst mal Kaffee und du wartest hier in aller Ruhe."

„Sitzen tut so gut."

Er streckte den verletzten Fuß vor und sah zu, wie sie Wasser aufsetzte und den Filterkaffee aus dem Wandschrank holte. Sie trug einen beigen Hosenanzug und weiße Sportschuhe. Die roten Haare hatte sie hochgesteckt und unter eine Baseballmütze geschoben.

„Milch und Zucker?"

„Nein, schwarz wie die Nacht."

„Okay, kommt gleich."

Sie stellte zwei Tassen hin.

„Wenn das Röcheln vorbei ist, kann es losgehen." Sie setzte sich ihm gegenüber. „Ist schon toll, einen Schriftsteller persönlich zu treffen. Gibst du auch Lesungen? Ich würde gern mal kommen und zuhören."

„Klar. Ich sage dir Bescheid. Schon allein deswegen, weil du mich gerettet hast."

„Ich freue mich darauf!"

Aufgeregt fragte sie nach weiteren Details seiner Recherche, und warum er ausgerechnet Thriller schrieb.

„Ich sehe vor mir wie in einem Film, was passiert, wenn ich schreibe, und eine exzellente Vorbereitung ist das A und O. Ich liebe das Böse und die Spannung natürlich.“

„Das dachte ich mir schon.“ Sie lachte. „Warte, der Kaffee ist durch.“

Sie stand auf, holte die Kanne und schenkte ihnen ein. Ihr Besucher nutzte die Gelegenheit, als sie die Kanne zurückstellte. Er griff in seinen Rucksack und goss den Inhalt eines Röhrchens in ihre Tasse. Als sie sich wieder zu ihm zurückdrehte, schaffte er es gerade noch rechtzeitig, seine Hand zurückzuziehen.

„Ist zwar kein Wein, aber trotzdem Prost.“

Sie ließ sich auf ihren Stuhl fallen und hob ihre Tasse. „Auf dein Wohl und gute Besserung.“

„Auf dich“, antwortete er.

„Oha, habe ich zu viel Pulver reingetan? Ganz schön bitter. Magst du noch Milch oder einen kleinen Schluck Wasser, um ihn zu verdünnen?“

„Mir schmeckt er so, also nein danke.“

„Na dann.“

Sie sprachen jetzt über ein Krimifestival und die Buchhandlungen der Stadt. Dabei tranken sie aus.

„Ich werde auf einmal ganz schön müde. Tut mir leid, wenn ich unkonzentriert bin. Das muss an den Sonnenstrahlen liegen, die ich vorhin so ausgiebig genossen habe.“

„Du hast doch frei, also leg dich hin und ruh dich aus. Ich muss jetzt sowieso weiter.“ Er schob die Tasse in die Mitte des Tisches. „War schön, dich getroffen zu haben.

Danke für alles." Er stand auf, schulterte seinen Rucksack und hinkte dann zur Tür.

„Sehen ... sehen wir uns wieder?"

Sie war ebenfalls aufgestanden und lehnte sich an den Türrahmen der Küche, um Halt zu finden.

„Ich weiß nicht. Sollten wir?" Er sah sie an.

Sie wollte antworten und öffnete den Mund, brachte aber kein Wort hervor. Kurz darauf verdrehte sie ihre Augen und rutschte langsam am Türrahmen in die Hocke.

„Tja, dann kann ich wohl gleich hierblieben."

Er ging an ihr vorbei in die Küche, feuchtete ein Tuch an und säuberte damit seinen Knöchel.

Stinkt ganz schön das Zeug. Gut, dass sie es nicht bemerkt hat.

Dann rollte er einen Müllbeutel aus, in den er das Tuch und seine benutzte Kaffeetasse warf. Er zog einen weißen Maleranzug über seinen Jogginganzug und außerdem Handschuhe an. Anschließend zog er in allen Räumen die Gardinen zu.

Er lief zu Hannah zurück, hob sie auf und trug sie ins Bad.

Anschließend bereitete er das Schlafzimmer vor.

***

„Ich will nicht direkt sagen, dass es mir leidtut, Herr Lehmann." Kralik hüstelte. „Aber ich ... ähm ... wir sind gekommen, um noch mal mit Ihnen zu reden. Lassen Sie uns rein?"

Der Pfarrer blinzelte, behielt jedoch die Hand an der Tür.

„Nicht hier, meine Herren, nicht hier. Das ist Gottes Haus, da sollte die Staatsgewalt außen vor bleiben. Aber ich denke schon, dass Sie das wissen."

„Wir nehmen Ihnen das mit der Leiche im Keller ab. Tut uns leid, dass wir Sie verdächtigt haben. Wir mussten nun mal nach Spurenlage urteilen." Thaler versuchte es auf die mildere Art.

„Sie stimmen mich nicht um. Aber schön, dass Sie es wenigstens versuchen."

Kralik ließ sich nicht so schnell beeindrucken.

„Wissen Sie, Herr Lehmann, wir sind überzeugt davon, dass Sie mehr wissen, als Sie uns sagen. Immer wieder treffen wir bei unseren Ermittlungen auf Sie, und genau deshalb haben wir noch ein paar Fragen."

„Das kann ja durchaus sein. Aber ohne Durchsuchungsbeschluss muss ich Sie nicht hereinbitten."

„Nein, natürlich nicht", lenkte Thaler ein.

„Dürfen wir Sie dann bitten, zu uns in die Polizeiinspektion zu kommen?"

„Ist das eine Vorladung?" Das Gesicht des Pfarrers zeigte keine Regung.

„Nein, natürlich nicht. Sie haben schon viel Leid ertragen, auch durch uns. Hierfür bitte ich nochmals um Entschuldigung. Aber wir müssen mehrere Morde aufklären und hoffen, dass Sie uns dabei helfen können. Es ist eine Bitte, die wir aussprechen."

„Gut." Er senkte den Blick und überlegte. „Aber nicht heute. Ich würde es vorziehen, irgendwann später mit Ihnen zu sprechen." Er straffte sich und zeigte auf Thaler. „Gott hat nicht gewollt, dass Leben genommen werden. Deshalb helfe ich Ihnen und sage Ihnen alles, was ich weiß. Aber Gott hat auch gewollt, dass das Beichtgeheimnis gewahrt wird."

„Selbstverständlich, Herr Pfarrer, selbstverständlich."

Lehmann schloss die Tür.

„Pff." Kralik winkte ab. „Los, fahren wir wieder, das war wohl nix."

„Na ja, so würde ich das nicht sagen. Er kommt ja zu uns und redet mit uns."

„Du immer mit deiner weichen Art."

Kralik stampfte voran in Richtung Auto.

Dass das Beichtgeheimnis gewahrt bleibt, *hat er gesagt. Hm, da könnte es also etwas geben. Darüber muss ich in Ruhe nachdenken.*

***

„Da bist du ja wieder, Hannah."

Er lächelte sie an und wusste, dass sie mehr als einen Moment brauchen würde, um zu begreifen, wo sie sich befand.

„Was ... wo ..."

„Du meinst, wo du bist? Nun, in deinem Bett natürlich."

Hannah spürte stechende Schmerzen an ihren Schulterblättern. Hände und Füße konnte sie nicht bewegen.

„Ach ja, bitte schrei nicht, denn dann müsste ich dir den Mund verkleben und die Unterhaltung würde ein wenig einseitig werden. Ist das in Ordnung für dich?"

Sie nickte. „Aber das ist nicht mein Bett."

„Doch, ist es. Schau dort drüben, da stehen deine Matratze und der Lattenrost an der Wand. Du liegst mittendrin in deinem schönen Metallbett." Dabei grinste er.

„Und das, was dich mit den Bettpfosten verbindet, sind nicht deine Schmuckkettchen, sondern richtige Ketten.“

„Ich …“

„Psst. Bitte antworte nur, wenn ich dir eine Frage stelle.“

Der Schmerz an den Schultern wurde unerträglich, daher versuchte sie, ihren Oberkörper zu heben.

„Ach, drücken die Ketten? Du liegst ja darauf und sie kreuzen sich hinter deinem Rücken. Wie es aussieht, hast du vergessen, dass einst einfache Pappe dir eine Schlafstatt bot, als du auf der Straße gelebt hast. Ich freue mich für dich, dass du dich daran erinnerst. Ich habe dir auch heute welche untergelegt, das macht es realistischer, nicht wahr?“

Sie öffnete ihren Mund und wollte antworten, doch er schüttelte den Kopf.

„Ich bin noch nicht fertig mit meinen Erklärungen, Hannah. Du hast mich sehr enttäuscht. Ich hatte erwartet, dass du dich kleidest, wie es mir gefällt.“

Hannahs Gesicht wurde rot. Sie registrierte erst jetzt, dass sie nur in ihrer Unterwäsche vor ihm lag.

„Gewöhnliche Ware aus einem Supermarkt, wie das aussieht! Was denkst du dir bloß? Wo ist die Spitzenunterwäsche, die du bei unserem letzten Gespräch getragen hast?“

Sie zitterte etwas. „In der Wäscherei. Das kann ich auf der Arbeit machen lassen.“

„Aha. Na ja, nicht zu ändern. Aber das ist doch nicht deine einzige Kleidung, also die Art, die ich meine, oder?“

„Nein, ich habe natürlich noch mehr Wäsche, aber die befindet sich an meinem Arbeitsplatz."

„Alles?" Er trat näher an sie heran. „Das wäre aber jetzt sehr schade, wenn ich das bemerken darf."

„Na ja, zumindest in Rot. In den Schubladen habe ich noch private schwarze Sachen ..."

Er wartete nicht, sondern riss die beiden Kästchen des Nachtschrankes heraus und verstreute den Inhalt auf dem Boden.

„Ah, da ist ja was."

Er bückte sich und legte einen schwarzen BH und einen passenden Slip auf ihren Bauch.

„Ja, das passt gut zu deiner Haut, gefällt mir auch. Dann bin ich ja nicht umsonst hergekommen."

Sein Lächeln war zurückgekehrt, verschwand aber sofort wieder. „Du hast doch nicht etwa Parfüm genommen, oder? Das hasse ich!"

Er gab ihr eine Ohrfeige.

„Hör zu Hannah, ich binde dich jetzt nicht los, du sagst mir, wie man die Waschmaschine bedient, klar?"

Sie weinte, erklärte es ihm aber.

„In Ordnung. Das Programm läuft jetzt vierzig Minuten. Das sagt zumindest das Display. Hoffentlich geht der Gestank dabei raus."

Er zog einen Stuhl neben sie, setzte sich aber noch nicht hin. „Mir fällt da gerade etwas ein. Dann haben wir ja noch ein bisschen Zeit, um über Technik zu reden, und über dein Arbeitsmaterial."

Sie konnte ihm nur mit den Augen folgen, als er ihr Schlafzimmer verließ.

Als er zurückkkam, hatte er den Toaster und ein Verlängerungskabel in der Hand. Er legte beides neben sie.

„Weißt du Hannah, mir ist aufgefallen, dass du deine Finger sehr pflegst. Zu deinem Beruf gehört aber Dreck." Er zeigte auf die Pappe, auf der sie lag. „Und Schmerz. Ich denke, wir fangen mit deiner rechten Hand an."

„Nein, bitte, nicht meine Hand!" Sie schrie, warf sich hin und her.

„Schnauze, verdammt!" Er setzte sich auf sie und würgte sie, bis sie ruhiger wurde. „Scheiße, damit hätte ich rechnen müssen."

Er holte Klebeband aus seinem Rucksack und verschloss ihren Mund.

„Deine schlanken Finger würden gut in den Schlitz passen. Aber in Ordnung, ich will ja kein Unmensch sein."

Er warf den Toaster in Richtung Wohnzimmer. Glas splitterte. Er rollte die Goldkettchen, die er ihr vom Hals und den Fußgelenken abgenommen hatte, zusammen und legte sie ihr auf den Bauchnabel.

„Du darfst deine Hand behalten, so, wie du sie in Erinnerung hast."

Er setzte sich auf den Stuhl, sah auf die Uhr und schwieg.

„Hm …"

„Psst!" Erneut warf er einen Blick auf die Uhr. „Mal sehen, wie weit die Waschmaschine ist."

Er lief ins Badezimmer. Sie hörte, wie er ihre Schränke durchsuchte. Als er wieder zurückkam, hatte er einen Korb in der Hand, in dem sie sonst ihren Föhn aufbewahrte. Jetzt waren Schachteln, Tuben und Fläschchen darin.

„Dauert nicht mehr lange. Aber meine Liebe, das, was ich hier gefunden habe, gefällt mir ganz und gar nicht."

Mehr als ein Brummen konnte sie nicht von sich geben.

„Aber immer der Reihe nach. Du trennst privat und Beruf, richtig?"

Sie hob den Kopf und brummte erneut.

„Okay, Nummer eins: Gleitgel braucht nur, wer Unreines tut, und mir scheint, diese Tube hier ist bereits angefangen. Dann gehe ich mal davon aus, dass sie benutzt wurde."

Sie schüttelte den Kopf.

„Dann wirst du jetzt sehen, was das bringt. Ich öffne dir die Augen."

Er drehte den Deckel ab, setzte sich auf ihre Brust und schob zunächst die Lider ihres rechten Auges auseinander. „Die Hälfte sollte hierfür genügen."

Dann wiederholte er die Prozedur auf der anderen Seite.

Sie wand sich wie ein Tier, zog an den Ketten und versuchte, zu schreien. Es dauerte mehrere Minuten, bis er sie beruhigen konnte.

„Oh, die Wildkatze hat noch Kraft. Gut gebrüllt Löwe."
Er stand auf.

„Na, da haben wir die Zeit ja optimal überbrückt. Ich schaue mal nach der Maschine. Du könntest es ja sowieso nicht, mit dem verschleierten Blick."

Die Verpackung des Gels warf er in den Müllsack. Sie konnte nicht sehen, wie er mit ihrer tropfnassen Wäsche zurückkam. Er hielt die Sachen so, dass sie auf ihren Oberkörper tropften. Hannahs Zittern verstärkte sich. Immer, wenn sie ein Tropfen traf, zuckte sie zusammen.

„Das wird gehen, ich trockne es später, und der Scheiß-Geruch ist zum Glück weg.“

Er wickelte den schwarzen Slip und BH in eine gesonderte Tüte, die er in seinen Rucksack stopfte.

„Das Gleitgel ist ein medizinisches Produkt und eigentlich für andere Körperstellen bestimmt.“ Er gluckste. „Du hast vor der Unsittlichkeit die Augen verschlossen, meine Liebe. Ich bitte zu berücksichtigen, dass ich sie dir nur verkleistert habe.“

Er wusste, dass sie nur noch Hell und Dunkel unterscheiden konnte.

„Kommen wir nun aber zu Nummer 2. Was mich extrem, ich wiederhole: extrem! stört, ist das Parfüm. Das löst in mir sofort eine Allergie aus!“

Er versuchte, seine nächste Ohrfeige nicht zu heftig werden zu lassen. Die Haut über ihrem linken Wangenknochen platzte trotzdem auf.

„Bevor wir anfangen, meine Liebe, würde ich mir wieder Werkzeug aus deiner Küche holen, wenn du erlaubst.“

Sie hörte, wie er ihre Schränke durchwühlte.

„Na, das ist doch ganz brauchbar“, meldete er sich zurück. „Schade, dass du es nicht sehen kannst, meine Liebe. Hier habe ich einen kleinen Trichter, scheint man in der gehobenen Küche offenbar zu brauchen, und außerdem eine Rouladen-Nadel.“

Sie stöhnte, als er sich erneut auf ihren Oberkörper setzte.

„Wie der Doktor immer sagt: *nur ein kleiner Piecks.*“

Er kniete sich auf ihre Schultern und stach durch das Klebeband in ihren Mund, traf dabei aber ihre Unterlippe. Durch die kleine Öffnung sickerte sofort Blut.

„Hannah, beruhig dich, meine Süße. Das Blut passt so schön zur Farbe deiner Haare."

Er strich ihr über den Kopf. Zeit, sich zu erholen, gab er ihr dieses Mal nicht, sondern drückte den Trichter in die entstandene Öffnung. „Fangen wir mit einer kleinen Flasche an."

Er tropfte das Parfüm hinein.

„Hm, das stinkt bestialisch und dauert viel zu lange."

Der Inhalt einer größeren Flasche folgte.

Hannah hatte die Luft angehalten.

„Gute Idee, mein Schatz."

Er massierte ihren Kehlkopf, bis sie schluckte. Sofort begann sie zu würgen.

„Nicht kotzen, ja?"

Doch das konnte sie nicht mehr beeinflussen.

„So eine verdammte Sauerei!"

Er öffnete das Klebeband und leerte ihren Mund.

„Ich denke, ich gebe dir mal besser etwas zur Beruhigung, und danach machen wir dich sauber."

Ehe sie begriff, was los war, hatte er auch schon ein Röhrchen hervorgezogen und in ihren Mund geschüttet. Er drückte heftig zu und wartete, bis sie geschluckt hatte. Dann würgte er sie, damit sie keine Chance hatte, sich zu erbrechen.

„Brav, meine Kleine. Schmeckt bestimmt bitter. Dieses Mal hat es ja auch kein Kaffee verdünnt."

Ihr Gesicht war weiß geworden und die Atmung schwach. Er gab ihr ein paar sanfte Ohrfeigen.

„Bloß nicht wegtreten!"

Ihr Atem beschleunigte sich wieder.

„Schon besser. Dann wollen wir dich mal baden."

Er öffnete die Ketten, fixierte Hand- und Fußgelenke jeweils mit einem Kabelbinder und trug sie dann in die Wanne. Für eine Gegenwehr war sie viel zu schwach.

„Ist das Wasser so angenehm?"

Sie antwortete nicht.

„Tja, dann lese ich dir mal ein wenig vor, bis die Wanne voller ist. Du bekommst sozusagen eine Privatlesung."

Er öffnete seinen Rucksack und nahm ein schwarzes Notizbuch heraus.

„Es ist noch die Manuskript-Rohfassung, also sei nicht zu streng mit mir, ja?"

Er schlug das Buch auf und begann zu lesen:

Sie tat es ihm gleich, behielt den Seidenmantel an und legte ihren Kopf an seine Schulter.

„Was wünscht du dir, Fred?" Ihre Augen waren tiefschwarz.

„Das weiß ich noch nicht, Hannah."

„Darf ich es für dich herausfinden? Wir müssen noch eine Kleinigkeit erledigen, entschuldige bitte, dass ich dich direkt darauf anspreche, aber es ist hier üblich, im Voraus zu bezahlen. Nur für den Fall, dass du es nicht wusstest."

„Wie viel?"

„Zweihundertfünfzig. Die ganze Nacht dreihundert."

Er griff in seine Hosentasche, zählte vierhundert Euro ab und steckte sie ihr in die Tasche des Mantels.

*„Danke Fred, schön, dass du mir das Geld nicht in den
Ausschnitt gesteckt hast. Für vierhundert Euro darfst
du gern bleiben und mit mir frühstücken."*
*Sie lächelte ihn an. „Wollen wir nun herausfinden, was
du magst?"*
*„Bitte zünde für mich eine Kerze an und zieh deinen
Mantel aus."*
„Gern."

Er klappte das Büchlein zu.

„Du hast die Szene ganz bestimmt wiedererkannt.
Hat es dir gefallen, was ich geschrieben habe? Ich
denke, das genügt für den Moment."

Das Mittel hatte seine Wirkung noch nicht voll entfaltet, sie wand sich im Rahmen ihrer Möglichkeiten hin
und her.

Er ließ sie gewähren, und sammelte nach und nach
alle Sachen, die er benutzt oder angefasst hatte, ein und
warf sie in den Müllsack.

„Deine Haare sind ja vollkommen zerzaust, Liebes."

Er strich sie ihr aus dem Gesicht. Ihr Kopf zuckte wild
hin und her.

„Ach Mensch, da fällt mir ein, dass ich noch eine Bonuszeile aus meinem Manuskript für dich habe. Dafür
muss ich noch nicht einmal nachschauen, denn ich
kenne sie auswendig. Also, hör zu!"

Er hob seine Stimme, als wolle er ein Gedicht rezitieren:

*„Träume habe ich natürlich. Ich war so lange schon
nicht mehr am Meer, mir fehlt das Wasser."*

Es folgte ein lautes Lachen und er hatte Mühe, sich zu beruhigen.

„Ich nehme mal an, dass du dich auch hier wiedergefunden hast. Ich habe mir erlaubt, dir ein wenig Salz mitzubringen, damit es dich an das Meer erinnert.“

Er zog ein Päckchen Speisesalz hervor und schüttete es in die Wanne.

„So meine Liebe, gleich erfülle ich dir deinen Wunsch. Zuvor möchte ich dir aber noch sagen, was danach geschieht. Leider werde ich dich nicht mitnehmen können, ich kann ja hier nicht mit dem Transporter vorfahren und dich einfach einladen. Den Bullen muss es deshalb dieses Mal genügen, ein Bild von dir auf ein Kreuz genagelt zu sehen. Mit Spielkarte und Grablicht natürlich, versteht sich.“ Er strich ihr zärtlich über den Kopf. „In vielen Thrillern habe ich zwei bevorzugte Verfahren gelesen, um final zu *entsorgen*. Man wirft die Reste den Schweinen vor. Dann ist nichts mehr zu finden, absolut nichts. Cool, oder? Tja, nur leider geht das in unserem Fall nicht. Also muss es die zweitbeste Variante werden: das Feuer.“

Er zerschnitt die Kabelbinder, beugte sich dicht zu ihr und flüsterte ihr ins Ohr: „Hannah, wenn ich dir jetzt sage, dass ich nicht Fred heiße, glaubst du dann immer noch, dass ich gut zu dir war?“

Er hob sie aus der Wanne, bog Hände und Füße nach hinten und drehte sie auf den Bauch. Mit dem Gesicht voran tauchte er sie unter und drückte sie bis auf den Boden.

Sie war bereits sehr schwach, das Zittern musste er nur ganz kurz unter Kontrolle halten. Dann sah er auf die Uhr und wartete volle zehn Minuten.

„Leb wohl, Hannah, ich hoffe, dass es durch das Salz wenigstens etwas nach deinem Sehnsuchtsmeer geschmeckt hat."

Er griff in den Rucksack, zog eine Sofortbildkamera heraus und machte ein Foto. Dann ging er zurück ins Schlafzimmer, stöpselte die Verlängerungsschnur und den Toaster ein. Aus einer mitgebrachten Plastikflasche goss er Benzin hinein; zwei weitere Flaschen stellte er obendrauf.

„Dann habe ich das Ding ja doch nicht umsonst aus der Küche hierhin geschleppt."

Anschließend sah er fern und aß, was der Kühlschrank ihm bot. Kurz nach dreiundzwanzig Uhr stopfte er seinen weißen Maleranzug zusammen mit einer präparierten Plastikflasche in die Mülltüte, ging ins Schlafzimmer, sah sich ein letztes Mal um und drückte den Schalter des Toasters herunter. Dann rannte er zur Tür.

Kurz darauf, noch bevor die letzten Flaschen explodierten, hatte ihn die Nacht bereits verschluckt.

Vierzehn

Thaler strich sich über seine Bartstoppeln. Er mochte dieses Kratzen eigentlich, doch heute passte es ihm nicht, da er sich nicht selbst ausgesucht hatte, ob er sich rasierte oder nicht.

Das Leben eines Kriminalhauptkommissars ist fremdbestimmt. Er seufzte. *Was für eine Erkenntnis.*

Zusammen mit Kralik stand er neben der Kirche, dort, wo sie die erste Leiche gefunden hatten. Das Licht der Kriminaltechnik riss eine Szene aus der Finsternis, die sie lieber nicht gesehen hätten. Mitten in der Woche, nicht an einem Sonntag, doch fast alles passte. Das Holzkreuz, der Nagel durch die Stirn, das weiße Grablicht, die Pik Sieben. Dieses Mal hatte die Karte sogar die entsprechenden Kerben. Selbst die Anzahl stimmte.

„Scheiße.“

Abgesehen vom Wochentag gab es allerdings noch ein feines Detail, das heute anders war.

„Unser Täter?“

„Ja, das ist stark anzunehmen.“

Kralik zog Gummihandschuhe über und bückte sich, um besser sehen zu können. Der Platz war großzügig ausgeleuchtet, sodass er kaum Schatten warf. Er fröstelte.

„Aber warum dieses Mal nur ein Foto?“

Thaler zuckte mit den Schultern. „Ich kann nicht sagen, dass mir die Leiche fehlt. Aber so, wie das Foto aussieht, zeigt es genau das, was wir hier suchen.“

Kralik hob das Foto hoch, nachdem er den Nagel herausgezogen hatte. Er schob beides zusammen mit der Spielkarte in einen Folienbeutel.

„Fragt sich nur, wo sich die echte Leiche befindet.“

„Hm.“ Thaler trat näher heran.

„Das Ganze ist ein wenig ungewöhnlich ... von einer Sofortbildkamera aufgenommen, oder?“

Kralik nickte.

„Benutzt doch heutzutage kaum noch ein Mensch.“

„Das stimmt, aber ich würde auch nicht in ein Geschäft gehen wollen, dort die SD-Karte einschieben und auf die Entwicklung warten. Stell dir mal vor, was passiert, wenn das Personal einen kurzen Blick auf den Kopf einer Leiche wirft.“

„Das passiert nicht, wenn du eine Sofortbildkamera benutzt. Das Bild ist, wie der Name schon sagt, sofort fertig, entwickelt direkt im Gerät und man hinterlässt keine Spuren. Das Fotopapier kommt aus einer Art Kassette, sodass ich mal vermute, dass wir auf dem Bild selbst auch keine Fingerabdrücke finden werden.“

„Da hast du wahrscheinlich recht. Vielleicht kann uns das Labor ja Näheres zu dem Gerät und Papier sagen.“

Er zog sein Handy hervor und machte mehrere Fotos, bevor er einen Kriminaltechniker heranwinkte.

„Nehmen Sie das bitte mit ins Labor.“

Kralik hatte sich nur für einen Moment umgedreht, da fiel ihm plötzlich etwas ein.

„Warten Sie!“ Er lief dem Techniker entgegen. „Drehen Sie das Foto bitte um, sodass wir die Rückseite besser sehen können.“

Das tat er und zeigte auf die Beschriftung, die in Druckbuchstaben am oberen Rand stand.

„Das ist …“ Kralik wurde blass.

„… eine Anschrift, komplett mit Namen“, vollendete Thaler den Satz, zog sein Notizbuch hervor und schrieb die Adresse ab.

„Danke, nehmen Sie das bitte so schnell wie möglich mit ins Labor. Wir schicken sofort eine Streife zur angegebenen Adresse von Hannah Brandt.“

Er griff zum Telefon. Nachdem das Gespräch beendet war, wandte er sich an Kralik. „Die Leitstelle schickt jemanden hin.“

„Ich habe gar kein gutes Gefühl dabei. Ein Mord ohne Leiche und nur ein Foto mit einer Adresse darauf.“

„Unser Täter scheint sich zu wandeln. Aber vielleicht ist der Tatort dieses Mal nicht so verbrannt wie beim letzten Mal. Diese Hannah hier“, er zeigte auf das Display seines Handys, „scheint ja im Wasser gestorben zu sein.“

„Okay, hoffen wir mal, dass du recht hast. Ich schaue mich noch kurz in der Kirche um, aber dann sollten wir direkt zur Adresse von Hannah Brandt fahren.“

„Ich laufe außen eine Runde, um mir einen Überblick zu verschaffen. Die Hundeführer sind schon wieder weg, leider ohne Ergebnis. Ich will mir nur hinterher keine Vorwürfe machen müssen. Wenn ich fertig bin, komme ich direkt zum Auto.“

„Ja, mach das. Mich beunruhigt es, dass ausgerechnet Pfarrer Lehmann das hier wieder gefunden hat.“

„Mich auch, glaub mir. Immer wieder dieser Pfarrer.“

Sie hatten sich gerade beide angeschnallt, um loszufahren, als Kraliks Handy klingelte. Er hörte eine Weile schweigend zu, um sich dann mit einem knappen „Danke“ zu verabschieden.

„Fahr langsam, wir haben alle Zeit der Welt. Das Haus von Hannah Brandt gibt es nicht mehr ... ist abgebrannt.“

„Verdammte Scheiße, wir haben aber auch ein Glück.“

***

Thaler griff hinter den Fahrersitz und zog seinen Rucksack hervor. Er nahm zwei Plastikschachteln heraus und reichte eine davon Kralik.

„Hier, ein Salamibrot. Feinste heimische Gourmetküche.“

Sie aßen schweigend und beobachteten dabei die Straße, die zur Kirche führte. Während der Woche war viel weniger los als am Wochenende. Ab und zu gähnte einer von ihnen.

„Meinst du, uns läuft hier derjenige über den Weg, der es gewesen ist?“

„Keine Ahnung. Aber außer den Pfarrer zu überwachen, fällt mir auch nichts mehr ein, was wir noch Sinnvolles tun könnten. Es muss doch einen Zusammenhang geben.“

„Tja, Hannah Brandt hatten wir ja auch nicht auf dem Schirm. Wie es aussieht, gehört sie noch nicht einmal zur hiesigen Kirchengemeinde.“

„Ich frage mich, ob sie als Prostituierte überhaupt zu einer Kirchengemeinde gehört hat.“

Sie schwiegen. Thaler sammelte die Vorratsschachteln wieder ein.

Als eine ältere Frau vorbeilief, stieg er aus.

„Guten Tag, Entschuldigung, darf ich Sie vielleicht etwas fragen?“

Die Dame ging noch zwei Schritte weiter, so, als müsse sie die Anrede erst mal überdenken. Dann drückte sie ihren Rücken durch und sah Thaler an.

„Ja bitte?“

„Erschrecken Sie sich nicht, aber ich bin von der Polizei.“

Er zeigte ihr seinen Ausweis. „Ich habe Sie hier bereits mehrmals gesehen. Sind Sie oft in der Kirche?“, fragte er.

„Kommt darauf an, was Sie mit oft meinen.“ Sie verfiel wieder in ihre gebückte Haltung. „Sonntags immer, und an den anderen Tagen“, sie bekreuzigte sich, „bin ich bei meinem Herbert. Nächsten Herbst werden es siebzehn Jahre, die er nicht mehr bei uns ist.“ Ein Schleier schien sich über ihre wachen Augen zu legen. „Warum fragen Sie?“

„Sie haben doch bestimmt von dem Frauenfund hier gehört, oder?“

Sie schluckte und nickte. „Und?“

„Vielleicht können Sie uns ja etwas zu den Menschen sagen, die regelmäßig hierherkommen.“

„Sie beobachten eine Kirche?“

„Nein, aber wir ermitteln in alle Richtungen.“

„Ich verstehe“, murmelte sie. „Und was soll ich da tun?“

„Könnten Sie sich vorstellen, wer ein Motiv für all das hätte?“

Sie schüttelte den Kopf. „Bedauere, nein. So etwas traue ich niemandem zu. Ich würde verrückt werden, wenn ich wüsste, wer der Täter ist und er sich noch auf freiem Fuß befinden würde."

„Das kann ich mir vorstellen." Thaler hatte seine Stimme gesenkt. „Darf ich Sie trotzdem bitten, sich einige Fotos anzusehen und mir zu sagen, ob Ihnen daran etwas auffällt?"

„Ja, das dürfen Sie, Herr Kommissar. Können wir uns dabei vielleicht setzen?" Sie deutete auf eine Bank.

„Selbstverständlich."

Er nahm ihr die kleine Gießkanne und den Blumenstrauß ab und wartete, bis sie sich gesetzt hatte.

„Schon besser. Die alten Knochen. Furchtbar." Sie massierte ihre Kniescheiben. „Also?"

Thaler war fasziniert von ihren strahlenden Augen. Er ließ sie keinen Moment unbeobachtet, als sie durch die Bildergalerie seines Handys scrollte. Sie nahm sich sehr viel Zeit.

„Nein, ich erkenne daran nichts ungewöhnliches."
Sie reichte ihm das Handy zurück.

„Danke, Sie haben mir sehr geholfen. Wenn Ihnen noch etwas einfällt ..." Er gab ihr seine Visitenkarte.

„Oh, Kriminalhauptkommissar, entschuldigen Sie bitte meine Anrede von vorhin, es sollte kein fehlender Respekt sein, ich wusste ja nicht ..."

„Schon gut." Thaler stand auf.

„Soll ich Sie anrufen oder kann ich es Ihnen gleich sagen?"

Thaler sah sie verwundert an. „Gleich sagen? Was denn?"

„Erstens, Herr Kriminalhauptkommissar: sie sollten nicht lügen."

„Was meinen Sie damit?" Er setzte sich wieder hin und sah sie verwundert an.

„Nun, Sie sagten, dass ich Ihnen geholfen hätte. Das stimmt jedoch nicht, und war nur so eine Floskel, sagt man in Ihren Kreisen doch so, oder?"

„Es tut mir leid."

„Schon gut." Sie winkte ab. „Außerdem sagten Sie mir, dass Sie in alle Richtungen ermitteln. Auch das stimmt nicht."

Thaler fuhr sich verlegen über das Gesicht. „Ähm, das verstehe ich jetzt nicht. Würden Sie es mir bitte genauer erklären?"

„Gern. Schauen Sie, Sie zeigen mir Bilder von Personen, die Sie auf dem Weg oder von dem Weg zu einer Kirche, nämlich der unsrigen, gemacht haben und befragen mich nach ihnen."

„Ja, aber was meinen Sie dann mit Ihrer Andeutung?"

„Nun, Sie haben mich nicht nach dem gefragt, was nicht auf den Fotos ist." Sie blickte ihn direkt an und fuhr fort, als sie seinen weiterhin fragenden Gesichtsausdruck sah.

„Sie vermuten richtig, dass ich mich hier ein wenig auskenne. Deshalb weiß ich auch, dass hier mehr Personen ein- und ausgehen, als Sie mit Ihren Fotos festgehalten haben."

Thaler lehnte sich zurück und lächelte. „Danke, dass Sie mir die Augen geöffnet haben. Sie haben recht. Wir haben nichts zu den Personen, die nicht auf den Fotos sind, und die zu anderen Zeiten in die Kirche kamen oder kommen." Er stand auf und verbeugte sich. „Ich danke Ihnen."

„Fragen Sie einfach jemand, ob er Ihnen die in ihrer Sammlung noch fehlenden Kirchenmitglieder nennt. Vielleicht hilft Ihnen das ja bei der Suche."

„Das werden wir tun. Wäre es möglich, dass dieses Gespräch unter uns bleibt?"

„Welches Gespräch? Ich erinnere mich nicht." Sie stand auf und griff nach der Gießkanne.

„Längst vergessen, Herr Kommissar." Sie lächelte.

„Auch dafür vielen Dank. Darf ich Sie zum Grab begleiten und die Sachen für Sie tragen?"

„Nein, nein, Jüngelchen, das ist meine Aufgabe, lassen Sie mal. Ermitteln Sie lieber in alle Richtungen, ja?"

Sie gab ihm zum Abschied die Hand.

„Das machen wir, danke schön."

Thaler lief zurück zum Auto. Kralik nickte anerkennend, als er die Geschichte zu Ende gehört hatte.

„Wir sollten noch einmal mit dem Pfarrer reden."

„Das denke ich auch. Geh du schon mal vor, ich muss noch kurz telefonieren."

Wenig später betraten sie die Kirche. Sie mussten nicht lange suchen. Doch ihr Gruß blieb unbeantwortet.

„Meine Herren, auch wenn Sie nur Ihren Job machen, muss das ja nicht unbedingt in der Kirche sein, das sagte ich Ihnen doch schon, oder?" Er wartete nicht auf eine Antwort. „Fahren Sie zu meiner Wohnung, ich komme gleich nach."

Als die beiden Polizisten sich umdrehten, um zu gehen, rief er ihnen hinterher: „Keine Angst, Fluchtgefahr besteht bei mir nicht."

Sie fuhren zum Haus des Pfarrers und blieben wartend davor im Auto sitzen. Thaler griff zum Telefon.

„Wollen wir doch mal sehen, ob Bergmann etwas Neues für uns hat.“

„Was, du willst *ihn* anrufen? Meinst du etwa, dass ausgerechnet *er* uns hilft?“

Kralik hielt nichts davon, Bergmann im aktuellen Ermittlungsstatus nach irgendetwas zu fragen.

„Vielleicht hat er ja doch was, sein Arsch hängt immerhin genauso mit drin.“ Thaler grinste.

„Was sollte er denn für uns haben? Ausgerechnet jetzt? Wenn es was Neues gäbe, hätte er doch schon längst angerufen.“

„Nun, ich habe mir erlaubt, ihn um einen Gefallen zu bitten.“

„Das ist eine gute Idee, denn meine Gefallen habe ich bei ihm schon alle aufgebraucht.“ Kraliks Blick war ernster als sonst.

„Wird sich zeigen.“

Thaler stellte auf laut und wählte.

Bergmann nahm das Gespräch bereits mit dem zweiten Klingeln an.

„Sie haben Eier, Kollege Thaler, mich während eines Ultimatums um einen Gefallen zu bitten, das muss ich schon sagen. Meinen Respekt dafür.“

„Danke schön, Herr Staatsanwalt.“

„Nun, ich habe meinen Freund vom Finanzamt um die Liste gebeten, nach der Sie gefragt haben. Er will aber, dass wir seinen Namen möglichst außen vorlassen, denn solche Daten-Weitergaben werden dort nicht gern gesehen.“

„Selbstverständlich. Hat er sie Ihnen denn gegeben?“

„Ja, das hat er. Ich schicke sie Ihnen gleich aufs Handy.“

„Herzlichen Dank.“

„Schon gut, jetzt stehe ich allerdings in seiner Schuld. Machen Sie also etwas Vernünftiges daraus.“

Das Gespräch war zu Ende.

„Eine Liste?“, fragte Kralik verwirrt.

„Ja, die Leute, die Gemeindemitglieder sind, zahlen doch Kirchensteuern. Wir wissen zwar nicht, ob sie hier in der Gegend oder sonst wo in die Kirche gehen, aber sie zahlen Steuern.“

Das Brummen des Handys zeigte den Eingang der Liste an.

„Oh ha, dass ich nicht selbst darauf gekommen bin! Du hast ihn gebeten, seinen Kumpel ...? Also einfach so zu befragen? Klar, das Finanzamt weiß sowas ...“ Er pfiff durch die Zähne.

„Ganz genau, denn über die Kirchensteuer können wir die Zugehörigkeit sehen. Jetzt prüfen wir mal, wen wir davon noch nicht kennen.“

„Sieh mal, da vorn ist der Pfarrer. Bitten wir ihn doch, uns zu den Namen hier auf der Liste etwas zu erzählen.“

Sie gingen nach oben, in Lehmanns Wohnung. Dieser kochte Kaffee für sie.

„Ist gleich durch.“

„Danke, dass wir Ihnen noch ein paar Fragen stellen dürfen.“

„Notgedrungen, Sie geben ja sonst doch keine Ruhe. In meiner Kirche will ich Sie allerdings nicht haben und in Ihrem Verhörraum will ich auch nicht wieder sitzen.“

„Tut mir wirklich ...“

„Also fragen Sie schon.“

Kralik beugte sich vor. „Darf ich offen zu Ihnen sein, auch wenn es Ihnen nicht gefallen wird, was wir Ihnen gleich zeigen werden?“

Lehmann nickte. Kralik gab ihm sein Telefon und ließ ihn, wie zuvor schon Thaler die ältere Dame, durch die Fotos scrollen.

„Es kann kein Zufall sein, dass Sie die Personen hier vor der Kirche fotografiert haben. Aber nur, weil es mein Glaube nicht zulässt, dem Bösen zu helfen, will ich milde sein und alles vergessen, was Sie mir gerade eben gezeigt haben.“ Er schob das Handy wieder zurück. „Und bevor Sie fragen: Ich traue niemandem davon zu, diese Verbrechen begangen zu haben.“

Kralik nickte. „Okay, warten Sie bitte kurz.“ Er schob das Handy zurück.

„Schauen Sie bitte auf das nächste Bild, es ist eine Liste.“

„Hören Sie, meine Religion verbietet es mir, über Geheimnisse zu reden, die ich während der Ausübung meines Amtes erfahre. Wie Sie wissen, engagiere ich mich auch in der Telefon-Seelsorge. Verschwiegenheit ist daher alles. Selbst, wenn ich etwas sehe, kann ich Ihnen nichts dazu sagen.“

„Das sollen Sie auch nicht. Ich habe noch eine andere Frage. Schauen Sie aber zunächst mal auf die Liste … bitte.“

Der Pfarrer hob das Handy wieder hoch und wechselte auf das Foto mit der Liste.

„Dort sind ja alle Gemeindemitglieder aufgeführt. Also zumindest die Volljährigen. Ich will lieber nicht wissen, wo Sie diese Liste herhaben.“

„Das tut auch nichts zur Sache. Ich wüsste gern, wer davon Ihre Kirche besucht und nicht auf den Fotos ist, die Sie zuvor gesehen haben."

Pfarrer Lehmann holte mehrmals tief Luft und drehte dann das Handy um. „Aber nur, weil ich will, dass dieser Irrsinn endlich aufhört. Hier ... diese drei Damen und diese beiden Herren dort auf dem vierten und fünften Platz der Liste und der Herr, der als Letztes aufgeführt ist ... ein Wirt." Es fiel ihm jetzt schwer, zu reden. „Aber davon war es ganz bestimmt keiner. Die beiden am Anfang der Liste haben mir gestanden, dass sie sich mehr als nur mögen, die töten also keine Frauen. Die Damen wohl auch nicht, und der Wirt ist über fünfundneunzig, er dürfte zu schwach für so etwas sein. Vielleicht glauben Sie es mir nicht, aber ich sagte Ihnen ja schon, dass ich es nicht war und mir auch nicht vorstellen kann, dass es irgendjemand von der Liste hier gewesen sein kann."

Er drückte seitlich auf einen Knopf des Handys, woraufhin das Display erlosch.

„Okay, danke, wir haben verstanden. Wir werden trotzdem unauffällig die Alibis der Personen prüfen, die sich nicht auf den Fotos befinden. Danke für Ihre Mithilfe."

Kralik stand auf, griff nach seinem Handy und steckte es wieder ein.

„Nicht der Rede wert, und schön, dass Sie mich nicht in der Kirche befragt haben."

Jetzt stand auch Thaler auf und lächelte verlegen.

„Wir haben Ihnen glaube ich schon genug Umstände gemacht." Thaler sah an Kraliks Stirnfalten, dass es diesem schwerfiel, höflich zu sein.

„Sie sind ein guter Mensch, Kommissar Thaler, das
spüre ich. Darf ich Ihnen einen Hinweis geben?"

Thaler nickte. „Aber gern."

Als der Pfarrer den Kaffee holte und ihn umständlich
eingoss, verließ Kralik die Wohnung. Auf seinem Gesicht hatten sich rote Flecke gebildet. „Tut mir leid, aber
ich bin äußerst ungeduldig. Ich gehe lieber schon mal
vor."

Als Kralik verschwunden war, bat Thaler den Pfarrer
um Entschuldigung.

„Nicht so schlimm. Ihrem Kollegen hätte ich es auch
nicht erzählt. Milch?"

„Ja, gern, aber nur sehr wenig."

Dann schwiegen sie, bis die Tassen leer waren.

„Es gibt auf der Liste jemanden, von dem ich fast nur
seinen Namen kenne. Vor vielen Jahren, so um die Zeit,
als der Euro eingeführt wurde, ist er der Kirche beige-
treten, seitdem war er aber nie wieder bei mir im Gottesdienst. Und wissen Sie", dem Pfarrer schien ein
Schauer über den Rücken zu laufen, „manchmal habe
ich das Gefühl, dass er es ist, der mich in den letzten
Wochen bei der Seelsorge angerufen hat."

Er tippte auf einen Namen auf der Liste. „Ist nur so ein
Gefühl, ich kann es nicht wirklich begründen. Aber das
wollte ich Ihnen noch sagen."

„Vielen Dank, Herr Pfarrer. Das weiß ich sehr zu
schätzen."

Thaler stand auf, nahm beide Kaffeetassen und trug
sie in die Küche. Dann gab er dem Pfarrer die Hand,
hielt sie aber einen Moment länger als nötig fest.

„Danke."

Als er am Auto ankam, sah er, wie Kralik eine Kippe wegwarf und sich direkt eine neue Zigarette anzündete. Dabei lief er in kleinen Schritten vor und zurück.

„Ha, und, hast du noch etwas erfahren von dem, der eine Frau eingemauert hat? Der dich für einen besseren Menschen als mich hält? Von dem?“

„Beruhig dich erst mal und lass uns ein paar Schritte gehen.“

Er erzählte ihm nun von einem Gedanken, auf den keiner von ihnen gekommen war.

„Respekt, hätte ich dem Pfarrer gar nicht zugetraut, das wäre mir wirklich durchgerutscht. Ein Name, zu dem wir kein Bild haben und auch keine Person, die regelmäßig in die Kirche geht.“

„Aber jemand, der Gemeindemitglied ist. Passives, so wie es aussieht.“

„Nicht zu vergessen das Gefühl … ich sage nur: Anruf bei der Telefonseelsorge.“

Kralik sah zu Boden. „Der Pfarrer hat leider nichts Genaues erzählt. Nur Andeutungen. Aber damit hat er schon mehr gesagt, als er darf.“

„Das stimmt. Gut, dass du so geduldig bist. Jetzt haben wir wenigstens einen Namen. Einen, den wir überhaupt nicht auf dem Schirm gehabt hätten. Johannes Nemron. Wirklich gute Arbeit. Das herauszufinden, hätte ich nicht geschafft.“

„Sagt der eine Teil des Teams zum anderen.“
Thaler genoss das Ganze und grinste.

„Dann lass uns jetzt zur Polizeiinspektion fahren und schauen, was wir in Erfahrung bringen können. Noch ist unser Ultimatum ja nicht abgelaufen.“

***

Dieses Mal ging er direkt in den Heizungskeller. Er öffnete die Ofenklappe, gab etwas Brennholz auf die glühende Asche und wartete, bis aus dem Glimmen wieder ein Feuer geworden war. Dann zog er eine weitere Mülltüte aus seinem Rucksack und warf nach und nach alles in die Öffnung. Zum Schluss auch noch die Tüte selbst, auch wenn er wusste, dass es unangenehm riechen würde. Er war äußerst zufrieden, denn die Flammen taten ihre Arbeit. Als würden sie für ihn tanzen, rauschend, hell und zuverlässig. Als er sich gerade wieder aufrichten wollte, hörte er seine Frau am oberen Treppenabsatz.

„Schatz, bist du das da unten?"

„Ja, Andrea, ich bin gleich wieder bei dir."

„Dann ist ja gut, dann brauche ich mir keine Sorgen zu machen. Es hat nur so ein wenig komisch gerochen, und da bin ich unruhig geworden, weißt du?"

„Wahrscheinlich ist das Holz nass geworden."

Er warf auch die Handschuhe hinterher und schloss dann die Ofenklappe. Die Stiefel stellte er auf die Ablage und legte seine Mütze darauf. Oben erwartete ihn Andrea bereits.

„Komm Schatz, ich habe schon alles gedeckt, wir können sofort essen."

Sie ergriff seine rechte Hand und zog ihn mit sich in die Küche. Auf dem Tisch stand neben dem Geschirr frisch geschnittenes Brot, kalter Bratenaufschnitt, Butter und eine Flasche Rotwein.

„Wo sind die Gläser?"

„Ich hole sie sofort, warte einen Moment."

„Nein, räum erst mal alles rüber auf den Schrank, du weißt doch ganz genau, was ich will, wenn ich nach

Hause komme! Danach kannst du das Gelumpe wieder auf den Tisch stellen!"

„Ja, Schatz."

Sie senkte den Kopf und räumte den gedeckten Tisch wieder ab. Er hatte seine Jacke und seine Hose bereits ausgezogen und auf einen Stuhl geworfen. Als sie fertig war, kam sie zu ihm zurück. Er nahm ihre Hand.

„Ich habe dir auch etwas mitgebracht."

„Du musst mir doch nichts mitbringen, Schatz. Mir reicht es vollkommen, wenn du bei mir bist."

„Das sollte es auch." Er grunzte.

„Ich gebe es dir nachher, und dann nehmen wir uns ein wenig mehr Zeit dafür. Komm her."

Anschließend drehte er sie um die eigene Achse und beugte ihren Rücken nach vorn, sodass sie mit dem Oberkörper auf dem Tisch lag. Er hob ihre Schürze hoch und tastete.

„Keine Unterwäsche, sehr gut, braves Mädchen!"

„Ich weiß doch, was von einer guten Ehefrau erwartet wird."

Seine Finger krallte er in ihre Oberschenkel und dann nahm er sie von hinten, und zwar schnell und brutal. Als er fertig war, richtete er sich wieder auf.

„Beim nächsten Mal musst du dich besser festhalten bei so etwas, klar? Sonst bekommst du nur noch mehr blaue Flecke, wenn du dich an der Platte stößt. Sieht doch echt blöd aus!"

„Ja Schatz, ich werde besser aufpassen in Zukunft."

„Oder ich komme erst in der Nacht nach Hause, dann erledige ich die Geschichte mit dir im Dunkeln und sehe das Elend nicht. Aber egal zu welcher Uhrzeit, mit

Wein schläft es sich besser." Er grunzte. „Und nun deck den Tisch wieder, aber flott, denn ich habe Hunger."

Sie klappte die Schürze zurück, strich sich über die Haare und tat, was er ihr gesagt hatte.

„Lass es dir schmecken."

„Hm." Während des Essens sprachen sie kein Wort.

„Und, hat es dir geschmeckt, Schatz?"

„Ging so." Er leckte sich die Finger ab. „Räum ab, ich will dir was zeigen."

Er wartete, bis sie fertig war.

„Und hole einen Lappen. Wir brauchen einen sauberen Tisch!"

Als sie ihn abgewischt hatte, griff er neben sich und zog einen Beutel aus seinem Rucksack. Er packte das Oberteil des Dessous und den Slip aus, legte beides auf die weiße Tischplatte und strich es glatt.

„Komm ruhig näher heran", rief er ihr zu. Als sie aufstand, verrutschte ihre Schürze. Er reagierte sofort darauf, seine Hose beulte sich.

„Zieh dich aus!" Sie hielt mitten in der Bewegung inne und ließ die Schürze fallen.

„Nun streck deine Hand aus und streiche über den Stoff, der auf dem Tisch liegt, aber vorsichtig. Sag mir dann, was du fühlst."

Sie legte den Kopf ein wenig schief, was sie immer tat, wenn sie sich konzentrierte. Ihre Finger tasteten vorsichtig über den Tisch. Als sie das Dessous berührte, strich sie mehrmals sanft darüber und ihr Gesicht bekam sofort Farbe.

„Schatz, das ist doch nicht etwa das, um was ich dich gebeten habe, oder?"

„Doch, Andrea, genau das."

„Oh, das ist so lieb von dir!"

Sie griff mit beiden Händen nach dem Oberteil und vergrub ihr Gesicht darin.

„Wie herrlich das riecht, extra frisch für mich gewaschen!"

„Ja, müsstest du eigentlich erst mal trocknen." Er lächelte. „Gefällt es dir denn?"

„Ja, Schatz, sehr, ich weiß gar nicht, wie ich dir danken soll."

„Bist du glücklich?", fragte er zurück.

Sie tastete nach ihm und gab ihm einen Kuss auf den Mund. „Sehr, mein Schatz. Möchtest du ein Glas Wein?"

„Später." Seine Reaktion auf ihren nackten Körper war äußerst heftig, daher fiel es ihm schwer, zu warten.

„Lass uns rüber gehen ins Bett, Andrea. Probier die Sachen an."

„Ja, sehr gern." Sie zögerte einen Moment lang. „Darf ich dich etwas fragen, Schatz?"

„Nur zu."

„Ist dieser herrliche Seidenstoff auch so rot, wie ich es in meinen Büchern gehört habe? Sie nannten es glaube ich *die pure Verführung*, wenn ich mich nicht täusche."

Als ob du wüsstest, was Farben sind!

„Natürlich, Andrea, der Stoff ist dunkelrot. Du hattest mich ja um die rote Variante gebeten, und dann besorge ich dir natürlich auch genau das. Wird bestimmt gut an dir aussehen."

Er nahm sie bei der Hand und ignorierte, dass sie ihm einen weiteren Kuss geben wollte.

Im Schlafzimmer warf er die Bettdecken auf die Erde, hob seine Frau mit beiden Händen hoch und legte sie vorsichtig hin.

„Darf ich die Wäsche jetzt anziehen?"

„Aber natürlich. Deshalb sind wir ja hier. Mach nur."

Er sah ihr zu und lächelte.

„Oh Schatz, das fühlt sich so kühl und so schön an. Besonders gefällt mir das, was man Spitze nennt, es kribbelt so schön an meinen Fingern." Immer wieder strich sie darüber. „Ich habe mir das so sehr gewünscht. Seide und dann auch noch in Rot. Für mich geht damit ein großer Traum in Erfüllung. Wie soll ich dir nur danken, mein Schatz?"

Er nahm sich die Zeit, sich komplett auszuziehen.

„Das ist einfach! Wir planen nachher beim Spazierengehen das nächste Kapitel meines Buches, ja?"

„Oh ja, das machen wir. Ich liebe dich und deine Recherchen."

Sie streckte ihm ihre Arme entgegen. Er stützte sich ab, küsste sie am Hals und legte seine Hände vorsichtig auf ihre Brüste, bevor er ihr langsam BH und Slip wieder auszog.

„Der Kontrast zu deiner weißen Haut ist sehr faszinierend, die Wäsche steht dir wirklich sehr gut. *Die pure Verführung* ist ein schöner Name dafür. Bitte pass von nun an gut auf mein Geschenk auf."

Er roch an der Wäsche und legte sie vorsichtig auf den Nachttisch.

Sie zog ihn auf sich und er konnte sich nicht mehr zurückhalten. Er schrie und drang sofort in sie ein.

Später, als sein Puls und seine Atmung sich wieder beruhigt hatten, rollte er sich auf die Seite. Sie schmiegte sich an seinen Rücken. „Schatz, das war ja heftig."

Sie strich ihm über seine Haare.

„Aber sag mal, wer ist Hannah?"

„Wie kommst du denn darauf?“

„Du hast ihren Namen gerufen, gerade, als du mich geliebt hast.“

„Häh? Hannah? Keine Ahnung, kenne ich nicht, da musst du dich verhört haben. Jetzt heb die blöde Decke vom Boden auf, bevor ich anfange, zu frieren. Anschließend lässt du mich gefälligst in Ruhe, denn ich will jetzt schlafen.“

Er blickte zur Wäsche auf dem Nachttisch hinüber, streckte sich und strich kurz mit dem rechten Zeigefinger darüber.

Schwarz wie deine Seele, Andrea. Passt gut zu dir.

Mit einem Lächeln auf den Lippen schlief er ein.

Fünfzehn

„Sagen Sie mal, sind Sie denn von allen guten Geistern verlassen? Was glauben Sie denn, wer Sie sind? Das habe ich in meiner ganzen Karriere als Staatsanwalt ja noch nicht erlebt. Das ist eine unverschämte Frechheit!"

„Hören Sie, Herr ..."

„Ich höre hier gar nichts und besonders nicht auf Sie, Thaler! Ich darf Sie daran erinnern, dass ich Ihnen einen Gefallen getan habe?"

„Ja, aber ..."

„Einen Gefallen, der Ihnen noch nicht mal zugestanden hat? Zur Erinnerung, für Sie habe ich meine privaten Kontakte genutzt, einen Freund eines anderen Amtes gebeten, uns Daten zu übermitteln, damit Sie mit einer Namensliste überhaupt in der Lage sind, Ihre festgefahrenen und ergebnisarmen Ermittlungen fortzusetzen. Und jetzt, da Sie Dank meiner Hilfe, woran ich erinnern möchte, endlich einen Namen haben, soll ich Ihnen erneut einen Gefallen tun, und wieder bei der Steuerbehörde nachfragen? Mir platzt wirklich gleich der Kragen!"

Thaler musste den Telefonhörer ein Stück vom Ohr weghalten.

„Tut mir leid."

„Ihnen tut es also leid, ja wirklich? Dann sage ich Ihnen mal lieber nicht, was es mir tut. Schicken Sie mir Fakten, wenn Sie etwas Neues und Brauchbares haben, und nun machen Sie gefälligst verdammt noch mal Ihren Job!"

Er beendete das Gespräch.

Thaler legte ebenfalls auf.

„Ich hätte wohl besser auf dich gehört und Staatsanwalt Bergmann nicht angerufen."

„Egal, einen Anpfiff mehr oder weniger, was soll's." Kralik winkte ab. „Zuletzt konnte er dich ja offensichtlich mehr leiden als mich, einen Versuch war es also wert. Über den Finanzbeamten wäre es bestimmt einfach gewesen, an ihn heranzukommen."

„Stimmt, denn viel mehr als seinen Namen haben wir ja nicht."

„Na ja, immerhin haben wir ja zumindest den, und das ist schon mal viel mehr, als wir in anderen Fällen hatten. Außerdem wissen wir, dass es eine Beziehung zur Kirche gibt oder gab. Lass uns doch mal schauen, was der Computer so alles über ihn ausspuckt."

Doch eine schnelle Google-Suche ergab überhaupt keine Ergebnisse.

„Johannes Nemron, ein nicht gerade alltäglicher Name."

„Hm."

Die Abfrage beim Bundeszentralregister ergab ebenfalls keinen Treffer.

„Tja, der Kerl ist also nicht vorbestraft."

„Leider."

„Wie meinst du das?", fragte Kralik nach.

„Na, dann hätten wir es einfacher, einschlägig vorbestraft und so. Aber das wäre dann wohl doch zu einfach."

„Ich schicke eine Anfrage an das LKA. Uns läuft nämlich die Zeit davon."

„Und ich schaue mal, ob ich zumindest seine Adresse rausfinden kann."

Thaler fuhr seinen Computer hoch, tippte den Namen in das Suchfeld ein und lächelte schon kurz darauf.

„So so, Nemron. Es gibt demnach nur einen einzigen bundesweit, und der ist hier gemeldet."

Kralik sah auf die Uhr und griff dann nach seiner Jacke.

„Lass uns doch direkt zu ihm fahren und ihn befragen."

„Gute Idee."

Thaler legte den Ausdruck der Einwohnermeldeamtsanfrage kommentarlos auf das Fax und schickte ihn per Kurzwahltaste an das Büro von Bergmann.

„Dann schauen wir mal."

Die Fahrt dauerte kaum mehr als dreißig Minuten, bis sie das Haus von Johannes Nemron erreichten. Sie parkten etwas abseits und gingen das letzte Stück zu Fuß. Vor ihnen lag ein üppig mit Tannen bepflanztes Grundstück, umgeben von einem geschätzt zwei Meter hohen Holzzaun. Der Flachbau dahinter war nur schwer zu erkennen.

„Hier liebt man scheinbar die Ruhe", bemerkte Kralik. Er klingelte. Als keine Reaktion erfolgte, klingelte er erneut.

„Sie wünschen bitte?" Eine weibliche Stimme, etwas außer Atem.

„Guten Tag, wir möchten gern zu Herrn Nemron."

„Der ist nicht da. Kann ich etwas ausrichten?"

„Ähm ... können wir kurz mit Ihnen reden?"

Die Antwort kam zögerlich. „Ehrlich gesagt, bekommen wir hier nur sehr selten Besuch, ich weiß daher nicht genau …“

„Bitte, es dauert nur einen Moment.“

„Um was geht es denn? Wer sind Sie überhaupt?“

„Mein Name ist Thaler und ich bin von der Polizei.“

„Wirklich? Von der Polizei?“

„Ja, wirklich!“, antwortete Kralik ungehalten.

„Oh, Sie sind nicht allein, Herr Thaler. Können Sie sich denn ausweisen?“

„Aber selbstverständlich. Haben Sie hier eine Kamera?“

Er zog den Dienstausweis hervor.

„Nein, aber kommen Sie trotzdem rein.“

Ein kurzes Summen ertönte. Sie drückten das Tor auf und blickten auf einen weißen Kiesweg, der direkt zum Haus führte. Auf der Treppe stand eine Frau mit Sonnenbrille und wartete auf sie.

„Thaler, Kriminalhauptkommissar.“

Er hielt ihr seinen Ausweis hin.

„Und das hier ist mein Kollege Kralik.“

Die Frau sah sie nicht an, es schien eher so, als würde sie durch sie hindurch blicken, doch sie lächelte.

„Sorry, dass ich ein wenig außer Atem bin, aber ich musste erst aus dem Keller die Treppen hier im Haus hinauflaufen. Bügelwäsche, wenn es Sie interessiert. Was wünschen die Herren Kommissare denn?“

Thaler trat einen halben Schritt zurück.

„Entschuldigen Sie bitte, wenn ich so direkt frage, aber sind Sie blind?“

Sie stand mitten im Türeingang, sodass die beiden Polizisten dahinter nur wenig erspähen konnten.

„So ist es. Ihr Kollege kann seinen Ausweis gern wieder einstecken, wenn er möchte."

„Woher wissen Sie …?"

„Sie fuchteln damit die ganze Zeit vor meinem Gesicht herum, das merke ich schon."

„Tut mir leid."

„Also?"

„Wo finden wir Herrn Johannes Nemron denn? Wir haben einige Fragen an ihn, reine Routine."

„Zur Klärung eines Sachverhaltes, nehme ich an?", gab sie spitz zurück. Dann fügte sie lächelnd hinzu: „So sagen es die Polizisten auch in den Büchern, wissen Sie. Aber ich würde gern wissen, warum Sie Fragen an meinen Ehemann haben."

Sie gingen nicht darauf ein.

„Wo können wir ihn finden?"

„Genau weiß ich das nicht. Vielleicht im Supermarkt oder in der Kirche. Mein Mann wollte Besorgungen machen und danach mit Pfarrer Lehmann reden. Er hilft ihm gern aus, bei kleinen Reparaturen und Ähnlichem. Lassen Sie mir doch einfach Ihre Visitenkarte da, dann kann er sich später bei Ihnen melden."

Sie streckte die Hand aus.

„Hier, bitte. Das ist nett von Ihnen."

Thaler gab ihr seine Karte.

„Auf Wiedersehen."

Später im Auto, sie waren noch nicht losgefahren, wurde Kralik plötzlich nachdenklich.

„Sag mal, laut Abfrage beim Einwohnermeldeamt wohnt der doch hier allein, oder?"

„Ja, jetzt, wo du es sagst. Stimmt."

Sie stiegen wieder aus, liefen zurück und klingelten erneut. Keine Reaktion.

„Sie macht nicht auf. Da können wir erst mal nichts machen. Fühlen wir der Dame eben später genauer auf den Zahn. Komm, wir fahren zu unserem Pfarrer, vielleicht finden wir ja dort den Gesuchten."

„Immer wieder dieser Pfarrer."

Zehn Minuten Fahrt waren vergangen, als Thalers Handy klingelte. Als er auf das Display sah, bildeten sich spontan einige Falten zwischen seinen Augenbrauen.

„Es ist Bergmann", flüsterte er, bevor er ranging.

„Herr Staatsanwalt?"

„Ist Kralik in Ihrer Nähe?"

„Ja, ist er."

„Sehr gut, kommen Sie bitte sofort zu mir, beide. Ich habe interessante Neuigkeiten für Sie, und zwar zu Ihrem Herrn Nemron. Ich denke, damit kann ich Sie ein wenig überraschen."

„In Ordnung, wir kommen so schnell wie möglich. Bis gleich." Er legte auf.

„Dann also nicht zur Kirche." Kralik hatte mitgehört.

„Da bin ich jetzt aber mal wirklich gespannt."

***

Sie stellten Kraliks BMW auf dem Parkplatz vor der Polizeiinspektion ab. Bis zur Staatsanwaltschaft waren es zu Fuß nur wenige Minuten.

Jetzt saßen sie im Vorraum, etwas geblendet von dem Weiß der Wände und Möbel. Das graue Linoleum bot den Augen eine angenehme Abwechslung. Hinter einem üppigen farngrünen Blättermeer rief ihnen eine Stimme zu: „Kann ich den Herren vielleicht einen Kaffee anbieten? Dürfte nicht mehr lange dauern. Er telefoniert gerade mit Magdeburg.“

„Ja, sehr gern.“ Thaler nickte dankbar in Richtung der Assistentin. „Wir können die Tassen ja dann mit reinnehmen.“

Kaum hatten sie jeder einen Becher in der Hand, öffnete Bergmann auch schon die Tür.

„Kommen Sie rein.“

Er deutete auf die Sitzgruppe, die er für Besprechungen nutzte. Die akkurat gestapelten Akten konnten die Last der offenen Fälle nicht mildern.

„Also“, er schob alle Unterlagen bis auf eine Mappe zur Seite, „dann wollen wir mal. Ich habe mich ein bisschen umgehört. Darf ich Sie vorher fragen, was Sie bereits über unseren Herrn Nemron in Erfahrung gebracht haben?“

Kralik setzte sich gerade hin, bevor er antwortete. „Wir kennen seinen Wohnsitz am Rande der Gartenstadt, an dem er gemeldet ist. Im Zentralregister gibt es keine Eintragungen und auch unsere Datenbankabfrage ergab keinen Treffer. Sprich, er hatte bisher noch nichts mit der Polizei zu tun. Wir haben die Adresse bereits angefahren, die gesuchte Person war aber leider nicht vor Ort, wohl aber eine weibliche, blinde Person, die angab, seine Ehefrau zu sein. Wir waren gerade auf dem Weg zur Kirche, da er laut den Angaben seiner Frau wohl dorthin unterwegs war. Dass er Mitglied der Kirche ist, wissen wir bereits dank der Steuerdaten.“

„Wir möchten Nemron befragen und können danach bestimmt nähere Angaben machen“, ergänzte Thaler.

Bergmann lehnte sich zurück und sah ihnen nacheinander in die Augen.

„Hm, da bin ich mal gespannt, ob er Ihnen Auskünfte gibt." Er schob die Mappe zwischen beide Polizisten.

„Und nein, Sie haben nicht recht. Also zum Teil, meine ich."

Thalers Augenbrauen hoben sich fragend. „Würden Sie es uns bitte erklären?"

„Gern." Bergmann grinste.

„Noch mal kurz zurück zur Ausgangsfrage. Nämlich zu der, was die Polizei über ihn weiß. Das ist weitaus mehr, als Sie ahnen. Sie werden erstaunt sein."

Er streckte betont langsam seine rechte Hand aus, um die Mappe zu öffnen.

Kralik presste seine Lippen zusammen. „Machen wir es kurz."

Er tippte auf den Kopf eines Faxes, das obenauf lag. *Zentralarchiv Barby.*

„Die Datenbanken, auf die wir bei der Polizei zurückgreifen können, sind mit Daten der Bundesrepublik gefüttert, wenn Sie so wollen. Dazu gehören auch die des Beitrittsgebietes."

Was soll das heißen? Dieser Kerl ist doch selbst im Osten aufgewachsen, spricht aber wie ein Beamter, der nach der Wende für die blühenden Landschaften verantwortlich war.

Thaler deutete ein kurzes Nicken an.

Bergmann stand auf und lief in Richtung Fenster. Er verschränkte die Arme vor der Brust und sah hinaus.

„Und dann, meine Herren, gibt es noch die offenen Fälle aus DDR-Zeiten. Wissen Sie, wer dafür zuständig ist und wo diese Akten liegen?"

Er drehte sich um und kam zurück zum Tisch. Er wartete, bis sie beide den Kopf geschüttelt hatten.

„Nicht beim LKA oder BKA, wie einige vermuten und auch nicht bei den regionalen Dienststellen, sondern hier, in Barby.“

Er tippte erneut auf den Briefkopf.

„Mord verjährt nicht“, entgegnete Thaler mit schwacher Stimme.

„Hm, klar.“ Bergmann war irritiert von der Antwort und brauchte daher einen Moment, um sich wieder zu sammeln.

„Mit Mord hat diese Mappe auch nichts zu tun.“ Er schüttelte den Kopf. „Zu DDR-Zeiten gab es ein interessantes Archivierungssystem. Bei ungelösten Fällen wurden meist nach zehn Jahren die Akten vernichtet. Es sei denn, es gab ein besonderes Interesse daran. Sprich, vor der Vernichtung hatte die Staatssicherheit stets das letzte Wort. Akten, die für die Stasi von Interesse waren, hat man aufbewahrt, alle anderen vernichtet. Dann kam uns außerdem Kommissar Zufall zu Hilfe, man hat nämlich nach Beitritt der DDR relativ zeitnah beschlossen, keine Akten mehr zu vernichten. Somit“, er hob den rechten Zeigefinger wie ein Dozent, „sind alle offenen Fälle aus den letzten zehn Jahren vor der Wende immer noch vorhanden, unabhängig von der zehnjährigen Verjährungsfrist. Nicht nur bei Mord, mit dem wir es hier übrigens nicht zu tun haben, sondern tatsächlich alle Unterlagen. Verstehen Sie das? Das ist unser Glück.“

Bergmann fuhr sich mit der linken Hand über den Krawattenknoten.

„Nemron ist in der DDR aufgewachsen, es gibt ihn somit, einfach ausdrückt, nicht erst seit der Wendezeit. Auf diese Idee hat mich ein Kommissar beim LKA gebracht, mit dem ich schon oft zusammengearbeitet und bei diversen Gelegenheiten das Glas gehoben habe. Leider wird er wohl demnächst pensioniert."

Kralik räusperte sich. „Und ähm ..."

„Moment, ich war noch nicht fertig! Um auf die Akten im Archiv Barby zurückgreifen zu können, braucht man die Staatsanwaltschaft. Insofern will ich es Ihnen nicht anlasten, dass Sie selbst noch nicht darauf gekommen sind."

„Also hat unser Johannes Nemron eine Polizeiakte aus alten Zeiten?"

„Ganz genau, Herr Thaler, so ist es. Lesen Sie die Akte in Ruhe, ich bin gleich wieder da. Man kann sagen, dass es eine erstaunliche Karriere vom Opfer zum Täter gab. Entschuldigen Sie mich jetzt bitte kurz."

Er verließ das Büro.

„Sollte das jetzt eine Schulstunde werden, oder was?" Kraliks Gesicht war ganz rot geworden.

„Das hätte er uns auch einfach weiterleiten können, ohne hier so einen arroganten Affentanz aufzuführen. Wie eine Belehrung eines Oberstudienrates für Schüler, die kurz vor einem mündlichen Verweis stehen. Er hat uns antreten lassen ... ich fasse es nicht!"

Thaler griff nach seinem rechten Unterarm. „Beruhig dich erst mal und gönn ihm den Moment."

„Das macht mich aber fertig!"

„Natürlich, mich auch, aber es bringt nichts, uns weiter mit ihm anzulegen, denn den mündlichen Verweis wie von dir angedeutet, gab es doch schon längst, nämlich mit dem Ultimatum. Aber egal wie, ohne Bergmann hätten wir das Zeug hier jetzt nicht in der Hand. Schauen wir mal, was die Volkspolizei damals über unsere Zielperson herausgefunden hat."

***

Eine halbe Stunde später saßen sie wieder im Auto und waren unterwegs zur Kirche. Thaler fuhr, da Kralik Mühe hatte, seine Emotionen in den Griff zu bekommen.

„Nun lass doch das Armaturenbrett in Ruhe! Wenn du weiterhin so darauf einschlägst, begrüßt dich gleich noch der Airbag."

„Scheiße Mann, das würde ich jetzt gern mit Bergmanns Fresse machen ..."

„Immer langsam. Lieber nicht, damit hättest du dann sozusagen direkt deine Kündigung eingereicht."

„Bei seiner Arroganz und Selbstherrlichkeit scheint mir das eine gute Idee zu sein."

„Lass gut sein, wir konzentrieren uns jetzt auf den Fall. Die Informationen, die er uns gegeben hat, sind mehr als hilfreich. Befragen wir Nemron, um den Fall möglichst schnell lösen zu können. Bei der nächsten Ermittlung ist dann vielleicht ein anderer Staatsanwalt zuständig."

„Dein Wort in Gottes Ohr. Wer weiß, ob es überhaupt einen nächsten Fall für uns gibt."

„Stichwort Gottes Ohr: Wir sind gleich an der Kirche. Lass uns den Wagen bereits hier abstellen, dann merkt niemand so schnell, dass wir kommen."

„Du immer mit deiner Vorsicht." Kralik winkte ab. Seine Gesichtsfarbe hatte sich fast wieder normalisiert.

254

„Hallo Herr Lehmann."

Der Pfarrer war gerade dabei, neue Kerzen auf dem Altar aufzustellen. Auf die Ansprache hin zuckte er kurz zusammen, beendete seine Arbeit aber, ehe er sich ihnen zuwandte.

„Ich hatte gehofft, Ihre Stimmen nicht so schnell wieder zu hören", sagte er seufzend. „Und nicht hier. Aber das wissen Sie ja bereits. Was führt Sie denn dieses Mal zu mir?"

„Wir suchen jemanden, um ihm ein paar Fragen zu stellen. Johannes Nemron. Wir haben kürzlich über ihn geredet."

„Ich sagte doch schon, dass ich Ihnen nicht weiterhelfen kann. Er ist langjähriges Mitglied unserer Glaubensgemeinschaft, ja. Aber er ist kein regelmäßiger Kirchgänger. Auf den Fotos, die Sie mir von Ihrer Überwachung gezeigt haben, war er ja auch nicht, wie Sie wissen."

„Na na, keine Überwachung, nennen wir es eher eine Beobachtung." Thaler trat näher heran.

„Okay, soweit sind wir uns einig. Er war damals tatsächlich nicht unter den Personen, aber wir haben Hinweise darauf, dass er Sie heute besuchen wollte. Sehr konkrete Hinweise."

Thaler wartete einen Moment, bis der Pfarrer seinen Blick senkte.

„Sie sind uns gerade sehr schön ausgewichen und haben nur auf damals, also auf unser letztes Gespräch verwiesen. Somit haben Sie uns auch nichts Falsches erzählt. Ich frage Sie deshalb jetzt ganz direkt: Ist oder war er heute bei Ihnen in der Kirche?"

Der Pfarrer drehte sich zur Seite. Noch ehe er einen Schritt machen konnte, legte ihm Thaler seine Hand auf die Schulter.

„Bitte, Herr Pfarrer!“

Doch es dauerte, bis er eine Antwort erhielt.

„Ich darf Ihnen diese Frage nicht beantworten. Das, was mir hier anvertraut wird“, er bekreuzigte sich, „und das, was ich am Seelsorgetelefon erfahre, unterliegt der strengsten Verschwiegenheit. Egal, was Sie mit mir machen, ich werde Ihnen nichts verraten. Das müssen Sie verstehen!“

„Schon gut, das verstehe und respektiere ich, entspannen Sie sich.“

„Wir sind ja schließlich nicht von der Inquisition“, fügte Kralik hinzu, was ihm einen scharfen Blick von Thaler einbrachte.

„Entschuldigen Sie meinen Kollegen, das war unangemessen. Also, war er hier?“

Der Pfarrer hob den Blick und zögerte noch immer. Seine Augen füllten sich mit Tränen. Doch dann nickte er.

Thaler nahm seine Hand von Lehmanns Schulter. „Danke schön.“

Aus den Augenwinkeln sah er, wie jemand zwischen der vorletzten und der letzten Bankreihe aufstand und eilig die Kirche verließ. Die Tür schwang noch eine Weile nach.

„Da hat es wohl jemand eilig, was?“, fragte er in Richtung Kralik.

„Sieht ganz so aus, und gesehen haben wir niemanden, als wir hereingekommen sind. Hat derjenige vielleicht zwischen den Bänken gehockt, oder was?“

Kralik war schon in Richtung Ausgang unterwegs.

„Ich laufe ihm hinterher, nimm du das Auto und fahr alle Straßen systematisch ab. Wir telefonieren." Dann rannte er los.

Thaler gab Pfarrer Lehmann hastig die Hand. „Danke, und entschuldigen Sie. Ich weiß, dass Sie ein guter Mensch sind."

***

Irgendwie muss sich das Lauftraining ja auszahlen.

Kralik öffnete den obersten Knopf seines Hemdes und beschleunigte noch mal sein Tempo.

Die Mädels finden es ja schließlich auch gut.

Im Moment konnte er den Flüchtenden nicht sehen, aber er ahnte, was dessen Ziel war. Der Weg aus der Kirche führte direkt zu einer Kreuzung, die schon mal zwei Möglichkeiten der Richtungswahl bot.

Wohin willst du, mein Freund?

Aus den Augenwinkeln sah er, wie etwas Schwarzes zwischen den Autos verschwand.

In Richtung Stadt also ... auch schön.

Er rannte ihm hinterher.

Die Straße war zum Glück trocken, sodass er keine Rücksicht auf das glatte Pflaster nehmen musste. Hinderlicher waren da schon die an beiden Straßenrändern geparkten Autos. Aber das war ihm egal, er war ja schließlich zu Fuß unterwegs.

An der nächsten Querstraße hatte er es tatsächlich geschafft, etwas aufzuholen. Er nahm an, dass es Nemron war, den er jetzt sah, komplett in schwarz gekleidet. Dieser rannte weiter in Richtung Zentrum. Die rote

Fußgängerampel missachtete er, dem Verkehr wich er durch einen gewagten Zick-zack-Lauf aus.

Warte ab, das sind alles wertvolle Sekunden!

Kurz darauf fuhren zwei Busse dicht hintereinander in die Straße ein. Es war so eng, dass sie nur im Schritttempo vorwärtskamen. Als Kralik den hinteren Bus fast erreicht hatte, wechselte Nemron auf einmal die Straßenseite.

Scheiße, jetzt auch noch das!

Die Türen öffneten sich und übermütige Jungs und Mädchen im Grundschulalter quollen heraus. Kralik musste stoppen und warten, bis er eine Lücke fand.

Eins zu eins, mein Freund, das ist die Zeit, die ich dir vorhin beim Zick-zack-Lauf abgenommen habe!

Er sah sich um. Außer den Schülern war niemand zu sehen. Kralik rannte zu einem Buchladen, dessen Tür sich gerade schloss. Doch Fehlanzeige. Er hatte sich von der Sonne, die sich für einen Moment in der Scheibe gespiegelt hatte, täuschen lassen.

„Sorry, schon gut, nichts passiert!"

Er nickte der erschrockenen Dame hinter dem weißen Verkaufstresen zu und steckte seine Pistole wieder ein.

„Wenn Sie das sagen. Ganz schön schockiert haben Sie mich!"

„Ähm, bitte entschuldigen Sie, haben Sie eine rennende Person gesehen, mittlere Größe, schwarz gekleidet?" Er zeigte ihr kurz seinen Dienstausweis.

„Ja, aber der hat mich nicht so erschreckt."

„Wohin ist er gerannt?" Kralik hatte die Tür bereits wieder geöffnet, um die Verfolgung erneut aufzunehmen.

„Nach links."

„Danke, ich komme zurück, um Futter für mein Bücherregal zu holen."

Er rannte los.

Echt, immer noch in Richtung Innenstadt?

Er zog sein Handy hervor, lief dabei aber nur unwesentlich langsamer.

„Wo bist du?"

„Von der Kirche aus immer geradeaus in Richtung Innenstadt. Die gesuchte Person hatte mittlerweile mehrmals die Straßen gewechselt, die Richtung aber beibehalten. Kannst du mit dem Auto herkommen?"

„Natürlich, ich bin gleich bei dir."

Es dauerte nur wenige Sekunden, dann sah Kralik auch schon seinen Kollegen mit eingeschaltetem Blaulicht kommen. Thaler stoppte kurz, sodass er einsteigen konnte.

Mit dem Auto hatten sie es deutlich einfacher, den Abstand zu verringern. An der nächsten Straßenecke riss Nemron einen Radfahrer um. Er half ihm nicht auf, sondern schnappte sich stattdessen das Rad und war kurz darauf wieder auf der Flucht.

„Verdammt."

Kralik rief die Leitstelle an. „Bitte so schnell wie möglich einen RTW, verletzte Person am Boden." Er ergänzte noch die genaue Adresse.

Dann fuhren sie ihm weiter hinterher.

„Los, vielleicht kriegen wir ihn noch, bevor er die Altstadt erreicht. Die schmalen Straßen dort kann ich echt nicht gebrauchen."

Dann sahen sie, wie Nemron plötzlich abstieg, sich vorbeugte und auf seinen Oberschenkeln abstützte.

„Oha, hat wohl Luftprobleme der Junge. Gleich haben wir ihn!" Sie kamen jetzt schnell näher. Als sie fast neben ihm waren, richtete sich Nemron auf, griff hinter sich und warf in rascher Folge zwei vor einem italienischen Restaurant stehende Bistrostühle in ihre Richtung. Beide Stühle trafen ihr Ziel, Glas splitterte. Thaler trat mit aller Kraft auf die Bremse. Einige Glassplitter hinterließen kleine, blutende Punkte in seinem Gesicht, doch er hatte nicht die Zeit, sich im Rückspiegel anzusehen, denn unmittelbar darauf fuhr ein Lieferwagen genau auf sie auf. Der Aufprall schob sie ein Stück durch die Straße, allerdings ohne, dass sie dabei weiteren Schaden anrichteten.

„Warte kurz." Kralik stieg aus, ließ die Tür offen und lief dann zu dem Fahrer des Transporters hinüber. Er öffnete die Beifahrertür und sah, dass die Augen des Mannes vor Schreck geweitet waren.

„Tut uns leid, dass wir so abrupt bremsen mussten, aber wir wurden angegriffen. Sind Sie verletzt?"

Er erhielt nur ein Kopfschütteln als Antwort.

„Okay, rufen Sie uns an."

Er legte eine Visitenkarte auf den leeren Beifahrersitz, warf die Tür wieder zu und eilte zurück zu seinem Kollegen.

„Okay, ihm nach!"

Sie fuhren mit eingeschaltetem Blaulicht weiter. Kralik forderte jetzt über die Leitstelle Verstärkung an.

„Es müsste doch mit dem Teufel zugehen, wenn wir den ..."

Er beendete den Satz nicht, denn am Ende der Straße konnte er jetzt eine heranfahrende Straßenbahn erkennen, und daneben in der Seitenstraße die beiden

Busse von vorhin. Er sah, wie Nemron wild gestikulierend auf die Straße sprang. Das Fahrrad warf er direkt in die Frontscheibe des ersten Busses. Der Fahrer hatte keine Chance, als er instinktiv versuchte, auszuweichen. Das Fahrzeug stellte sich quer, mit der Front riss er links und mit dem Heck rechts die geparkten Autos mit sich. Quietschende und knallende Geräusche wechselten sich ab und Funken flogen umher. Auch der Fahrer des folgenden Busses hatte nicht mit so etwas gerechnet. Er knallte auf die Seite des Vorausfahrenden, kippte diesen um und schob ihn direkt auf die Straßenbahn zu, die von der Wucht aus dem Gleis gerissen wurde. Metall auf Metall knirschte und Qualm stieg auf. Die Straßenbahn kam zum Stehen, zum Glück, ohne umzukippen.

Thaler und Kralik sahen mit offenem Mund zu. Als die Bahn neben dem Gleisbett zu stehen kam, atmeten sie gleichzeitig auf.

„Los, wir müssen nachsehen, ob es Verletzte gibt!“

Kralik lief voraus. Sie hatten Glück, denn die beiden Busse und auch die Straßenbahn waren fast leer gewesen. Es gab allerdings Schürf- und Schnittwunden sowie mehrere gebrochene Arme.

„Bitte bleiben Sie ruhig, Hilfe ist unterwegs.“ Thaler wiederholte diesen Satz ständig, legte den Verletzten einen Moment lang seine Hand auf die Schulter und versuchte dabei, Ruhe auszustrahlen. Kurz darauf waren im Hintergrund die ersten Sirenen zu hören.

„Da haben wir ja noch mal Glück gehabt, dass die meisten Kinder schon ausgestiegen sind.“

„Und auch, dass die Uniklinik in der Nähe ist.“

Sie ließen ihren eigenen Wagen kurzerhand zurück, da sie sowieso nicht an der Unfallstelle vorbeigekommen wären, und folgten dem Mann zu Fuß.

Nemron hatte seinen Vorsprung wieder ausgebaut und fast den Vorplatz der Universität erreicht, als mehrere Streifenwagen bei ihm eintrafen. Die Beamten sprangen heraus und umzingelten den Flüchtenden.

„Na Gott sei Dank." Thaler hörte auf zu rennen, zog ein Taschentuch hervor und wischte sich den Schweiß ab. „Ich dachte schon, wir müssen einen Hubschrauber zu Hilfe holen."

Er war deutlich mehr außer Atem als Kralik.

Als sie bei den Streifenwagen ankamen, hatten die Kollegen Nemron bereits durchsucht und mit Handschellen gefesselt. Sie waren gerade dabei, ihn wieder aufzurichten.

„Danke, dass ihr so schnell da wart."

Kralik gab jedem die Hand, was ihm ungläubige Blicke einbrachte.

„Kennt man gar nicht so von Ihnen", meinte eine Polizistin im mittleren Alter. „Sie haben eher den etwas schrofferen Ruf, wenn ich mir die Bemerkung erlauben darf."

Kralik versuchte, ihren Einwand wegzulächeln. „Können wir irgendwo ungestört mit ihm reden?"

„Klar, im Bulli." Sie deutete hinter sich. „Ich kann dann auch einen Mitfahrservice anbieten, wenn ihr wollt", ätzte sie weiter.

„Oh, das ist nett."

Thaler ergriff Nemron am linken Arm und führte ihn zum VW-Bus hinüber.

„Vorsicht Stufe!"

Sie setzten ihn an die Tischgruppe und sich selbst gegenüber, dann schlossen sie die Schiebetür.

„Immer dieses blöde Gerenne."

„Sie hätten mir ja nicht hinterherlaufen müssen, dann wäre ich auch gemütlicher unterwegs gewesen."

„Klugscheißer, hast wohl einen Clown gefrühstückt, was?", entgegnete Kralik.

„Moment, Herr Kommissar, wir sind hier nicht beim Du, und das Ganze klang dann auch noch wie eine Beleidigung, nicht wahr?" Er grinste.

„Ich habe nichts gehört." Thaler schüttelte den Kopf und zog sein Notizbuch hervor. „Ihre Personalien bitte."

Nemron wurde sofort ernst. „Die kennen Sie doch bereits. Ich will Sie nicht mit Wiederholungen langweilen."

Thaler klappte das Büchlein wieder zu. „Dann müssen wir Sie zur Feststellung mit in die Inspektion nehmen."

„Wenn Sie mich danach wieder nach Hause fahren?"

Keiner der beiden Polizisten antwortete darauf.

„Hören Sie, meine Herren, Sie sollten mich nicht so lange festhalten. Je kürzer, desto besser. Sagen Sie später nicht, dass ich Ihnen den Teil meiner Überraschung nicht eher hätte verraten sollen."

„Schon klar." Kralik stand auf. „Dann sehen wir uns nachher."

„Gern. Aber Sie haben sich noch nicht bei mir bedankt."

„*Was*? Bei Ihnen? Wofür denn?"

„Nun, als ich mir vorhin das Fahrrad geliehen haben ..."

„Geklaut!"

„Jedenfalls hätte ich auch ein Motorrad oder zumindest einen Roller nehmen können. Dann hätte es aber nicht nur Verletzte gegeben, glauben Sie mir."

„Pfff." Kralik winkte ab und öffnete die Schiebetür. „Sie geben also zu, schuldig zu sein?"

„Das fällt mir nicht schwer, zumal Sie mir die Fingerabdrücke abnehmen werden, und ich bin mir sicher, dass ich nach einem Vergleich nicht nur einmal in Ihrer Datenbank auftauchen werde." Sein Lachen war schrill.

„Moment mal." Thaler blieb sitzen.

„Wie meinen Sie das? Warum haben Sie es genau so und nicht anders gemacht?"

„Ah, endlich jemand, der echtes Interesse an mir hat, danke, Herr Thaler, Sie haben also zugehört."

„Sie kennen meinen bzw. unsere Namen?"

Nemron lachte auf. „Kann man doch überall in der Presse lesen. Sie können also auf eine Vorstellungsrunde verzichten."

„In Ordnung. Antworten Sie mir noch auf meine andere Frage?"

„Warum? Nun, Herr Kommissar, ich töte keine Männer ... niemals, und das wäre sonst nicht vermeidbar gewesen."

„Ich verstehe."

Thaler sah ihm mehrere Sekunden in die Augen. „Das meinten Sie also mit Dank?"

„Ganz genau, so ist es."

„Aber vor einem Mord an einer Frau schrecken Sie nicht zurück?"

Nemron fing an, hysterisch zu lachen. „Der Herr Kommissar will mir wohl ein Geständnis entlocken, oder was?" Er schüttelte den Kopf und beruhigte sich nur sehr langsam wieder. Er rollte sich etwas zusammen und tat so, als wolle er auf der Sitzbank einschlafen.

Doch Thaler ging nicht darauf ein.

„Nun dann, bis gleich in der Polizeiinspektion."

Er stieg aus, drehte sich jedoch noch einmal um. „Eins noch: ich denke, dass ich es bereits mehrfach erwähnt habe ... es heißt Hauptkommissar. So viel Zeit muss sein." Dann schob er die Tür zu.

***

Thalers Gesichtsausdruck wurde ernst, nachdem er sich verabschiedet hatte und auflegte. Er seufzte und steckte dann sein Handy in die Innentasche.

„Und?", fragte Kralik. „War ja ein kurzes Gespräch. Wahrscheinlich hat Bergmann nur eine Ansage gemacht und keinerlei Widerspruch zugelassen."

„Na ja. Nur hatte ich nicht damit gerechnet. Ich dachte, wir fahren jetzt zur Polizeiinspektion, befragen den feinen Herrn Nemron und anschließend würde ich ihm eine Schlafgelegenheit bei uns anbieten." Er kicherte.

„Nun lass dir doch nicht alles aus der Nase ziehen. Was ist denn nun?"

„Entschuldige, aber du wirst es nicht glauben, Nemron wollte, dass wir die Vernehmung nicht bei uns, sondern in einem Biergarten starten. Der Herr würde gern noch mal Gegrilltes mit einem Schluck Bier runterspülen."

„Sagtest du in einem Biergarten? Ich fasse es nicht!" Kralik blickte zu ihm herüber.

„Hey, schau lieber auf die Straße!"

Hinter ihnen hupte es.

„Ja, ja, ist ja schon gut."

„Schön aufpassen, ja? Nemron hat also die Besatzung des Bullis gebeten, beim Staatsanwalt anzurufen, und so gefasst, wie der gerade geklungen hat, ist er bestimmt davor volle Kanne ausgerastet." Das Lächeln von Thaler wurde breiter.

„Er hat natürlich abgelehnt, doch dann hat Nemron eine Gegenleistung angeboten."

„Nämlich welche?"

„Er sprach von zwei weiteren Opfern."

„Oha. Wenn ..."

„Ganz genau, das wäre die Gegenleistung. Er liefert uns dann die Details."

„Dann ist es aber definitiv keine Befragung mehr, sondern eine Vernehmung. Damit hat er ja sozusagen noch mal bestätigt, dass er der Täter ist."

„Ganz genau. Da liegt allerdings das Problem."

„Lass mich raten. Bergmann kann darauf nicht eingehen?"

„Nein, kann er nicht, denn dann würde der Staat nachgeben, und das geht einfach nicht. Keine Erpressung."

„Und nun?"

„Sie haben angeblich einen Kompromiss gefunden."

„Junge, ich habe doch schon mal den Spruch mit der Nase ..."

„Biergarten geht gar nicht, klar, aber auf dem Weg zur Polizeiinspektion kommen sie am Stadtpark vorbei. Die Kollegen werden dort anhalten und alles absichern.

Nemron hat darauf bestanden, dass wir beide neben Bergmann bei dem Gespräch dabei sind."

„Aha, ein kleiner Zwischenstopp also. Und das Gegrillte?"

„Lässt man bringen." Thaler hüstelte und fügte hinzu: „Für ihn, nicht für uns."

„War ja klar, dass wir zusehen dürfen. Aber prinzipiell cool. Dass auf so eine Idee bisher noch kein anderer Gefangener gekommen ist, wundert mich ein wenig. Klingt nämlich für mich wie eine Henkersmahlzeit."

„Ja, vielleicht hatten die anderen einfach nichts Wertvolles anzubieten."

„Ich bin echt gespannt. Da zuzustimmen muss Bergmann bestimmt ordentlich Überwindung gekostet haben."

„In ungefähr zehn Minuten sind wir da, dann wissen wir mehr."

***

Am Stadtpark standen mehrere Streifenwagen, einige auch mit eingeschaltetem Blaulicht. Thaler und Kralik meldeten sich bei der Einsatzleitung. Sie wurden sofort in Richtung Südeingang verwiesen.

Von hier an gingen sie zu Fuß. Kralik drehte sein Gesicht immer mal wieder in Richtung Sonne. Thaler hingegen griff zur Sonnenbrille.

„Uff, ist das hell."

Kralik antwortete nicht, da er wusste, dass sein Kollege Schwierigkeiten mit unterschiedlichen Lichtquellen hatte. *Früher hätte er bestimmt darüber gelästert, mal zu hell, dann wieder zu dunkel.*

Thaler nahm es hin.

Hm, auch hier scheint sich unsere Zusammenarbeit zu verbessern.

Sie gingen weiter. An vielen Stellen des Weges sah man noch die Spur der Harken, so wenige Leute waren bisher im Park gewesen. Das würde später garantiert anders werden.

Ein Trupp Kinder kam ihnen entgegen, angeführt von einer Polizistin. Das, was sie erzählte, klang, als würde sie ein Märchen vorlesen. Thaler und Kralik nickten ihr zu, als Zeichen ihrer Dankbarkeit.

„Dann sind wir gleich ungestört mit ihm, das hat sie gut gemacht."

Kurz darauf erreichten sie die Bank, die ihnen der Einsatzleiter beschrieben hatte. Man hatte Nemrons Handschellen mithilfe eines Kabelbinders an die Bank gefesselt. Mehrere Polizisten beobachteten die Umgebung.

„Ist der Staatsanwalt schon da?", fragte Kralik nach einer kurzen Begrüßung.

„Noch nicht, aber da hinten kommt er gerade."

Es dauerte nicht lange, bis Bergmann bei ihnen war. Neben ihm lief ein ihnen unbekannter Mann, der seine Haare zu einem Zopf gebunden hatte. Wahrscheinlich ein studentischer Praktikant. In seiner linken Hand hielt er die Papiertüte eines Fast-Food-Restaurants.

Sie begrüßten sich mit einem Nicken und traten dann näher an Nemron heran.

„Hier, wie gewünscht."

Mit einer Handbewegung deutete der Staatsanwalt an, dass der Student die Tüte neben Nemron stellen sollte.

„Ich habe keine Ahnung, wie ich das abrechnen soll, wahrscheinlich bleibe ich wieder mal auf den Kosten sitzen." Er winkte ab.

„Ihre beiden Lieblingskommissare sind auch schon da. Damit spricht ja wohl nichts dagegen, dass Sie uns jetzt an Ihrem Wissen teilhaben lassen, oder?"

„Nein." Nemron lächelte. „Darf ich zuerst essen, solange es noch warm ist?"

„Natürlich. Nehmen Sie ihm die Handschellen ab, geht ja sonst nicht."

Kralik trat näher, öffnete die Handschellen und bat dann einen der bereitstehenden Kollegen, ihm einen Kabelbinder zu geben. Er fesselte Nemron wieder an die Bank, dieses Mal aber nur mit der linken Hand.

„Mit so etwas kennt der sich aus. Eine Hand muss reichen, ich kann ihm ja assistieren."

Nemron öffnete seinen Mund, sprach jedoch nicht. Kralik öffnete die Tüte und nahm die Pappschachtel mit den Pommes heraus und stellte sie rechts neben ihn.

„Ist ja gar nicht mehr so fettig wie früher."

Dann öffnete er die mitgebrachte Flasche.

„Lassen Sie es sich schmecken."

„Alkoholfrei?" Nemron schüttelte den Kopf.

„Oh doch, das hätten Sie sich denken können. Saufen auf Staatskosten ist nicht."

Kralik wickelte die beiden Burger aus dem Papier und legte sie griffbereit neben die Pommes.

„Dann mal los, oder soll ich Sie füttern?"

Nemron legte den Kopf schief, überlegte einen Moment und griff dann zu. Er kaute langsam und gründlich. Jetzt meldete sich Kraliks Magen mit einem lauten Knurren zu Wort.

„Oh, der Kommissar hat Hunger. Muss ich etwa teilen?“

„Kriminalhauptkommissar, wenn es recht ist und nein, essen Sie ruhig.“

Nemron war bereits bei seinem zweiten Burger.

„Gar nicht mal so schlecht.“

Zum Schluss leckte er sich die Finger ab.

„Dann genießen Sie es, wird nämlich für einige Zeit ihr letzter gewesen sein.“

Sie warteten, bis auch das Bier leer war.

„So, rein da bitte mit dem Abfall.“

Thaler hielt ihm die Papiertüte hin. Als alles verstaut war, legte Kralik die Handschellen erneut an. Die beiden Kommissare setzten sich links und rechts neben Nemron. Staatsanwalt Bergmann lehnte sich mit verschränkten Armen gegen einen Baum.

„Ich bin ganz Ohr.“

„Was wollen Sie denn wissen?“

„Alles natürlich, Herr Nemron. Fangen wir zunächst mit Ihrer Kindheit an. Wenn es stimmt, was in den Akten steht, dann sind Sie in diversen Heimen aufgewachsen?“

Nemron senkte den Blick und nickte. „Tja, man kann der Stasi viel vorwerfen, aber dass sie keine Ahnung von Aktenführung hatte, ganz bestimmt nicht. Eigentlich hätte ich gedacht, dass die Dinger in der Zwischenzeit vernichtet seien.“

„Stimmt es auch, dass man Sie da, ähm, nicht gut behandelt hat?“, schob Thaler hinterher.

„Misshandelt trifft es wohl eher." Nemron sah noch immer zu Boden. „Ich denke nicht gern an diese Zeit zurück."

„In wie vielen Heimen waren Sie denn?"

„Hm, wenn ich die diversen Krankenhäuser mal nicht mitzähle ..." Nemron legte den Kopf in den Nacken und überlegte. „Es waren ganz bestimmt mindestens fünf."

„Und ...?"

„Können wir das Thema wechseln?" Nemron starrte ihn an. „Sie sind doch bestimmt nicht hier, um mit mir über meine Geburtstage zu reden."

„Nein, natürlich nicht."

Thaler merkte ihm die Betroffenheit an. „Also gut, keine Details, vorerst zumindest. Können Sie es denn für uns kurz zusammenfassen?"

„Schläge, Entzug von Essen und Trinken, Gewalt, eingesperrt sein in einer Dunkelkammer. Dann ab und zu in ein Krankenhaus, mal waren es Tabletten, mal Spritzen. Keine Ahnung, wofür oder gegen was das Zeug war. Reicht das für den Anfang?" Er schluckte schwer. „Bei dieser Gelegenheit ... würden Sie mir bitte aus meiner linken Jackentasche zwei Tabletten geben? Stecken in einem Plastik-Röhrchen."

Als Thaler zwei davon in der Hand hielt, legte Nemron seinen Kopf zurück.

„Keine Sorge, das ist kein Gift. Ich kann sehen, was Sie denken, wenn Sie das Etikett studieren." Nemron schluckte die Tabletten, ohne etwas zu trinken.

„Danke, das ist gegen den Husten. Ein Geschenk der Vergangenheit."

„Was hat das mit Ihnen gemacht? Wofür war das gut, all die medizinischen Tests und Proben?"

„Steht das nicht in Ihren verfickten Akten?"

„Nein, steht es leider nicht."

Bergmann setzte von nun an die Befragung fort. „Wir wissen nur von den Heimen, nicht von den Krankenhäusern."

„Scheiße."

„Ich bin Staatsanwalt, Herr Nemron, ich vertrete für gewöhnlich die Anklage. Allerdings ist es auch meine Aufgabe, entlastende Beweise zu würdigen, deshalb frage ich Sie mal ganz direkt: Gibt es neben diesen schweren Umständen menschlicher Experimente noch etwas, das ich wissen sollte?"

Nemron konnte seinem Blick nicht standhalten. Er verdrehte die Augen und ein leichter Schweißfilm bildete sich auf seiner Stirn. Seine Stimme war tief, klar und kalt, als er antwortete: „Ja, gibt es. Sexuelle Gewalt." Er schloss seine Augen.

„Als Jugendlicher oder auch schon davor?"

„Auch das."

Es entstand eine peinliche Pause, die Bergmann dazu nutzte, um sich wieder gegen den Baum zu lehnen.

„Wenn es Ihnen hilft, bitte ich Sie auch hier nur um eine kurze Zusammenfassung ... um die wichtigsten Fakten."

Nemrons Gesicht wurde weiß. Seine Schultern hoben und senkten sich mehrmals und seine Atemfrequenz stieg.

„So etwas kann man nicht zusammenfassen, Herr Staatsanwalt. Das sollten Sie wissen. Jedes Mal ist eine grausame Zeit in der Geschichte der Unendlichkeit, verstehen Sie? Das Opfer vergisst es niemals und erlebt alles ständig wieder. Es macht krank und es endet nie, außer man stirbt." Nemron legte seinen Kopf auf die Brust und hatte die Augen immer noch geschlossen. Als er merkte, dass der Staatsanwalt etwas entgegnen wollte, richtete er sich wieder auf. Jetzt waren seine Augen geöffnet. Er starrte in die Ferne, und sah offenbar etwas, was außer ihm niemand sehen konnte. Seine Stimme bebte, als er weitersprach: „Ich war meist in der Küche zum Dienst eingeteilt. Aber nicht, weil ich so gut Möhren schneiden oder Kartoffeln schälen konnte. Mittags, bevor das Essen auf den Tisch kam, holten sie mich. Die alten und jungen Erzieherinnen, die Fetten und Dürren. Das Personal wechselte sich ab. Sie hoben ihre Röcke. Jeden einzelnen verdammten Tag. Ich wurde herumgereicht, als Reiter, verstehen Sie?" Es gelang ihm nicht, die Tränen zu unterdrücken. Wegen der Handschellen konnte er sie sich auch nicht wegwischen.

„Jeden einzelnen Tag ... es gab keine Wochenenden und keine Feiertage für mich ... nichts. Es begann an meinem zwölften Geburtstag. Von da an saß mittags immer eine auf mir. Irgendwann war es für mich auf gewisse Weise normal." Er sah auf. „Hätten Sie vielleicht ein Glas Wasser für mich?"

Thaler schüttelte den Kopf. „Hier nicht, in der Polizeiinspektion ganz sicher."

„Lassen Sie uns noch etwas hierbleiben, bitte", flehte ihn Nemron an. „Hier kann ich genießen und habe die Illusion, die Freiheit über mir zu sehen."

„Konnten Sie jemals verweigern oder sich wehren?"

Es dauerte ein wenig, bis Nemron antwortete. Seine Augen wurden glasig. „Wie man es nimmt. Es gab natürlich Versuche. Ich habe meine Grenzen ausgetestet, glauben Sie mir. Die Strafen dafür begannen zunächst mit Schlägen, später wurde ich ausgepeitscht. Einige Male haben Sie mich auch eine Woche lang in ein Kellerverlies gesteckt. Ich war vollkommen nackt, es gab nur Erde und Lehmwände, keine Fenster, kein Licht. Nichts zu Essen und zu Trinken, und auch keine Toilette, falls Sie sich das gerade fragen. Dort habe ich mir oft eine Lungenentzündung geholt, und einmal wäre ich fast gestorben. Meine Lunge kämpft noch heute damit." Er schloss die Augen, bevor er weitersprach. „Ab dem Zeitpunkt, an dem ich vierzehn wurde, duldeten sie keinerlei Widerspruch mehr. Wenn ich gezögert habe, folgte die Strafe auf dem Fuß. Sie brachen mir die Finger oder sie verbrühten mich mit einem Tauchsieder. Was sie gerade so zur Hand hatten. Sehen Sie ruhig nach. Schieben Sie meine Ärmel nach oben."

Kralik ging hinter die Bank und schob vorsichtig die Ärmel von Nemrons Jacke in Richtung Ellenbogen. Er zuckte heftig zurück, als er all die überlagerten grünen und violetten Narben und Verbrennungen erblickte. Einige waren wie ein Fischgrätenmuster angeordnet.

Er schob die Ärmel zurück. Als das erledigt war, öffnete Nemron wieder seine Augen.

„Dazu kommt noch, dass es eine Belohnung gab, wenn man sich geweigert hat, allerdings eine negative. In diesem Fall gab es eine Woche lang *Doppelschicht*, dem Mittag folgte die Nacht. Ich durfte dann *Teddybär* sein. Sie verbanden mir die Augen und brachten mich zu einer der Erzieherinnen. Dieser gehörte ich dann die ganze Nacht als Teddybär." Er schluckte schwer. „Nur die Nacht, denn ich musste ja bis mittags wieder fit sein, für meinen *Kücheneinsatz.*" Er schüttelte den

Kopf, als könne er damit die Erinnerungen vertreiben. Als Kralik ansetzte, eine Frage zu stellen, herrschte ihn Nemron an: „Nein, nicht, ich erzähle Ihnen das alles hier nur ein einziges Mal, danach nie wieder." Er räusperte sich, senkte seine Stimme und fuhr fort: „Mit fünfzehn bin ich einmal abgehauen, und einer Dame von der Jugendhilfe hinterhergerannt. Die kamen immer zur Kontrolle ins Heim. Ich habe mich in ihrem Auto versteckt und gewartet, bis sie herauskam und zurückfahren wollte. Wissen Sie was? Sie hat sich meine Geschichte wirklich aufmerksam bis zum Ende angehört und keinerlei Fragen gestellt. Dann hat sie mir gesagt, dass sie das Ganze verstehen könne und dass sie es ihrem Mann sagen würde, einem Richter. Der würde dann für Gerechtigkeit sorgen. Sie würde mir Bescheid geben. Aber", seine Stimme wurde nun kratzig, „ich habe nie wieder von ihr oder einem Richter gehört, niemals. Allerdings wurde ich erwischt, denn jemand hat mich gesehen, als ich aus ihrem Auto gestiegen bin. Es gab keine Schläge, nein dieses Mal nicht, aber sie haben mich für eine Woche angekettet, und in einen Zwinger gesteckt, in dem ganz früher mal ein Hund gewohnt hat. Also habe ich Wasser wie ein Hund bekommen, in einem Blechnapf. Es gab auch Knochen und vergammeltes Fleisch, das süßlich gerochen hat. Kennen Sie diesen ganz speziellen Duft, hm? Wenn die Seele längst dahin und das blutlose Fleisch dann über den Punkt hinaus ist … wie aufgeplatzte Eiterblasen. Doch der Geruch war oft besser als das, was ich mittags in der Küche an lebendem Fleisch vor mir hatte. Es war unendlicher Ekel." Er atmete einige Male tief ein und aus und schüttelte sich. „Irgendwann hatten sie mich dann so weit. Ich ließ es einfach geschehen, wehrte mich nicht mehr und träumte mich, wenn es soweit war, mit geschlossenen Augen an einen besseren Ort. Ab dann war es für mich wirklich normal, total normal." Er biss sich auf die Lippen.

Mehrere Minuten sprach niemand ein Wort.

„Das ist ganz schön heftig."

Thaler fuhr sich mit der Hand über den Kragen seines T-Shirts.

Nemron nickte. „Schreiben Sie in Ihre Akten, was Sie wollen, Herr Kommissar. Aber fragen Sie mich nie wieder nach Details aus dieser Zeit. Ich kann nicht vergessen, lasse aber nichts unversucht."

Nemrons Gesicht bekam nun wieder ein wenig Farbe. „Ach entschuldigen Sie, Hauptkommissar, ich vergaß." Doch sein Lächeln misslang. Auf einmal krümmte er sich und versuchte, einen Hustenanfall zu unterdrücken. „Sind Sie so nett und geben mir noch zwei Tabletten aus dem Röhrchen?"

„Natürlich."

Bergmann bat einen der uniformierten Polizisten, eine Flasche Wasser aus einem nahegelegenen Supermarkt zu holen.

„Machen wir doch eine kurze Pause."

Er winkte Thaler und Kralik zu sich heran. „Auf ein Wort, meine Herren."

Sie gingen, bis sie außer Hörweite waren.

„Das ist ja übel."

„Ja, ist es, verdammt. Ich habe noch nie so eine kranke Scheiße gehört." Kralik konnte im letzten Moment den Impuls unterdrücken, auf den Boden zu spucken.

„Das mag mildernde Umstände geben, wenn es zur Anklage und Verhandlung kommt. Ich werde es auf jeden Fall berücksichtigen. Du meine Güte, das ist ja nichts im Vergleich zu den Fällen, bei denen wir immer sagen, dass jemand eine schwere Kindheit hatte. Aber", er hob den Zeigefinger seiner rechten Hand, „jetzt ist er erwachsen, und das entschuldigt nicht im Geringsten, was er getan hat. Dafür ist nur er verantwortlich und nicht die äußeren Umstände. Er muss ganz allein dafür einstehen."

Die beiden Polizisten nickten.

„Es war bestimmt schwierig für ihn, alles noch einmal zu durchleben." Thaler spürte, wie sich eine Gänsehaut auf seinem Rücken bildete.

„Meine Herren, Ihre Ermittlungen sind noch nicht abgeschlossen und bei allem Verständnis, vergessen Sie nicht, weswegen wir hier sind. Erinnern Sie sich noch? Gegrilltes und Bier gegen Fakten zu unseren Fällen. Er hatte jetzt seine Pause, also gehen wir zurück und fordern die Gegenleistung ein."

„Ja, das sollten wir tun", stimmte Kralik dem Staatsanwalt zu. Er legte Thaler seinen rechten Arm um die Schultern. „Komm, machen wir weiter." Er deutete nach hinten und lief zurück. Thaler folgte ihm, langsam und grübelnd.

Es gibt mehr Böses auf dieser Welt, als die Menschen sich vorstellen können.

Sie hatten die Parkbank fast wieder erreicht, als Bergmanns Telefon klingelte. Er nahm das Gespräch an, brummte mehrmals zustimmend und nach einem „Gott sei Dank" verabschiedete er sich.

„Neuigkeiten, meine Herrschaften. Den Kollegen Meerbusch, Kümmel und Exner geht es deutlich besser. Sie werden morgen aus dem Krankenhaus entlassen, dann folgt eine mehrwöchige ambulante Reha. Danach sollten sie wieder voll einsatzfähig sein."

Kralik nickte dem Staatsanwalt zu und wandte sich dann an Thaler. „Silvio und Mario sind also wieder fit, bald zumindest, pünktlich zum Ende der Ermittlungen. Das ist doch mal eine gute Nachricht."

Nemron, der alles nach dem Telefonat mitgehört hatte, trank den letzten Schluck Wasser, streckte sich, soweit es ihm möglich war, grinste und entgegnete: „Sie glauben wohl, dass Sie alle Fälle gelöst haben, was?" Er schüttelte den Kopf. „Denn ich glaube das nicht, ganz und gar nicht. Oder anders gesagt, ich weiß es sogar. Denn da ist noch so einiges offen."

Sechzehn

„Wenn ich Sie richtig verstanden habe, gibt es also einen Grund, warum die Opfer alle weiblich sind?" Thaler starrte ihn an.

„Exakt. Allerdings sind es nur auf den ersten Blick Opfer, für die eine oder andere war es nämlich ein Segen, die Existenz zu beenden, bevor es zu spät ist. Der Opferbegriff ist also relativ."

„Darüber haben wir ganz bestimmt unterschiedliche Ansichten, Herr Nemron", antwortete Bergmann. „Aber zumindest mit dem Stichwort *spät* haben Sie es treffend formuliert. Ein langer Tag liegt hinter uns und es wird langsam spät, daher schlage ich vor, dass wir unser Gespräch in der Inspektion fortsetzen."

„Nein, aber danke für die Einladung, Herr Staatsanwalt. Mir war es stets sehr wichtig, auch in der momentan ausweglosen Situation ein Stück Freiheit zu bewahren. Oft gab es nicht viele Möglichkeiten, aber es gab sie. Hier habe ich das Grün des Parks, die Luft der Stadt und einen unendlichen Himmel über mir. Und", Nemron rekelte sich, „wenn ich mir die Bemerkung erlauben darf, hier bekomme ich bestimmt gleich noch ein neues Getränk aus dem Supermarkt gebracht, nicht wahr? Mein Durst ist heute nämlich sehr groß." Er grinste.

„Übertreiben Sie es nicht!" Mit einem Wink schickte Bergmann erneut einen Polizisten zum Einkaufen.

„Danke schön schon mal vorab. Also, wie hätten Sie es gern … die ausführliche Variante oder wie vorhin die kurze?“

„Eine Zusammenfassung würde mir zunächst genügen. Ich denke, wir haben später noch sehr viel Zeit, über die Details zu sprechen.“

„Ja, dagegen ist erst mal nichts einzuwenden.“ Nemron beugte sich vor. „Starten wir mal ausnahmsweise mit einer Frage von mir. Haben Sie eigentlich einen Zusammenhang zwischen den Opfern gefunden? Ich meine jetzt nicht, wie sie aufgefunden wurden, sondern eher eine Verbindung.“

„Das binden wir dir bestimmt nicht auf die Nase!“, fuhr ihn Kralik an.

„Na na, schon gut, nicht gleich so aggressiv. Ich kenne die Antwort bekanntlich, Sie verraten mir damit also kein Ermittlungsgeheimnis. Sie dürften aber nichts gefunden haben. Sagen wir mal so, ich bin die einzige Gemeinsamkeit, die alle miteinander verbindet. Zur richtigen Zeit am richtigen Ort.“

„Zur richtigen Zeit?“ Thaler blickte ihm tief in die Augen. „Sie meinen wohl eher, dass die Opfer zur falschen Zeit …“

„Für mich war es die richtige“, bekräftigte Nemron. „Sie besaßen alle eine Stellvertreterfunktion. Eine ziemlich genaue übrigens.“

Er sah zum Staatsanwalt hinüber. „Wollen Sie es wissen?“

„Natürlich, deshalb sind wir ja hier.“

„In Ordnung. Den Anfang, also die Nummer eins, machte Julia Keller, die Ärztin. Ich mochte ihr zartes Wesen. Fast wäre es ihr gelungen, mich von ihrer persönlichen Unschuld zu überzeugen, aber ich musste mich an den Plan halten, verstehen Sie? Egal, aller Anfang ist schwer. So war es auch für mich." Er fuhr sich mit der Hand über den Kehlkopf. „Sie musste sterben, denn sie steht für das, was man mir früher angetan hat. Wir sind uns begegnet, als ich genau danach gesucht habe. Ich finde, das ist ein Beweis, dass es das Schicksal gibt."

Thaler hatte sich einige Notizen gemacht. „Darauf kommen wir später zurück."

„Und für was Ihre Behauptungen einen Beweis sein sollen, das weiß der Fuchs!", stieß Kralik hervor.

„Schon gut." Thaler nickte erst kurz in Kraliks Richtung, bevor er sich wieder Nemron zuwandte. „Sprechen Sie weiter."

„Mit Vanessa Baumann ging es weiter, meiner Nummer 2, einem Traum in Blond. An ihr sind mir neben den perfekt geföhnten Haaren zuerst ihre freien Schultern aufgefallen, eingerahmt zwischen den schmalen Trägern und dem Schwarz ihres Oberteils. Fast hätte ich gesagt, es verlieh ihr eine heitere Leichtigkeit." Er blinzelte einige Male. „Meine Aufmerksamkeit hatte sie jedenfalls sofort. Wissen Sie, wann jemand jemals freundlich zu mir war, hm? Nie! Deshalb steht diese Verkäuferin für mich für allgemein unfreundliches Verhalten. Damit musste Schluss sein."

Niemand sprach ein Wort. In der Zwischenzeit hatte Nemron die neue Flasche Wasser bekommen.

„Dann lief mir Nadine Franke über den Weg. Hätte nicht gedacht, dass sie schon fünfundvierzig Jahre hinter sich hatte. Ihr offenes Lachen hat mich zunächst verwirrt, da ich das von einer Lehrerin nicht erwartet hätte. Ich musste ihr die ganze Zeit auf den Mund starren, so schöne weiße Zähne hatte ich noch nie zuvor gesehen. Ihre Haarfarbe war dem Fell eines Braunbären ähnlich. Mir erschien das als prima Ergänzung zu der Blondine davor. Dazu kommt noch, dass sie braun gebrannt war, als käme sie direkt aus dem Urlaub. Vielleicht sollte ich noch anmerken, dass meiner Meinung nach Lehrer sowieso zu viele Ferien haben."

Er nahm einen weiteren Schluck aus der Flasche, hob die Hand, als er sah, dass der Staatsanwalt etwas fragen wollte. „Alle Lehrer, und bei mir gab es die nur in der weiblichen Form, waren Fans der Ungleichbehandlung. Für sie war ich jemand aus der Gosse, aus der Unterschicht. Pädagogen hätten wohl theoretisch helfen und meiner Entwicklung eine andere Richtung verleihen können, aber sie sehen ja selbst, was daraus geworden ist. Nadine ist damit die pädagogische Stellvertreterin."

Er trank die Flasche aus und warf sie hinter sich. Thaler zögerte nur kurz, hob sie auf und entsorgte sie in einem Papierkorb.

„Brav, Herr Kommissar."

„Hauptkommissar."

„Meinte ich doch. Wo waren wir stehen geblieben? Nadine Franke hatten wir. Ach ja. Annika Sommer, siebenunddreißig, Bankerin. Nun, ich hatte mich ja durch das Lesen von Fachlektüre weitergebildet …"

„Fachlektüre?"

„Durchaus. Lesen Sie mal, was die heutigen Thriller-Autoren so schreiben, vieles kann man, wenn man möchte, auch als Anleitung zum Nachmachen verstehen. Sie war sehr schlank und trug mit ihrer blassen

Hautfarbe die Arroganz an sich zu Markte. Ihre spitzen Schultern schienen von Geburt an darauf gewartet zu haben, Markenkostüme zu tragen. Jede Linie ihres Gesichtes schien zu sagen: Ich bin etwas Besseres. Sie war bereits beim ersten Blick, den ich auf sie warf, perfekt für mich." Nemron fuhr sich mit der Hand über die Stirn. „Ich erzähle Ihnen mal kurz den Hintergrund hierzu. Als alle anderen Ferien hatten, habe ich damals in der Küche unseres Heims ausgeholfen. Die Bezahlung war schlecht, sehr schlecht, aber immer noch besser als das, was ich als Sklave gewöhnt war. In den Ferien war es ein bezahlter Job, nicht mehr und auch nicht weniger. Ich habe gespart. Außerdem habe ich für die anderen Jungs Dinge gegen Pfennigbeträge getan, die sie selbst nicht tun wollten ... putzen, aufräumen, waschen ... Bei einem Ausflug in die Stadt, ich glaube, es war wegen des Wocheneinkaufes, habe ich damals einer Bankerin mein Erspartes gegeben. Sie sollte ein Konto für mich eröffnen, denn ich wollte mir damit eine Zukunft aufbauen. Ich hoffte darauf, wenn ich irgendwann mal volljährig sein würde, dass ich dann mit etwas Geld einen besseren Start hätte. Bei ihr war ich heimlich und nur ganz kurz, in einer kleinen Filiale direkt neben dem Lebensmittelladen. Das Geld hatte ich in Zeitungspapier gewickelt und ihr übergeben. Sie hat mich für meine Idee gelobt. Später, also ein anderes Mal, als ich wieder in der Stadt war, fragte ich sie nach meinem Konto. Sie konnte sich angeblich nicht mehr daran erinnern und meinte, dass Minderjährige ohne Eltern sowieso kein Konto bekommen würden. Meine Vorwürfe, dass sie mein Geld genommen hätte, seien frei erfunden, denn sie kenne mich gar nicht. Als ich laut wurde, hat mich der Sicherheitsdienst einfach rausgeworfen. Die Heim-Erzieherinnen haben das natürlich bemerkt und mich bestraft." Nemron senkte den Kopf. „Das waren zunächst schwere Stunden für mich. Gelehrt hat es mich allerdings, dass ich mich auf niemanden verlassen kann, nur auf mich selbst, und dafür habe ich mich stellvertretend bei Annika mit dem Tod bedankt." Nemron hob die Hand und schüttelte den Kopf; er wollte weiterreden. „Ich schreibe übrigens selbst, müssen Sie wissen. Krimis und Thriller, versteht sich." Er lachte laut. „Ich kann mir gut vorstellen, dass ich mal eine große Fangemeinde haben werden, wenn diese erfährt, dass die Hintergründe meiner Geschichten realistischer sind als bei anderen Schreiberlingen. Vielleicht möchte ja einer von Ihnen mein Testleser sein? Nun, das können wir ja später besprechen. Jedenfalls führte mich eine meiner Recherchen zu Hannah, einem fünfundzwanzigjährigen, äußerst angenehmen und emphatischen Wesen. Sie hatte allerdings auch eine Stellvertreterfunktion. Sie steht für die Lust, das Verruchte, das Verbotene und damit für die menschlichen Abgründe. Hannah hat als Prostituierte leider sich und ihren Körper verkauft. Ihre knallroten Haare haben sofort mein Herz für Sie geöffnet. Rote Fingernägel, rote Stiefel und passend geschminkte Wangenknochen. Ich erspare mir mal, die Farbe ihrer Wäsche zu beschreiben." Nemron schielte zum Staatsanwalt hinüber, um dessen Reaktion einfangen, die jedoch ausblieb. „Hannah Brandt war eine sehr aufmerksame Zuhörerin. Ich habe ihre Sehnsuchtswünsche erfüllt und sie vor einem Verfall der Zukunft bewahrt. Sie hat Raubbau mit ihrem Körper betrieben und das wäre nicht mehr lange gut gegangen. Mir ist es zu verdanken, dass sie erlöst wurde." Sein Grinsen war zurückgekehrt. „Auch wenn Sie das sicherlich anders sehen." Er lehnte sich zur Seite. „Da ich sie alle auf eine besondere Art und Weise gemocht habe und wohl auch mit ihnen ewig verbunden sein werde, sie ja sozusagen nun Teil meiner Persönlichkeit sind, dürfen Sie mir gern Fragen dazu stellen. Mein Gesundheitszustand erforderte es, dass ich mich jetzt darum kümmere. Es war so weit für eine Abrechnung. Ich weiß nämlich nicht, wie viel Zeit mir noch bleibt." Nach einem unterdrückten Hustenanfall fügte er hinzu: „Gönnen Sie mir bitte eine kurze Pause."

Er schob die Füße unter die Parkbank.

„Das, was ich gehört habe, reicht mir eigentlich für heute." Bergmann atmete betont langsam ein und aus.

„Sie können sich aber bestimmt vorstellen, dass wir dazu noch mehr wissen wollen. Lassen Sie uns zur Inspektion fahren. Das wäre auch eine gute Gelegenheit, mal Pause zu machen. Danach können wir in aller Ruhe über die Details reden. Was meinen Sie?"

Nemron antwortete nicht, sondern schloss die Augen und fing an, ein Lied zu summen.

„Ähm, spricht irgendetwas dagegen?", bohrte der Staatsanwalt nach.

Nemrons gelöster Gesichtsausdruck verschwand. Er sah zu Thaler hinüber. „Herr Kommissar ..."

„Hauptkommissar."

„Herr Kommissar, Sie scheinen mir der Vernünftigste hier in der Runde zu sein. Erklären Sie es ihm daher bitte?"

Thaler schluckte mehrmals, um nicht direkt darauf antworten zu müssen. „Tja, ich vermute, Sie spielen wieder auf die frische Luft und den blauen Himmel über sich an, nicht wahr?"

Nemron nickte. „Gut erkannt."

Thaler zuckte mit den Schultern. „In der Polizeiinspektion haben wir die Fallakten, die Technik ..."

„... und eine weiß gestrichene Zimmerdecke. Vielleicht ist sie auch beige, was mir persönlich komplett egal ist. Fragen Sie mich von mir aus alles, aber hier wäre es mir sehr recht." Nemron schloss wieder seine Augen.

„Hören Sie, wir lassen uns doch von Ihnen nicht an der Nase herumführen und bestimmen, wann wir was machen! Sie glauben doch nicht, dass Sie hier das Kommando haben, oder?" Kralik redete sich immer mehr in Rage.

„Doch, ich denke schon, dass ich die besseren Argumente habe."

„Da bin ich aber sehr gespannt."

„Nun gut." Nemron setzte sich, soweit das möglich war, aufrecht hin. „Sie hatten das Vergnügen, all meine Opfer zu finden?" Er grinste Kralik an.

„Und?"

„Na ja, ich sage es mal so, Sie haben die Möglichkeit, dass einige Kerben ohne Bedeutung bleiben."

„Einige *was*?" Kralik trat näher. „Sie meinen doch nicht etwa, die Kerben in den Spielkarten ... in der Pik Sieben?" Er vergaß fast, den Mund zu schließen.

„Jetzt hat er es", sagte er und zwinkerte Thaler zu. Dieser nickte in Richtung von Kralik als Zeichen, dass er weitermachen würde.

„Herr Nemron, jede Kerbe steht bei Ihnen für eine Leiche, und jede Leiche mehr ist gleich eine Kerbe mehr, richtig?"

„Korrekt."

„Und Sie meinen, dass da noch mehr ist?"

„Ja, genau das meine ich. Da könnte noch viel mehr sein, so lang wie der Rand einer Spielkarte ist." Er lachte, doch es klang eher wie ein trockener Husten. „Wie Sie sich bestimmt denken können, habe ich immer alles sorgfältig vorbereitet. Würden Sie so nett sein, den kleinen Umschlag aus meiner Innentasche zu ziehen? Aber vorsichtig, wenn ich bitten darf."

Thaler wartete nur kurz, zog sich Handschuhe über und griff dann in Nemrons Jackentasche. Kurz darauf hielt er einen weißen Briefumschlag nach oben.

„Nur Mut, machen Sie ihn auf. Fingerabdrücke werden Sie dabei keine zerstören", sagte Nemron glucksend.

Der Brief war nicht zugeklebt, daher ließ sich die Lasche einfach so öffnen. Zwei Spielkarten befanden sich darin. Beide trugen jeweils eine weitere Einkerbung.

„Interesse, was es damit auf sich hat?"

Ohne es zu wollen, nickten der Staatsanwalt und die beiden Polizisten synchron.

„Zwei Karten, zwei Opfer. Zwei potenzielle Opfer. Danke, dass Sie mich nicht direkt einsperren. Später ist in Ordnung, aber Sie wissen ja, es geht hier ums Prinzip. Geben Sie mir bitte mein Röhrchen?" Nemron schluckte zwei weitere Tabletten. „Die obere Karte gehört Isabell Ziegler. Isabell ist stolze einundvierzig Jahre alt. Die Karte hätte sich auf ihrer Stirn bestimmt sehr gut gemacht."

„Warum gerade Frau Ziegler?“

„Kennen Sie Isabell?“

„Nein.“ Thaler schüttelte den Kopf.

„Sie ist Richterin am Strafgericht und steht auf meiner Skala stellvertretend für die vielen sinnlosen Freisprüche und besonders die nicht verfolgten Taten. In meiner Jugend ist mir viel Gewalt angetan worden, doch die Justiz war stets blind. Sie wollte mich nicht sehen. Gerechtigkeit? Ich hatte nie eine Chance. Ich musste also auf meiner Liste eine Frau finden, die stellvertretend dafür stirbt.“

„Aber warum gerade sie?“

„Das Schicksal ist voller Zufälle. Ich habe sie über eine Dating-App kennengelernt. Als ich ihren Beruf erfahren habe, wurde es sehr persönlich, und sie hat ab da fest zu meinem Leben gehört. Es war nicht schwer, sie in der Realität zu finden, also außerhalb dieser virtuellen Welt. Ich habe sie eine Weile beobachtet und ihre Vorlieben studiert. Tja, was soll ich sagen? In der Vorstellung von Isabell war ich irgendwann genau der, nach dem sie immer gesucht hatte. Es wäre kurz und heftig mit uns beiden geworden, denn zwei Tage später wäre sie gestorben. So war zumindest mein ursprünglicher Plan. Aber nun, da Sie mich ja festgenommen haben ...“

„Ich bedanke mich jetzt mal nicht dafür, dass Sie ihr das Leben schenken“, mischte sich der Staatsanwalt ein.

„Wie hätten Sie es denn ...?“ Er fand nicht das richtige Wort.

„Isabell Ziegler wäre auf die Anklagebank gekommen und sie hätte sich selbst verteidigen können. In ihrem

Haus habe ich im Keller eine Werkbank gesehen. Dort hätte ich im Schraubstock ihren Kopf eingespannt. Den Rest der Geschichte erspare ich Ihnen wohl lieber. Es wäre ein Schnellverfahren geworden, mit mir als Vollstrecker und Henker. Ich kann mir gut vorstellen, dass sie darum gebettelt hätte, meine alten Fälle aufarbeiten zu dürfen. Tja, vieles davon ist leider bereits verjährt." Nemron seufzte. „Sie werden im Keller bei ihr ein Holzkreuz finden, der Nagel für die Spielkarte liegt ebenso dabei wie das weiße Grablicht. Schade drum, nun entgeht mir ein Gerichtsverfahren, in dem ich garantiert gewonnen hätte."

Thaler nickte in Kraliks Richtung. „Wir sehen uns das an."

Kralik nahm den Autoschlüssel und blickte nur kurz zu Nemron.

Dieser ließ ihn einige Schritte gehen, bevor er ihn stoppte.

„Warten Sie kurz, Herr Kommissar. Darf ich Sie um einen kleinen Gefallen bitten?"

Kralik blieb stehen und sah zurück. „Hm?"

„Erschrecken Sie sie nicht. Sie liegt angekettet und geknebelt auf dem Boden ihres Kellers. Wahrscheinlich hat sie große Angst, denn ich habe ihr gesagt, wenn ich das nächste Mal zu ihr komme, ist alles vorbei. Hunger hat sie ganz bestimmt auch, denn ich war schon zwei Tage nicht mehr bei ihr. Halten Sie sich besser die Nase zu, denn sie liegt garantiert in ihrer eigenen Notdurft. Es ging nicht anders. Grüßen Sie sie von mir und erzählen Sie ihr, was in zwei Tagen passiert wäre. Gratulieren Sie ihr dazu, dass sie lebt. Man sieht sich ja immer zwei Mal im Leben, vielleicht wird sie ja mit meinem Fall betraut.“

„Sie …“ Kralik ballte eine Faust, winkte dann aber ab und lief weiter in Richtung Auto.

„Ich schicke Ihnen eine Streife und einen RTW“, rief ihm Bergmann hinterher.

***

„Okay so weit.“
Jetzt war es an Thaler, tief durchzuatmen.
„Und wer verbirgt sich hinter der zweiten Karte?“
„Stephanie Seidel.“
„Was ist mit ihr?“
„Stephanie ist neunundzwanzig, war mal hübsch, und ihr Tod ist eigentlich zeitnah geplant.“
„Warum denn?“
„Kennen Sie Stephanie?“
„Nein, bedauere. Sollte ich?“
„Nein. Oder besser gesagt, vielleicht doch. Denn wenn Sie sich kennen würden, hätten Sie die Chance gehabt, Einfluss auf ihr Leben zu nehmen. Aber so natürlich nicht.“
„Was hat Stephanie denn getan?“
„Das ist eine gute Frage, kann ich so einfach aber nicht beantworten. Sie ist äußerst unauffällig. Die meisten Menschen erinnern sich nicht an sie, wenn sie sie gesehen haben. Sie ist obdachlos und drogenabhängig. Ein Schmarotzer der Gesellschaft, ein Nichts, nur Abschaum.“ Nemron spuckte aus. „Sie stinkt furchtbar, nach Straße, Dreck und Gewalt, um nur einige Details zu nennen.“
„Warum gerade sie?“

„Stellvertretend, das wissen Sie ja bereits. Sie steht für mich für den Abfall, das Überflüssige, das, was entsorgt werden muss." Er bekreuzigte sich. Unmittelbar darauf folgte ein heftiger Hustenanfall. „Entschuldigen Sie. Jedenfalls wollte ich mich ihrer annehmen und sie in die Kirche bringen. Die Drogen haben ihren Verstand bereits so weit vernebelt, dass sie mir nur in unvollständigen Sätzen antworten konnte. All die Gewalt, all das Böse, das Überflüssige, wäre mit ihr gestorben. Wissen Sie, was sie gemacht hat, als ich ihr sagte, dass ich sie aus dieser Situation retten will? Da kommen Sie nie drauf … sie hat mir ihre Hand hingehalten. Darauf lagen in den Farben eines Regenbogens diverse Pillen und Drogen. Sie meinte, das macht glücklich. Sie hat mir Drogen angeboten, verstehen Sie? Sie wollte mich glücklich machen, zumindest nach ihren Maßstäben. Sie wollte sich nicht helfen lassen. Daher muss sie sterben, wie sie gelebt hat."

„Wie?", fragte Thaler nach kurzer Wartezeit zurück.

„Ihr Holzkreuz und der Nagel für die Stirn liegen schon bereit, in der Klärgrube hinter dem Obdachlosenheim. Ihr hätte ich den Nagel zu Lebzeiten in die Stirn getrieben, um mich später nicht zu beschmutzen. Ich hätte sie ertrinken lassen, gefesselt am Kreuz. Ob sie es in ihrem weggetretenen Zustand überhaupt bemerkt hätte, weiß ich nicht. Sie finden sie in der Grube, gefesselt an die Einstiegsleiter. Wahrscheinlich vermuten Sie es schon, ja, sie ist geknebelt. Allerdings war ich so frei, sie nur bis knapp unter den Hals einzutauchen. Wenn die Asozialen dort also nicht mehr als sonst abgesondert haben, sollte sie noch genug Luft zum Atmen haben. Sagt man bei einer Klärgrube eigentlich auch

Wasserspiegel?" Er senkte den Kopf. „Es hat mir Kopfschmerzen bereitet, darüber nachzudenken, wie man ihre Leiche später gefunden hätte. Vielleicht nie, wenn die Grube ihren Körper zersetzt hätte."

Nemron lehnte sich an und versuchte, sich zu entspannen.

Thalers Gesicht war weiß geworden. Seine Hände zitterten stark und er brauchte mehrere Versuche, bis er das Handy entsperrt hatte, um ein Team zum Obdachlosenheim zu schicken.

Bergmann hielt sich ein Taschentuch vor Mund und Nase. Es schien so, als sei er in Gedanken bereits dort vor Ort.

„Hören Sie, das wird mir jetzt zu viel hier, Herr Nemron. Die Bilder bekomme ich nie wieder aus meinem Kopf! Die Frau, vielleicht mit dem Gesicht nach unten, in den Fäkalien schwimmend." Er schüttelte mehrmals heftig seinen Kopf und nickte in Richtung der zwei uniformierten Polizisten. „Bringen Sie ihn weg!" Er drehte sich um und ging.

Nemron sah ihm hinterher. „Hat er einen schwachen Magen?", fragte er in Thalers Richtung. Dieser zuckte mit den Schultern und wartete, bis zwei uniformierte Polizisten ihn aufgerichtet und von der Fessel an der Parkbank befreit hatten.

„Es war heftig, da gebe ich ihm recht. Zumindest wissen wir jetzt, welche beiden Morde nicht stattfinden."

„Ganz genau. Sie wissen allerdings nicht, was jetzt gerade, also in diesem Moment ..."

„Wollen Sie etwa Zeit schinden? Ich habe nämlich den Eindruck."

„Keineswegs, ganz im Gegenteil, ich will, dass Sie Zeit gewinnen. Stoppen Sie den Staatsanwalt und sagen Sie ihm, dass er mich noch eine Weile hierlassen und mir zuhören soll.“

Thaler nahm die Hände aus den Taschen und lief Bergmann hinterher. Als er diesen bat, zu warten und zuzuhören, schüttelte er den Kopf, ging weiter und sah nicht mehr zurück.

Als Thaler wieder bei Nemron angekommen war und ihm von der Entscheidung des Staatsanwaltes erzählen wollte, kniff dieser kurz seine Lippen zusammen. „Hätte ich mir fast denken können, aber er wird seine Entscheidung bereuen“, zischte er. „Sehr sogar.“

„Tut mir leid.“

„Sie können ja nichts dafür. Aber auch Sie werden es bereuen, das verspreche ich Ihnen.“

„Worum um Himmels willen geht es denn? So erzählen Sie doch endlich!“

„Nein, er hat abgelehnt. Er will es nicht hören.“

Nemron zuckte mit den Armen, als Zeichen, dass er aufbrechen wollte. „Fahren wir.“

Scheiße, was immer es ist … wir werden es bereuen.

Siebzehn

Bergmann gab Kralik und Thaler die Hand zum Abschied. Das war ungewöhnlich, ebenso wie sein Versuch, irgendwelche Dankesworte zu finden.

„Gute Arbeit, meine Herren. Heute haben wir gemeinsam den Fall gelöst, viele offene Fragen beantwortet und einen gefährlichen Serienkiller in Gewahrsam genommen."

„Gern geschehen." Thaler erwiderte den kräftigen Händedruck.

„Ist damit das Ultimatum, uns von dem Fall abzuziehen, eigentlich erledigt?", stichelte Kralik.

„Übertreiben Sie es nicht!" Doch Bergmann lächelte.

„Nun fahren Sie nach Hause und ruhen Sie sich aus. Ich gebe heute nur eine kurze Notiz raus, die Pressekonferenz setze ich für morgen Vormittag an. Ziehen Sie sich was Ordentliches an, denn ich will Sie dann an meiner Seite haben!"

„Geht klar."

„Wird gemacht", ergänzte Thaler. „Auch wenn der Rummel eher nicht so meine Sache ist."

„Kollege Thaler, ganz im Ernst, wir beenden diesen Rummel, wie Sie es so schön nennen, nach unseren Regeln. Diese Fuzzis vom Radio, Regio-TV und dem Mitteldeutschen Tagesblatt haben uns ganz schön unter Druck gesetzt, hier gilt es, unser Bild in der Öffentlichkeit wieder angemessen zu zeigen. Ich habe es satt,

Stoff für Sensationsmacher zu sein. Wir werden ihnen zeigen, dass wir die Guten sind.“

„Schon gut, ich werde da sein. Für heute genügt mir ein starker Kaffee vor unserer Fotowand im Büro.“

Thaler drehte sich in Richtung Kralik. „Kommst du mit? So als eine Art ritueller Abschied von unseren Ermittlungen?“

„Klar, und ein so schlechtes Team waren wir ja nun auch wieder nicht. Vielleicht setzt uns die Staatsanwaltschaft irgendwann ja mal wieder gemeinsam ein, und das nicht nur als Notnagel.“ Er klopfte seinem Kollegen auf die Schulter.

„Ich kann Sie hören, meine Herren! Sie erwarten doch darauf wohl keine Antwort, oder?“ Bergmann öffnete sein Auto und stieg ein. „Von Nägeln und Spielkarten habe ich erst mal die Nase voll, glauben Sie mir. Wir sehen uns.“

Er schlug die Tür zu und wollte den Wagen starten, doch Kralik hob die Hand, nachdem er auf das Display seines Handys gesehen hatte.

„Moment, da gehe ich mal eben kurz ran.“ Kralik nahm das Gespräch an, brummte mehrmals zustimmend und hörte ansonsten nur zu. Das Lächeln verschwand aus seinem Gesicht. Er murmelte: „Verstehe“, und nickte. Nach einer Weile beendete er das Telefonat mit einem „Melde mich gleich wieder.“ Er steckte das Handy ein.

„Tja, Herr Staatsanwalt, ich schlage vor, dass wir unseren Feierabend ein wenig verschieben.“

„Warum?“

„Das war der Streifenführer des Bullis, der Nemron in U-Haft bringt.“

„Es wird also spät. Okay, was wollte Nemron denn?“ Bergmann stieg wieder aus.

„Na ja, um es kurz zu machen ... er will reden.“

„Dazu werden wir ihm morgen gern Gelegenheit geben. Das habe ich vorhin ja wohl deutlich gesagt.“

„Ganz genau, das hat der Kollege auch versucht, klarzustellen. Nemron meinte allerdings, er hätte ein Angebot.“

„Ein Angebot? Was will er uns denn jetzt schon anbieten? So ein Quatsch. Wenn er denkt, dass er seine eigene Vergangenheit mit Rumgequatsche aufarbeiten kann, hat er sich gewaltig geschnitten. Ich bin doch kein Seelenklempner.“

„Er sagt, dass Morde geschehen sind und auch, dass er uns von Fällen erzählt hat, die nun nicht mehr stattfinden werden.“

„Kalter Kaffee ...“

„Nicht ganz, Herr Staatsanwalt, nicht ganz. Denn er spricht von einem dritten Szenario, von etwas, dass wir aktiv unternehmen können, um den Tod eines Menschen zu verhindern.“

„Meinte er das damit, als er vorhin sagte, dass wir bereuen würden, etwas nicht zu tun?“

„Ich denke schon. Er gibt an, uns etwas zeigen zu wollen.“

„Was genau?“, zischte Bergmann.

Kralik zuckte mit den Schultern. „Das will er nur mit uns persönlich besprechen.“

„Scheiße, der feine Herr will so lange wie möglich seinen Einzug in die U-Haft hinauszögern. Dazu benutzt er uns und tischt uns immer wieder neue Geschichten auf. Ich lasse mich dafür aber nicht missbrauchen, das sollte ihm klar sein."

Bergmann stampfte wütend mit seinem rechten Fuß auf. „Der kann mich mal! Was soll er in seiner jetzigen Position denn noch groß ausrichten können?" Er schüttelte den Kopf. „Wir schließen ihn jetzt weg, fertig. Der kann mich mal. Ich mache jetzt Feierabend!" Bergmann hatte den Türgriff bereits in der Hand, als Thaler ihm seine Überlegungen mitteilte.

„Da bin ich ganz Ihrer Meinung, Herr Bergmann. Ich möchte nur eine Kleinigkeit zu bedenken geben."

„Eine Kleinigkeit? Aha. Da bin ich aber mal sehr gespannt!" Der Staatsanwalt wandte sich ihm zu.

„Bisher hat Nemron genau das getan, was er uns vorher immer gesagt hat. Exakt das ... nicht mehr und nicht weniger. Er hat keinerlei Spielchen mit uns gespielt."

„Bis auf die Sache mit den Verzögerungen und dem freien Himmel über sich und dem ganzen anderen Quatsch, wenn ich das mal anmerken darf."

„Ja, das stimmt. Er hat uns aber genau dann, wenn wir auf ihn eingegangen sind, Details geliefert. Ich denke, das wird jetzt wieder so sein. Ich sehe das so, dass er uns erneut die Chance bietet, mehr zu erfahren."

„Ach Thaler, Sie sind ein Menschen-Versteher ohne Ende. Sie können sich in seine Lage hineinversetzen, aber leider zu gut. Er zögert doch nur alles hinaus, und wenn es blöd läuft, sucht er lediglich nach einer Fluchtmöglichkeit, und das wiederum ist das Letzte, was ich will. Also, was soll er uns denn schon zu bieten haben?"

Thaler sah auf die Spitzen seiner Schuhe, als er antwortete: „Das weiß ich nicht."

„Sehen Sie, aber ich weiß es. Nichts als heiße Luft, und darauf habe ich nun mal keinen Bock!"

Bergmann öffnete demonstrativ die Autotür.

„Aber was haben wir denn zu verlieren? Etwas Zeit, aber mehr doch nicht, oder?" Er hatte den Blick noch nicht wieder gehoben.

„Ja, meine und Ihre Zeit."

Die Pause war äußerst unangenehm, sodass sich Kralik schließlich einmischte.

„Ich stimme Ihnen prinzipiell zu, Herr Staatsanwalt. Allerdings sagten Sie selbst, dass mein Kollege ein Gespür für zwischenmenschliches Verhalten hat, und ahnt, dass gerade etwas in Nemron vorgeht. Dem würde ich gern nachgehen."

Bergmann ließ sich auf seinen Sitz fallen und seufzte. „Nur fürs Protokoll. Sie wollen also dem Typ eine Bühne geben und ihn an einen Ort seiner Wahl bringen lassen? Wer übernimmt dafür die Verantwortung? Was ist, wenn er entkommen kann?"

„Das wird nicht passieren, Herr Bergmann. Wir passen auf. Außerdem gibt es ja noch die Besatzung des Streifenwagens, und wir nehmen Nemron auf keinen Fall seine Fesseln ab. Sollte er also versuchen, uns zu hintergehen, würde er nicht weit kommen."

„Verdammt, aber warum wollen Sie das überhaupt? Warum fallen Sie auf sein Geschwafel herein?"

„Weil ich es nicht bereuen möchte, es nicht getan zu haben."

Bergmann starrte mehrere Sekunden lang auf sein Lenkrad, bevor er antwortete: „Tun Sie, was Sie nicht lassen können, aber ich bin für heute raus. Meine Frau und ich haben Hochzeitstag und Karten für die Oper.

Ich bin nicht gewillt, alles für einen was auch immer gearteten Schwachsinn aufs Spiel zu setzen. Ich habe jetzt Feierabend." Er winkte Kralik näher an sich heran. „Sie passen auf, ja? Ich will am Ende nicht noch bedauern, Sie mit der Leitung der Ermittlungen beauftragt zu haben. Versauen Sie es also nicht, und halten Sie mich auf dem Laufenden."

„Sehr wohl, Herr Staatsanwalt und herzlichen Glückwunsch."

Die beiden Polizisten sahen ihm hinterher, bis sein Auto aus ihrem Blickfeld verschwunden war.

„So, Thaler, dann schauen wir mal, was du uns da eingebrockt hast. Ruf die Kollegen an und sag ihnen, dass wir zu ihnen fahren. Ich bin gespannt, was Nemron zu berichten hat."

„Ich auch."

Kralik klopfte ihm auf den Rücken. „Nun mach nicht so ein Gesicht. Auf geht's. Das ist allemal besser, als wenn Bergmann uns gefragt hätte, ob wir mit in die Oper kommen!"

Kralik entriegelte den Wagen. „Keine Ahnung, was schlimmer ist und ob wir bereuen würden, es nicht getan zu haben. Ich weiß nur, dass damit mein Date platzt, und zwar das mit der Blondine, die ganz neu am Tresen beim Audi-Zentrum ist."

„Ach herrje, du Ärmster. Das tut mir ein wenig leid, aber nicht genug, um unseren geplanten Ausflug abzusagen. Ich vermute mal, dass du noch die eine oder andere Gelegenheit für ein Date in der Hinterhand hast, oder?"

„Und ich vermute, dass du mich schon ziemlich gut kennst."

Sie lachten beide.

„Was das betrifft, musst du dir wirklich keine Sorgen machen. Lass uns losfahren."

***

„Wissen die Kollegen Bescheid?"

„Ja", Kralik nickte, „sie warten bereits auf uns. Wir müssten auch gleich da sein."

„Es ist schon erstaunlich ... so etwas habe ich in den ganzen Jahren meiner Dienstzeit noch nicht erlebt."

„Ein Serienmörder, der Wünsche erfüllt bekommt? Glaub mir, ich auch nicht."

Den Rest der Strecke über schwiegen sie.

Der Polizei-Bulli stand mit offener Schiebetür am Rande eines Parkplatzes im Schatten. Kralik und Thaler bedankten sich bei der Besatzung.

„Wer weiß, was der uns sagen will. Letztlich kommt es ja nicht auf die Minute an, wann er einfährt."

„So ist es. Wollt ihr auch einen Kaffee?"

„Ist er stark?", fragte Kralik zurück.

„Na ja, ist halt keine Büro-Kaffeemaschine, sondern nur ein Camping-Kocher. Aber für euch lege ich einen Löffel obendrauf."

„Gern."

Sie warteten, bis der Kaffee durchgelaufen war, und stiegen dann zu Nemron in den VW-Bus.

„Dürfen wir?"

Ohne eine Antwort abzuwarten, nahmen sie auf der gegenüberliegenden Sitzbank Platz.

Thaler schob einen Becher in dessen Richtung.

„Sie scheinen uns offenbar zu mögen, wenn Sie erneut mit uns reden wollen."

Nemron lachte. „So würde ich es nicht formulieren. Aber schön, dass Sie wieder da sind."

„Was haben Sie denn auf dem Herzen?"

„Nichts ist umsonst, meine Herren." Nemron blickte beide nacheinander über den Rand seines Kaffeebechers an, während er trank.

„Wollen Sie jetzt schon Hafterleichterungen rausschlagen? Das haben der Richter oder der Staatsanwalt zu entscheiden, bei uns sind Sie da leider an der falschen Adresse."

Nemron stellte den Becher wieder ab. Die Hände hatte er so darumgelegt, als würde er sie sich wärmen wollen.

„Ich biete Ihnen die Chance, ein Menschenleben zu retten. Dafür verlange ich nichts anderes, als mich verabschieden zu können."

„Verabschieden?" Kralik starrte ihn an.

„Ja, von meiner Frau. Ich möchte sie ein letztes Mal sehen. Zu Hause, dort, wo sie wohnt, und ihr Lebewohl sagen."

Kralik knallte seinen Kaffeebecher so fest auf die Tischplatte, dass er überschwappte.

„Sie spinnen ja wohl! Komm, wir gehen."

Thaler und er standen auf und stiegen aus dem Bulli.

„Bergmann hatte recht. Machen wir Feierabend und buchten wir diesen Verrückten hier ein."

Sie gingen nach vorn, wo die beiden Uniformierten gerade rauchten.

„Ihr könnt ihn wegbringen. Das Ganze hat sich erledigt."

Kralik atmete mehrmals tief durch, um sich zu beruhigen. „Der wollte nur mit uns spielen ... uns hinhalten

… Zeit gewinnen. Er tut so, als wolle er uns Informationen geben. Darüber kann ich noch nicht mal lachen. Wird Zeit, dass wir die Welt von ihm befreien."

Sie hatten sich kaum mehr als zehn Schritte entfernt, da rief ihnen Nemron hinterher: „Sie ist der Mensch, den Sie retten können."

Kralik winkte ab, blieb aber dennoch stehen. Thaler drehte sich herum. „Wie meinen Sie das?"

„Sie können meine Frau retten."

„Das glaube ich nicht, denn ich kenne Ihre Akte. Sie sind ledig, Herr Nemron."

„Auf dem Papier vielleicht."

Er wollte sich nach vorn beugen, um Thaler besser sehen zu können, wurde aber von den Handschellen zurückgehalten. „Herr Kommissar, Sie hatten doch das Vergnügen, Andrea kennenzulernen, oder?" Er grinste.

„Hauptkommissar." Thaler kratzte sich am Kopf. „Wie könnten wir sie denn retten? Also nur mal theoretisch?"

„Bei Ihrem ersten Besuch haben Sie sich sozusagen selbst zu uns nach Hause eingeladen. Jetzt lade ich Sie ein, mich zu begleiten, damit wir Abschied nehmen können. Andrea war ein wichtiger Teil meines Lebens. Ob es endet, liegt von nun an in Ihrer Hand."

„Das müssen Sie mir schon etwas näher erläutern, wenn ich bitten darf."

„Ich nehme an, dass Sie in der Zwischenzeit mehr über die Hintergründe wissen, oder? Es gibt doch sicherlich eine Akte, nicht wahr?"

„Ja, die gibt es. Aber die kenne ich nicht."

„Sollten Sie aber, Herr Kommissar, sollten Sie. Ich schlage vor, dass Sie sich erst mal informieren und ich so lange hier auf Sie warte." Er deutete auf die Handschellen. „Danach setzen wir unsere Plauderei dann fort."

„Warum sollten wir das tun?"

„Oh, das wiederum kann ich Ihnen exakt sagen, wenn Sie mir verraten, wie spät es ist."

Thaler blickte kurz zu seinem Kollegen Kralik hinüber, bevor er auf seine Uhr sah.

„Siebzehn Uhr zwölf."

„Danke. Dann haben Sie noch genau zwei Stunden und achtundvierzig Minuten. Im besten Falle."

„Bis zur Tagesschau?"

„Sehr witzig, Herr Kommissar, sehr witzig."

„Also was ist in zwei Stunden und achtundvierzig Minuten?"

„Siebenundvierzig Minuten, wenn ich korrigieren darf. Dann passiert das, was Sie bereuen werden."

„Häh?"

„Oh, der Herr Kommissar bildet kurze Sätze, wohl um Zeit zu gewinnen." Er kicherte. „Nehmen wir uns kurz einen Moment, um darüber zu philosophieren, was damit wohl gemeint ist. Sie könnten bis zwanzig Uhr etwas finden ... eine Nachricht erhalten ... einem Countdown hinterherlaufen ... auf eine Entdeckung warten ... Es gibt eine ganze Menge Möglichkeiten."

„Der Tag war lang, Herr Nemron, Ihr Fall sitzt uns in den Knochen, und ich habe wirklich keine Lust, mit Ihnen Rätselspiele zu betreiben. Ich wüsste auch nicht, wo wir in den verbleibenden zwei Stunden mit der Suche anfangen sollten."

„Plus fünfundvierzig Minuten, um genau zu sein." Nemron sah sie von oben herab an.

Kralik konnte sich nicht mehr zurückhalten. Mit wenigen Schritten war er am Auto angelangt, sprang hinein und ergriff Nemron am Kragen.

„Mir reicht es jetzt, Freundchen, raus damit!" Er schüttelte ihn heftig.

„Warten Sie!" Nemron hustete und verdrehte die Augen.

Kralik lockerte seinen Griff, ließ aber nicht los.

Betont langsam ging Thaler zu seinem Kollegen hinüber und löste dessen Hand vom Kragen des Verdächtigen. Er schob Kralik rückwärts zur Bank, sodass sie sich gemeinsam wieder hinsetzten.

„Also, wir hören."

„Das ist gut. Wie ich schon sagte: Sie sollten sich informieren."

„Weil?"

„Weil ich das Gegengift besitze."

„Scheiße! Das klingt gar nicht gut", entfuhr es Thaler. Er und Kralik starrten sich an. In Nemrons Richtung gewandt fuhr er fort: „Sie entschuldigen mich bitte, ich muss telefonieren."

Er stand auf und verließ hastig das Fahrzeug. Als er außer Hörweite war, wählte er die Nummer von Bergmann. Das Gespräch dauerte fast zehn Minuten. Als er zurückkehrte, hatten sich auch auf seiner Stirn Sorgenfalten gebildet. Ächzend stieg er ein und setzte sich.

„Sie haben sie entführt, als sie noch ein Kind war? Ein kleines blindes Mädchen? Und über die ganzen Jahre hinweg …"

Seine Stimme wurde leiser und er hatte Mühe, zu sprechen.

„Entführt ist vielleicht ein wenig zu weit gegriffen. Ich würde es eher so bezeichnen, dass ich sie vor dem System in Sicherheit gebracht habe. Heute sind wir viel mehr als einfach nur Mann und Frau."

„Und sie hat Gift bekommen?"

„Korrekt, und auch das Gegengift, das wollen wir mal nicht vergessen. Also zumindest beim letzten Mal war es so, sollte ich der Vollständigkeit halber sagen. Jetzt wartet sie."

„Bekommen? Von wem?"

„Drei Mal dürfen Sie raten."

„Von Ihnen? Verdammt ..."

„Ich denke, wir sollten losfahren." Nemron tippte auf sein Handgelenk, als befände sich dort eine Uhr. „Bald sind es weniger als zwei Stunden, meine Herren, und die Chancen stehen nicht gut."

„Immer mit der Ruhe. Ich habe mich gerade erkundigt. Das mit dem Gift und Gegengift ist keine einfache Nummer. Man muss das richtige Pärchen haben und wahrscheinlich auch weitere Maßnahmen ergreifen, wie zum Beispiel Krämpfe mit Valium behandeln."

„Das ist richtig. Es erfordert Wissen und Geschick, da gebe ich Ihnen recht, Herr Kommissar."

„Erschwerend kommt hinzu, dass man das Zeug ja irgendwo beschaffen muss. Man benötigt einen Zugang zu einer Apotheke, einem Labor, einer Chemiefabrik, dem Großhandel oder Ähnlichem."

„Ich verstehe. Deshalb waren Sie also gerade telefonieren. Schön aufgezählt. Das haben Sie wohl im Seminar gelernt, was?" Nemron lachte.

„Sie hatten ja einige Zeit, mich näher kennenzulernen. Es liegt daher jetzt an Ihnen, abzuwägen, wie ich diesbezüglich meine Möglichkeiten genutzt habe. Ich bin jetzt mal nicht beleidigt, habe aber keine Lust mehr, mit Ihnen darüber zu diskutieren. Entscheiden Sie selbst, ob Sie mir glauben oder nicht. Vergessen Sie dabei aber nicht, ab und zu auf die Uhr zu schauen.“

Kralik und Thaler brachten kein Wort mehr hervor, sondern sahen sich nur stumm an. Dann stiegen aus und gingen zur Besatzung des Wagens.

Wenig später fiel ihre Entscheidung. Sie nannten ihnen Nemrons Wohnanschrift.

„Wir fahren euch hinterher und sind direkt hinter euch. Ein weiterer Streifenwagen ist bereits zur Verstärkung angefordert. Wir sehen uns dann am Haus des Spinners. Vergiftet seine eigene Frau, wo gibt’s denn sowas. Und da er von einem Gegengift redet und dem letzten Mal, scheint es mir auch keine Einzeltat gewesen zu sein. Die Welt wird immer verrückter.“

Dieses Mal fuhr Thaler. Das Radio ließen sie ausgeschaltet, denn sie brauchten die Ruhe, um sich zu sammeln und zu verstehen, was hier genau vor sich ging.

Irgendwann fragte Kralik in Richtung seines Kollegen: „Also ganz klassisch? Sie verbündet sich mit ihrem Entführer, wird letzten Endes seine Braut und wir haben es mit dem Stockholm-Syndrom zu tun?“

Doch er brauchte keine Antwort, denn er kannte sie bereits.

***

Nach dem Klingeln mussten sie einige Zeit warten, bis ihnen geöffnet wurde.

„Guten Tag Frau Apel.“

„Schatz, ich bin zu Hause und habe Besuch mitgebracht!"

Thaler und Kralik hielten Nemron links und rechts am Oberarm fest, während er sie begrüßte. Seine Hände waren hinter seinem Rücken gefesselt.

Die Frau blieb unentschlossen stehen. Sie trug eine Sonnenbrille. Wenn jemand redete, drehte sie kurz ihren Kopf in die entsprechende Richtung.

„Hm, du hast ja gekocht! Wie das riecht", fuhr Nemron fort. Er versuchte, näher an sie heranzukommen.

„Immer schön langsam."

An Frau Apel gewandt: „Dürfen wir reinkommen?"

Sie nickte und nahm ihre Hand vom Türknauf.

„Hühnersuppe, ich liebe diesen Duft!"

„Ich glaube nicht, dass wir zum Essen bleiben."

Der Flur war zu eng, als dass sie ihn beide führen konnten. Kralik übernahm diese Aufgabe daher allein und Thaler folgte ihm.

Sie gingen in die Küche. Kralik bat die Frau, sich hinzusetzen. Nemron platzierte er am Tisch ihr gegenüber.

„Ich schalte mal eben den Herd aus, nicht, dass noch etwas passiert."

Thaler schob anschließend die Nudelpackung vom Rand der Arbeitsplatte weg und blieb seitlich hinter Nemron stehen.

„Wie geht es Ihnen?"

„Gut."

Ihren Blick richtete sie stur in die Richtung, in der sie ihren Mann wusste.

Thaler ging die wenigen Schritte auf sie zu und ergriff ihre Hand. Sie zuckte instinktiv zurück.

„Sie müssen keine Angst haben, ich möchte lediglich Ihren Puls fühlen."

Sie ließ es geschehen.

Er nutzte die Zeit, um sie näher zu betrachten. Ihre Haare waren frisch frisiert und zeigten nicht die Spur eines Farbansatzes. Ihre Haut war sehr blass, was wahrscheinlich dem fehlenden Sonnenlicht geschuldet war. An den Schläfen und zwischen ihren Augenbrauen sah er vereinzelte Schweißperlen. Sie roch nach cremiger Seife.

Thaler nickte. „Soweit in Ordnung. Frieren Sie? Es fühlt sich so an."

Er legte ihre Hand vorsichtig zurück auf den Tisch.

Andrea Apel schüttelte den Kopf.

„Der Herr Kommissar sucht wohl nach Anzeichen, wenn ich mich nicht irre, was?" Er grinste in Thalers Richtung.

Doch dieser ging nicht darauf ein.

„Wir haben etwas mit Ihnen zu besprechen, Frau Apel. Es gibt Anlass zur Sorge wegen Ihrer Gesundheit. Uns wurde erzählt, dass Sie ein Mittel bräuchten ..."

„Uns wurde erzählt, dass Sie ein Mittel bräuchten", wiederholte Nemron und lachte laut auf.

„Mäßigen Sie sich gefälligst!", herrschte ihn Kralik an.

Nemron beruhigte sich wieder.

„Alexa, wie spät ist es?"

„Siebzehn Uhr und siebenundfünfzig Minuten", antwortete eine Computerstimme.

„Ah okay. Schatz, sag es ihnen. Hab keine Angst."

Die Angesprochene zuckte unmerklich zusammen. Auf ihrer Stirn hatte sich ein Schweißfilm gebildet, doch sie schwieg.

„Nun mach schon, erzähl Ihnen, was ich dir immer frisch zubereite."

Sie zitterte jetzt ein wenig. „Wenn du heimkommst?"

„Ja, was denn sonst? Du stellst dich aber auch wieder blöd an!"

„Dann ... also dann bekomme ich immer einen Tee ... eine Kräutermischung, die gut für mich ist."

„Kräutertee?", fragte Kralik zurück.

Sie senkte den Blick. „Ja, der tut mir gut."

„Wann hättest du ihn denn gern, Schatz?" Seine Stimme klang kalt.

„In den nächsten zwei Stunden", flüsterte sie. „Ich bin daran gewöhnt."

„Mein Reden." Nemron lehnte sich zurück. „So eine Zeitansage ist schon eine gute Orientierung."

Thaler bemerkte, dass sie immer mehr fror.

„Wo finde ich denn diesen Tee? Darf ich Ihnen vielleicht einen kochen?"

Doch sie schüttelte nur kurz den Kopf.

„Sie könnten mich ja einfach bitten, mit in den Keller zu kommen, Herr Kommissar. Deshalb sind wir doch hier."

„Das hätten Sie wohl gern, was? Ich gehe selbst hinunter und suche."

„Haben Sie etwa Angst vor mir?", höhnte Nemron. „Zwei Polizisten neben mir, ich im gefesselten Zustand, und noch zwei Bewaffnete im Auto vor dem Haus ... das ist doch wohl lächerlich!" Er unterdrückte ein Husten. „Und wie ich vermute, haben Sie auch bereits Verstärkung angefordert. Doch ohne mich wird Ihnen das nicht viel nützen. Selbst, wenn Sie etwas finden, wissen

Sie immer noch nicht, wie man es richtig mischt, denn Sie kennen die perfekte Dosierung nicht."

Kralik und Thaler sahen sich ratlos an.

„Es wird Ihnen auch nichts nutzen, irgendwelche Ihrer Experten anzufordern. Sie wissen doch, wie spät es schon ist, meine Herren."

„Für Ihr selbstgefälliges Grinsen könnte ich Ihnen direkt eine in die Fresse hauen."

„Tun Sie sich keinen Zwang an. Die Zeit arbeitet für mich."

„Verdammt!" Kralik schlug mit der flachen Hand auf den Tisch.

„Nun regen Sie sich doch nicht so auf, Herr Kommissar. Was haben Sie denn schon zu verlieren? Nehmen Sie mir einfach die Dinger hinter meinem Rücken ab und dann sehen wir weiter. Je eher sie das Mittel bekommt, desto besser. Meinen Sie nicht auch?"

Es war Thaler, der antwortete: „Das mit den Handschellen können Sie vergessen. Wir bringen Sie runter, sind aber Ihre Begleitung und die Fesseln bleiben dran. Sie geben uns im Keller das Gegenmittel und sagen uns, wie es dosiert werden muss. Das ist unser Angebot."

„Gut, dann soll es so sein." Nemron erhob sich. „Folgen Sie mir, in mein Reich." Er deutete in Richtung Kellertür, die man von der Küche aus sehen konnte.

„Ich gehe voran." Thaler öffnete die Tür. Ausgetretene Sandsteinstufen waren im hellen Licht der Neonröhren zu sehen.

„Ich sollte wohl mal darüber nachdenken, auf LED umzurüsten. Aber vielleicht lohnt sich das ja auch nicht mehr, denn mein Arzt hat mir eine kurze, aber dafür düstere Zukunft gezeichnet. Keine Ahnung, wie lange ich noch lebe. Die medizinischen Experimente von früher fordern nun ihren Tribut, wissen Sie?"

„Quatschen Sie nicht ... vorwärts!"

Es gab kein Geländer. Die breiten Stufen boten allerdings genügend Halt.

„Langsam, keine hektischen Bewegungen!"

Nach gut zehn Stufen blieb Nemron stehen.

„Gut, dass Sie sich nichts vorwerfen müssen, denn Sie haben alles getan, was in Ihrer Macht steht, Herr Kommissar. Sie trifft nicht die geringste Schuld. Sie müssen nichts bereuen."

„*Was?*"

Nemron riss sich los, drehte sich um seine eigene Achse und schrie: „Alexa, Licht aus!"

„Licht aus", antwortete die Computerstimme.

Schlagartig wurde es finster um sie herum. Mit dem restlichen Schwung seiner Drehung traf Nemron Thaler im Rücken. Dieser stolperte, konnte sich nicht halten und stürzte mehrere Stufen auf einmal hinunter.

Kralik hielt sich instinktiv an einem der vorstehenden Ziegelsteine fest. Nemron versuchte weiterhin, ihn zu treten, verfehlte ihn aber knapp. Dann sprang er an ihm vorbei und nahm mehrere Stufen auf einmal.

„Folge mir, mein Schatz!", rief er nach oben.

Kralik konnte Andrea Apels Schatten bereits in der Türöffnung erkennen und griff suchend nach seinem Handy, um es als Taschenlampe zu nutzen. Doch er kam nicht dazu, es einzuschalten.

„Alexa, Vorhang auf!"

„Vorhang auf", wiederholte die Stimme des Sprachassistenten. Etwas surrte nun in der Wand, dann klackte es. Kralik fühlte, wie ein dickes Netz über sie fiel.

Seitlich war es mit Holzbalken fixiert, die sie bei ihrem Sturz von der Decke umgehend zu Boden rissen. Mit einer geringfügigen Verzögerung kam zuerst der linke, dann der rechte auf. Beide allein für sich hätten ausgereicht, die beiden Männer umzureißen. Thaler krachte jetzt mit dem Rücken voran auf die Kanten der Stufen und atmete schwer.

„Machen Sie sich keine Sorgen um Andrea, Herr Kommissar, sie braucht kein Licht, um sich hier unten im Dunkeln zurechtzufinden. Es war ihr bestimmt eine Freude, Sie auf dem Weg nach unten im Dunklen unbemerkt zu überholen." Nemron lachte höhnisch vom Fuß der Treppe aus.

„Wussten Sie, dass man in jedem vernetzten Heim jede Steckdose beliebig benennen kann?" Er kicherte. „Mein Spruch gerade hat übrigens zwei Magnetstifte gelöst, die für die Fixierung der Balken zuständig waren. Die Bezeichnung *Vorhang* trifft es doch ganz gut, nicht wahr?"

Kralik konnte nicht antworten, denn der Schmerz raste immer noch durch seinen Körper.

„Sie heißt Alexa, genau wie eine bekannte Sprachassistentin, ist aber von mir umprogrammiert worden. Sie hört ausschließlich auf meine Stimme, nicht auf Fremde. Ersparen Sie sich also einfach die Mühe, es auszuprobieren."

Nemron setzte seinen Weg fort. „Alexa, mach die Fackeln an."

„Fackeln an", wiederholte sie. Der Weg vor ihnen wurde nun in diffuses Licht getaucht. Das hämische Lachen entfernte sich.

Kralik schrie auf, denn etwas hatte plötzlich seine Hand erwischt, streifte sein Gesicht und verschwand dann nach unten. Es dauerte eine Weile, bis er verstand, dass es Andrea Apel gewesen war. Sie war an ihm vorbeigelaufen, um Nemron zu folgen, und hatte dabei auf seine Hand getreten. Zumindest lenkte ihn das ein wenig von seinen Schmerzen im Rücken ab. Er hechelte. In der unverletzten Hand hielt er sein Handy.

Kein Empfang, war ja klar! Scheiße.

Er biss seine Zähne fest zusammen, bemüht, sich auf den Bauch zu drehen. Dafür brauchte er allerdings mehrere Versuche. Er schaffte es dabei leider nicht, den Schmerz zu unterdrücken, und heulte wild auf. Da er nicht wusste, wie lange ihn das Adrenalin noch in Bewegung halten würde, versuchte er, so schnell wie möglich nach unten zu gelangen, um Thaler zu suchen. Er kroch abwärts und konnte dabei das Handy wenigstens als Taschenlampe verwenden.

Es dauerte nicht lange, bis er seinen Kollegen gefunden hatte.

„Thaler, Mensch, lebst du noch?"

Soweit es das Netz, das über ihnen lag, zuließ, richtete er sich auf.

„Antworte mir, verdammt!"

Er leuchtete ihm in das kalkweiße Gesicht, sah die violett unterlaufen Augen und den Schweiß. Atmung und Puls waren beschleunigt. Aufgeregt tätschelte er dessen Wangen. „Sag was ... los, sag was!"

„Schrei mich nicht an", zischte dieser als Antwort. „Und bleib von meinem Arm weg, der ist gebrochen."

Kralik leuchtete zu der besagten Stelle und fuhr erschrocken zurück. Durch den blutgefärbten Stoff der Jacke hatte sich ein Knochen des Unterarms gebohrt.

Kralik kämpfte mit der Panik und versuchte, an seine Ausbildung zurückzudenken. Er schloss die Augen und zwang sich, einen Moment innezuhalten. Als er sie wieder öffnete, klang seine Stimme fest. „Du musst bei mir bleiben, verstehst du? Nur nicht einschlafen, ja? Das ist nur der Schock. Du schaffst das schon."

Thaler nickte.

Kralik öffnete mühsam sein Hemd und riss so lange an dem T-Shirt darunter, bis er es in langen Fetzen in der Hand hielt.

„Zähne zusammenbeißen! Das tut jetzt gleich weh, muss aber leider sein."

Er nahm die beiden Kugelschreiber aus der Innentasche seiner Jacke, legte sie vorsichtig links und rechts neben den Knochensplitter und wickelte sein T-Shirt als provisorischen Verband darum.

„Dein Geheule klingt ja wie das eines Wolfes, alter Freund, aber mach, wie du willst, Hauptsache, du bleibst bei mir."

Hätte man ihn danach gefragt, hätte er nicht sagen können, ob er gerade Thaler oder sich selbst Mut zusprach.

„Gut gemacht", lobte er. „Warte kurz, das blöde Fangnetz kann ja nicht ewig lang sein. Ich suche uns mal einen Ausgang." Er kroch weiter, fand schnell das gesuchte Ende und klappte es zurück. „Komm, die paar Meter zu mir, schaffst du."

Dann stützte er Thaler am gesunden Arm. Ungewollt musste er lachen. „Wir sollten mal so einen saufen gehen, dass wir uns gegenseitig stützen müssen! Das wäre bestimmt deutlich angenehmer. Wir holen das nach, ja?"

Thaler brachte nur ein schwaches Nicken zustande.

Er hakte sich unter und gemeinsam schlurften sie weiter. „Sieh mal, da hinten scheinen links und rechts Türöffnungen zu sein."

Inzwischen hatten sie jegliches Zeitgefühl verloren. Als sie fast bei den Türen angekommen waren, krachte es auf einmal laut über ihnen, eine rote Rundumleuchte rotierte und Qualm stieg auf. Es roch verschmort. Aus einem versteckten Lautsprecher schepperte Nemrons Stimme: „Wenn Sie das hier hören, haben Sie meine Lichtschranke erreicht und ausgelöst. Antworten Sie nicht auf diese Nachricht, ich kann Sie sowieso nicht hören." Ein dumpfes Lachen, gefolgt von einem Rasseln in der Wand ertönte. Unmittelbar darauf krachten Gitter in die Türöffnungen. Die Erschütterung war stark genug, dass Kralik sein Telefon fallen ließ. Das Licht der LED-Fackeln, das sie vom Fuß der Treppe an begleitet hatte, erlosch jetzt und mit ihm auch der Lichtpunkt der Handylampe. Thaler und Kralik mussten lange husten und darauf warten, bis sich der Staub wieder gelegt hatte.

Sie rüttelten an den Gittern, doch nichts passierte.

„Weißt du, an was ich gerade denken muss?"

„Nein, erzähl."

„Wie er uns mit der Pik Sieben hinhalten wollte. Wir sollten abgelenkt werden und sogar rituelle Motive vermuten. Stell dir mal vor, wenn wir da allen möglichen Vermutungen nachgegangen wären. Zum Glück haben wir diese Überlegungen den Kollegen überlassen."

„Er wollte lediglich Zeit gewinnen und uns verwirren, ja. Aber besser ist, wir konzentrieren uns auf das Jetzt. Lass uns weitergehen. Irgendwo muss sich das Schwein ja befinden."

„Hm." Thaler zitterte stark und krümmte sich vor Schmerz. „Ich ... ich kann nicht mehr."

„Doch, komm, ich helfe dir."

„Nein, lass mich zurück. Allein hast du noch eine Chance. Ich habe starke Schmerzen und kann und will nicht mehr. Ich sehe außerdem nichts, denn ich bin ja nachtblind, verstehst du?" Seine Stimme war eher ein heißeres Fauchen.

„Ich weiß, mein Freund, ich weiß. Aber ich lasse dich nicht zurück, nicht nach alledem, was wir gemeinsam erlebt haben. Bleib bei mir, wir tasten uns zusammen voran. Unsere Hände müssen nun unsere Augen sein."

Sanft zog er Thaler mit sich, Schritt für Schritt. Kralik hatte es sich zur Aufgabe gemacht, nicht nur für sein eigenes Überleben zu sorgen, sondern auch für das seines Partners. Das verlieh ihm irgendwie Kraft.

„Warte!"

Er stoppte.

„Soweit ich mir oben den Grundriss des Hauses eingeprägt habe, müssten wir nun langsam am Ende des Kellerraumes ankommen. Wir müssen also vorsichtiger sein."

Sie lauschten.

„Ist das ein Luftzug?"

Im gleichen Moment erfasste sie der grelle Strahl eines Scheinwerfers.

„Respekt meine Herren, dafür, dass Sie es bis hierhin geschafft haben."

Die Stimme kam aus einem Nachbarraum. Dabei die Orientierung zu behalten, fiel ihnen schwer. Die beiden Polizisten versuchten, aus dem Scheinwerferlicht zu kommen. Spät und direkt vor sich, bemerkten sie plötzlich glitzerndes und brechendes Licht auf dem Boden vor sich, eine Art Schwelle.

„Stacheldraht und Glasscherben ... die Wegmarkierungen des Teufels. Da haben Sie wohl noch mal Glück gehabt, meine Herren."

Das Licht im Nachbarraum war zu schwach, um mehr als Schatten ausmachen zu können.

„Aber wo wir gerade so nett zusammenstehen, würde ich Ihnen gern etwas für die Zukunft mit auf den Weg geben. Erstens: Tragen Sie immer Ihre Dienstwaffen bei sich. Zurückgelassen im Auto nützen Sie Ihnen nämlich nichts. Zweitens: Halten Sie sich an die Vorschriften, denn der Staat lässt sich nicht erpressen, und geht schon gar nicht auf Forderungen von Kriminellen oder Verdächtigen ein, niemals. Oder besser gesagt, Sie hätten mir keine Gelegenheit geben dürfen, einen ungleichen Kampf auf meinem Boden zu führen, zu meinen Bedingungen, in meiner Festung!" Nemron hatte sich in Rage geredet. „Oder wissen Sie vielleicht, wie viele Ebenen es hier unten noch gibt? Hm? Machen Sie mir doch die Freude, Ihnen etwas zeigen zu dürfen."

Sie hörten, wie Nemron einige Schritte zurückging.

„Alexa, Licht aus, Grube eins auf!"

„Grube eins", antwortete die Computerstimme. In der einsetzenden Schwärze sahen sie, wie im Nachbarraum der Boden auseinanderging. Es bildete sich ein riesiger Spalt. Rote Lichtpunkte blinkten. Je breiter der Spalt wurde, desto mehr waren zu sehen.

„Das rote Licht ist nicht das Höllenfeuer, keine Sorge. Aber es ist dicht dran!"

Fast zwei Minuten blieb es danach still, abgesehen vom Surren der Motoren, die für die Öffnung des Spaltes zuständig waren. Dann machte sich ein stechender Geruch breit und erschwerte ihnen das Atmen.

Irgendwann stoppten die Motoren. Der Gestank war in der Zwischenzeit unerträglich geworden. Thaler und Kralik mussten würgen.

„Meine Herren, bevor ich mich meiner Schreiberei der Kriminalistik hingegeben habe, stand historischer Stoff auf meiner Liste. Das, was Sie da unten nur erahnen, ist die ziemlich genaue Nachbildung einer mittelalterlichen Fallgrube. Das Zentrum habe ich absolut original gestaltet, exakt einem chinesischen Vorbild nachgebaut. Bambusspitzen, die in Nervengift getränkt worden sind. Herrlich! Es reicht aus, sich an ihnen zu ritzen, dann ist man zwar später tot, als wenn man direkt aufgespießt wird, aber immerhin." Wieder erklang das höhnische Lachen. „Diese Grube ist übrigens größer als das Original, das ich in den alten Schriftrollen gefunden habe. Ich habe mir die Freiheit genommen, an den Rändern einheimisches Holz zu verwenden. Ach, und bevor Sie fragen: Die roten Lämpchen sind Leuchtdioden, auf jeder Spitze eine davon. Wenn Sie den Moment genießen wollen, achten Sie mal auf den Blink-Rhythmus. Es ist die moderne Form vom Herzschlag des Bösen, vom Herzschlag der Hölle!"

Kralik und Thaler konnten einen Schauder nicht unterdrücken, der Ihnen über den Rücken lief.

„Können Sie es sehen? Genießen Sie den coolen Takt!" Sein Lachen hallte durch den Gang. „Ich habe mich belesen, bei meinen Autorenkollegen, wie ich schon das eine oder andere Mal anmerkte. Wissen Sie, was die gemacht hätten? Etwas Passendes, nämlich Händels Feuerwerksmusik, abgespielt. Wahrhaft dramatisch und episch! Wenn Sie das vermissen, tut es mir leid. Aber ich finde, das schweigende Blinken ist wie der tiefe Rhythmus des teuflischen Seelenschreis."

Sie blieben am Rand der Grube stehen und stützten sich gegenseitig.

„Übertreibt er jetzt nicht ein klein wenig?", frotzelte Kralik.

Mehr als ein angedeutetes Lächeln konnte Thaler auch dieses Mal nicht als Antwort bieten.

„Andrea, Schatz, wo bist du? Komm her, ich brauche dich!"

Auf der anderen Seite hörten sie nun ein Klirren und etwas schepperte laut.

„Wusste ich es doch, dass ich die noch brauchen könnte." Ein dumpfer Schlag auf Holz erklang.

„Ah, da bist du ja, Schatz. Hier nimm das. Aber sei vorsichtig, es ist schwer. Hier, mit beiden Händen ... es ist eine Axt."

Nach einer kurzen Pause sagte er: „Nun stell dich nicht so an! Ja, mit beiden Händen. Hier, exakt gerade herunter, genau zwischen meine Hände. Ich muss die Handschellen so schnell wie möglich loswerden. Übe es vorher. Aber langsam, das Scheißding ist scharf!"

Es klirrte einige Male.

„Jetzt mach schon!"

Dann erfolgte ein heftiger Schlag.

„Au, du sollst doch aufpassen, verdammt, du hast mich fast geschnitten!" Man konnte hören, wie er sie wegstieß. „Troll dich!"

Dann war es auf einmal ruhig.

Die Grube übte eine unheimliche Faszination auf sie aus. Die Leuchtdioden variierten tatsächlich wie der Schlag eines Herzens. Mal schneller, mal langsamer. Nur an den Geruch, der aus der Grube aufstieg, hatten sie sich noch nicht gewöhnt.

Kralik riss sich los und schrie: „Was soll dieser Gestank? Haben Sie Ihre Gedanken materialisiert? Das ist ja schlimmer als jede beschissene Klärgrube."

Sie konnten hören, wie er auf der anderen Seite ein Stück in ihre Richtung zurücklief. „Ah, genau zur rechten Zeit, Herr Kommissar, fast hätte ich es vergessen." Er hustete. „Alexa, Grube zwei."

„Grube zwei", wiederholte sie.

Ein leises Zischen ertönte.

„Wolltest du deine Lichtorgel wieder zumachen?", fragte Kralik zurück.

„Netter Versuch, aber nein, dann hätte ich das so gesagt. Grube zwei befindet sich draußen, dort, wo Ihre Verstärkung im Schatten vor dem Haus auf Sie wartet ... besser gesagt gewartet hat. Na ja, der Kleinbus parkt jetzt eine komplette Etage tiefer." Er kicherte. „Ich kann allerdings nicht sagen, ob die Sickergrube komplett gefüllt war. Das lässt sich um diese Zeit leider nur erraten."

Kralik merkte, wie sein Mageninhalt bitter aufstieg.

Nemron fuhr fort: „Aber gestatten Sie mir noch, auf Ihre eigentliche Frage zu antworten. Das, was Sie da riechen, ist meine Farm. Alle Ratten da unten in der Grube habe ich selbst gefangen oder selbst gezüchtet. Es sind in der Zwischenzeit so viele geworden, dass ich sie sich selbst überlassen musste. Sie fressen sich gegenseitig auf. Das, was Sie da riechen, ist der Kampf ums Überleben. Es sind die Kadaver, die wohl schon mehrfach verdaut wurden. Ab und zu füge ich etwas Abfall aus der Küche dazu. Da müssten Sie mal die Aufregung sehen, einfach herrlich! Aber machen Sie sich keine Sorgen, meine Herren, das Gift der Bambusspitzen tötet qualvoller als die schlimmste Rattenplage. Sie können also ganz beruhigt sein und im Zweifelsfall die Variante wählen, wie es zu Ende gehen soll." Nemron hob seine Stimme. „Probe gefällig? Moment mal, ah da, Andrea, gib mir mal deine Bluse."

Sie hörten, wie Stoff zerrissen wurde.

„Alles muss man selbst machen. Wenn ich das abreiße, geht es schneller, als wenn ich warten muss, bis du dich ausziehst. So, das hätten wir. Schauen Sie mal."

Der Schatten auf der anderen Seite warf jetzt etwas nach unten, vermutlich die Stoffstreifen der Bluse.

Ein wildes Quieken und Kreischen war die Antwort. Es kam wie eine Welle von den Rändern in die Mitte.

„Oh, oh, die Viecher haben sich ja schon wieder vermehrt. Nicht schlecht, nicht schlecht. Sie krabbeln so schön übereinander."

Man hörte Nemron die Begeisterung an.

„So sehr ich unsere Plauderei auch genieße, ich muss jetzt weiter. Halten Sie sich fest, meine Herren."

„Wir sollen *was*?"

„Alexa? Die Treppe."

Alexa wiederholte: „Die Treppe."

Kurz darauf knackte es laut und es roch wie ein Elektrobrand. Risse zogen über den Boden und dann brach die Zwischendecke hinter ihnen zusammen. Staub und Dreck wurden aufgewirbelt.

„Wenn alles geklappt hat, stehen Sie jetzt auf einer Stahlträgerkonstruktion von geschätzt zwei mal zwei Meter Fläche. Den Rückweg gibt es nicht mehr. Sie dürfen würfeln, wer es wagt, zuerst über die Grube zu springen!" Sein Lachen ging in einen Husten über. „Ich Dummerchen, ich vergaß, Sie haben ja gar keine Würfel." Sein Husten wurde stärker. „Andrea, gib mir mein Röhrchen." Und kurz darauf: „Wie, du hast es nicht dabei? Du hast es oben vergessen? Meine Medizin? Du weißt, wie es meine Lunge zerreißt. Na warte, ich werde dir Folgsamkeit lehren … du sollst mich kennenlernen!"

Die Ohrfeige klang mehr als heftig.

„Und jetzt darfst du dich mit meinem Gürtel anfreunden!"

Sie schrie, als das Leder ihren nackten Oberkörper traf. Nemron schlug mehrmals zu. Das Klatschen auf der Haut brannte sich in ihre Ohren ein.

„Lassen Sie die Frau in Ruhe!" Kralik ballte eine Faust in Nemrons Richtung.

„Es hat doch keinen Zweck, Andrea, du hast keine Chance, ich sehe schließlich, wohin du läufst!"

Weitere Schläge und leises Weinen erfolgte.

„Du darfst nicht weglaufen, du musst deine Strafe entgegennehmen. Bleib gefälligst stehen, verflixt! Du bist direkt am Rand der Grube. Sehr sehr nah. Dreh dich um und komm zurück zu mir, weg von dem Rand!"

Kralik konnte sehen, wie auf der anderen Seite der Abstand zwischen den beiden Schatten kürzer wurde. Nemron holte schnell auf.

„Los, richte dich auf und sieh mich an, wenn ich mit dir rede!“

Doch der kleinere der Schatten kroch weiter.

„Wie ein Hund, ja, auf allen vier Pfoten? Willst du zu den anderen Tieren? Ist das etwa der Dank für ...“

Der Schatten zögerte kurz und fiel dann nach unten. Kein Schrei, nur ein dumpfer Aufschlag, gefolgt von einem Geräusch, als würde Luft aus einem Ballon entweichen. Unmittelbar darauf kreischten die Ratten um die Stelle herum, wo sie aufgespießt worden war.

„Scheiße, Andrea, was soll das?“ Jetzt schrie Nemron. „Habe ich dir erlaubt, von mir zu gehen?“

Der große Schatten kniete sich nieder und blickte über den Rand der Grube. „Du hast es wirklich getan, mein Schatz. Du hättest nicht sterben müssen ... nicht so früh. Ruhe in Frieden.“

Dass er sich bekreuzigte, sahen sie nicht.

„Herr Kommissar, hören Sie mich? Sollten Sie eine Möglichkeit haben, Pfarrer Lehmann zu ihr zu schicken, dann tun Sie es bitte. Er möge ihr die letzte Ölung geben und sie dann mitnehmen. Er darf sich auch den Friedhof aussuchen, auf dem sie ihre letzte Ruhe findet. Ich glaube, dass ihr das gefallen würde, denn sie war sehr gläubig. Sogar ich selbst war so oft in seiner Kirche, dass der Pfarrer gefühlt nun schon fast zur Familie gehört. Wenn ich mich nicht irre, hatten Sie ihn anfangs sogar im Verdacht, meine Taten begangen zu haben.“ Er stand auf und kicherte. „Sprechen Sie ihn frei, denn er kann wirklich nichts dafür. So, meine Herren, ich darf mich nun empfehlen. Leben Sie wohl."

„Warten Sie!" Doch Kraliks Ruf blieb ungehört. Thaler war in der Zwischenzeit ohnmächtig geworden. Kralik ließ ihn vorsichtig zu Boden gleiten, zog seine Jacke aus und breitete sie wie eine Decke über ihn aus.

„Halt durch, bitte, Hilfe kommt bestimmt bald."

Kralik lief auf der kleinen Fläche, die ihnen geblieben war, hektisch hin und her und rechnete seine Optionen durch. Immer und immer wieder. Er schlug mit den Fäusten auf die Mauer ein, bis er blutete. Irgendwann, es dauerte lange, hockte er sich schließlich neben Thaler. Er weinte, strich seinem Kollegen beruhigend über das Haar und fühlte seinen Puls, immer wieder.

„Blieb bei mir, ja? Bitte bitte ..." Die Tränen verschluckten den Rest seiner Worte.

Später fiel er in einen fiebrigen Sekundenschlaf. Für ihn war es schwer, die Realität von der Fiktion zu unterscheiden, als er schließlich aufwachte.

„Dieses scheiß Geblinke macht mich noch wahnsinnig!"

Er warf einen seiner Schuhe in die Grube. Hektisches Kreischen und Quieken wie zuvor ... danach einsetzende Stille.

Kraliks Blick fiel auf seinen Strumpf und dann auf seinen verbliebenen Schuh. Er wischte sich den Staub von der Stirn. „Tut mir leid, war wohl eine Kurzschlussreaktion von mir und nicht gerade die beste meiner Ideen. Tut mir leid."

Er nahm Thalers Kopf und legte ihn auf seine eigenen Beine.

„Mit Kissen ist es bestimmt angenehmer." Er weinte. „Tut mir leid, Junge. Immer, wenn du früher etwas abgelehnt oder nicht gemacht hast, lag es daran, dass du es wegen deiner Nachtblindheit nicht konntest. Hättest du doch deinen Stolz heruntergeschluckt, und allen offen davon erzählt, dann hätten wir bestimmt einen Weg gefunden. Aber nun ..." Er winselte leise. „Jetzt, mein Freund, ist es vielleicht zu spät. Lass mich ein wenig ausruhen, ja? Danach springe ich in die Grube und mache mich ganz lang, sodass du nur über mich hinweg ..." Seine Augen fielen ihm zu, doch er stammelte leise weiter.

„Du musst dann nur noch aufwachen, mit schnellen Schritten über mich hinweglaufen und springen. Tritt bloß nicht auf die Spitzen ..."

Die Kälte, die er fühlte, nahm immer mehr zu. Steinerne Krallen hielten Hände und Füße in einer gebückten Stellung, in der er schon zu lange verharrt hatte, um noch Schmerzen zu empfinden. Ihm kam es so vor, als entweiche das Leben wie ein feiner Nebel aus Kristallen. Aber er war bereit dazu. Er fühlte, wie er sich langsam entspannte. Nur etwas störte ... eine winzige Kleinigkeit ... etwas Warmes tropfte auf seine Nase, immer und immer wieder, was unglaublich nervte.

Was zur Hölle ist das?

Doch sein Gehirn weigerte sich, zu begreifen, dass es sein eigenes Blut war. Er sank zur Seite und schlief ein.

***

„Da drüben, schnell! Leuchten Sie, verdammt noch mal! Es sieht aus, als hätten die Hunde jemanden gefunden!"

Der schmale Gang wurde jetzt in grelles Scheinwerferlicht getaucht.

„Tatsächlich, sehen Sie doch, der dort leckt das Gesicht eines Menschen. Gott sei Dank!“

Kurz darauf schrie jemand: „Sanitäter! Wir brauchen Leitern oder so etwas, um über die Grube zu kommen! Wir müssen da rüber, aber schnell, dort liegt noch ein Mensch!“

***

„Wo bin ich?“ Thaler wusste instinktiv, dass die drückende Maske ihn am Leben hielt. Der Satz, den er gesprochen hatte, war bestenfalls ein Brummen gewesen. Das Fieber nahm ihn schon wieder mit in einen tiefen Schlaf.

„Wird er es schaffen?“

Bergmann vergrub beide Hände in seinen Hosentaschen.

Der Sanitäter nickte. „Sein Kollege da drüben im anderen RTW wohl auch, ich habe mich erkundigt.“

„Gott sei Dank.“

„Nun, Gott wurde heute mehrfach bemüht, er wird seinen Anteil daran haben.“ Der Pfarrer trat zu ihm. „Ich habe gehört, was passiert ist, und bin so schnell wie möglich gekommen. Aber Ihre Kollegen hatten wohl auch Glück, dass Sie ihnen ein Sondereinsatzkommando zu Hilfe geschickt haben ... auf den bloßen Verdacht hin ... eine beeindruckende Streitmacht, Respekt.“

„Was sollte ich denn auch sonst tun? Kralik und Thaler haben sich ja nicht gemeldet, und ich wollte von ihnen regelmäßig informiert werden, und dann ...“

„Schon gut, Herr Staatsanwalt.“ Er hielt ihm ein Päckchen Papiertaschentücher hin. „Bedienen Sie sich ruhig. Sie haben alles richtig gemacht.“

Bergmann putzte sich umständlich seine Nase. „Danke, Herr Pfarrer.“

„Gern geschehen. Wären Sie nicht mit einem Extra-Team angerückt, gäbe es die beiden Kommissare jetzt wohl nicht mehr. Manche werden es Zufall nennen, aber ich denke, dass Sie immer genau wissen, was Sie tun, und dass Sie ein Gespür für das Besondere besitzen. Sie haben an Ihre Leute geglaubt, und Ihre Leute an Sie. Das hat ihnen letzten Endes das Leben gerettet.“

„Ich danke Ihnen. Was war das, was vorhin erzählt wurde, als wir sie gefunden haben? Etwas vom blinkenden Herzschlag der Hölle?“

„Das, Herr Staatsanwalt, müssen Sie mit Ihrer Mannschaft klären. Vielleicht war es nur das Fieber oder reine Fantasie. Wenn es aber aufgehört hat, als das SEK den Strom gekappt hat, war es wohl ein irdisches Problem und dafür ist Gott nun wirklich nicht zuständig.“

Sie hörten, wie die Hecktüren der beiden Rettungswagen zugeschlagen wurden.

„Mein Team liegt jetzt in der Uni. Kralik und Thaler haben einen guten Job gemacht. Doch jetzt hat es auch sie erwischt. Was für ein verrückter Tag.“

Er seufzte und fuhr sich über seine Augen.

Schließlich wandte er sich wieder dem Pfarrer zu, der noch immer neben ihm stand.

„Danke noch mal." Er gab ihm die Hand. „Ein solches Ende hatte ich wirklich nicht erwartet, Herr Lehmann. Ich erkundige mich jetzt mal, ob Nemron bereits in der U-Haft angekommen ist." Er warf einen Blick auf seine Uhr. „Die Presse muss erst mal warten, ausnahmsweise. Ich fahre jetzt ins Krankenhaus, denn ich will den Kollegen die gute Nachricht persönlich überbringen, wenn sie aufwachen ... und zwar mit den Worten: Wir haben das Schwein!"

Staatsanwalt Bergmann sah zusammen mit Pfarrer Lehmann der Kolonne der abfahrenden Einsatzwagen hinterher, die den Krankenwagen folgten. Er blieb noch einen Moment stehen und lächelte.

„Dann ist da noch ein Professor Hogrebe, den ich gern kennenlernen möchte. Wir sollen uns um die Lebenden kümmern, hat er zu Kralik gesagt, und der hat es ihm versprochen. Ich will mich diesem Versprechen anschließen. Aber das ist eine längere Geschichte, vielleicht erzähle ich sie Ihnen eines Tages. Wenn Sie mich jetzt bitte entschuldigen würden."

Er griff in die Innentasche seiner Jacke und zog das Handy hervor.

Danksagung

Liebe Leserinnen und Leser,
vielen Dank! Ich hoffe, dass ich Sie zusammen mit den beiden Kriminalhauptkommissaren Stephan Kralik und Christian Thaler auf eine spannende Lesereise mitnehmen konnte. Wenn Sie mögen, dann empfehlen Sie mich gern weiter und hinterlassen Sie eine kurze Rezension auf einem Bewertungsportal Ihrer Wahl. Das wäre toll!

Ich bedanke mich bei meinen Eltern, Helga und Gerd Gebhardt, die mich stets unterstützt und alles ermöglicht haben.

Mein Dank gilt all denen, die zum Entstehen dieses Buches beigetragen haben. Stellvertretend möchte ich hier meine Autorenkollegen nennen: Ute Bareiss, Denise Fritsch, Heike Winter und Christian Schneider fürs Mut-Machen und die Begleitung vom ersten Moment der Idee an. Ebenso sage ich Danke schön an meine Testleser Andrea Feuerberg, Karsten Gebhardt, Sebastian Groß, Andreas Bonke und Klaus Echelmeyer. *Opfergrab* gäbe es nicht ohne die Teams und die großartige Arbeit der Literatur-Agentur Ashera und des Verlages dp Verlag. Ich verneige mich vor meiner Lektorin Astrid Pfister.

Danke an alle, die mich unterstützt haben.

Ich wünsche Ihnen spannende Zeiten und hoffe, dass wir uns bei der einen oder anderen Veranstaltung persönlich treffen, vielleicht auch auf einer Messe oder einer Lesung.

Wenn Sie mögen, besuchen Sie mich gern unter www.ralf-gebhardt.de und schauen Sie sich im Verlagsprogramm bei meinen Autorenkollegen und -kolleginnen nach interessantem Lesestoff unter www.digital-publishers.de um.

Alles Gute. Passen Sie auf sich und Ihre Lieben auf, wir lesen uns.

Ihr

Ralf Gebhardt